# 巧讀聊齋志異

(清)蒲松齡◆原著
高欣◆改寫
余秋雨 推薦

經典著作優秀改寫，全白話無障礙讀本，
內含精美手繪插圖，人物、典故、成語、知識點隨文注釋，
**是一本適合青少年閱讀的國學入門書。**

我们也许逃不过这样的荒诞：阅读极其泛滥又极其荒凉，文化极其壅塞又极其贫乏。

这里倒有一条安静的自救小路：趁年轻，放松心情读一点经过选择的经典。

余秋雨

# 目錄

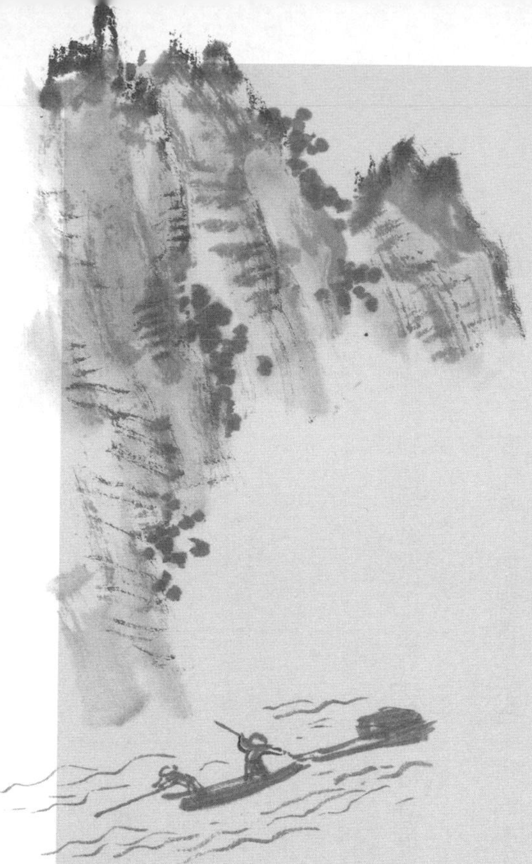

# 經典

梅子涵

成年人文化多，知道得多，上下五千年，心裡著急，恨不得把一切有價值的書都搬來給小小的孩子看。

成年人關懷多，責任多，總想著未來幾千年的事，恨不得小小的孩子們都能閱讀著幾千年的經典，讓未來因為他們的經典記憶風平浪靜、盛世不斷，給人類一個經久的大指望。

我們要說，這簡直是一個經典的好心腸、好意願，唯有稱頌。

可是一部《資治通鑑》，如何能讓青少年閱讀？即使是《紅樓夢》，那裡面也是有多少敘述和細節，是不能讓孩子有興致的，孩子總是孩子，他們不能深，只能淺，恰是他們的可愛；他們不能沉湎厚度，而只可薄薄地一口氣讀完，也恰是他們蹦蹦跳跳的生命的優點，絕不是缺點！

這樣，那好心腸、好意願便又生出了好靈感、好方式，把很長的故事變短，很繁複的敘述變簡單，很滔滔的教誨變乾脆，很不明白的哲學變明白，於是一本很厚很重的書就變薄變輕了。是的，它們已經不是原來的那一本那一部，不是原來的偉岸和高大，但是它們讓孩子們靠近了，捧得起來了，沒讀幾句已經願意讀完了。於是，一種原本是成年後正襟危坐讀的書，還在小時候沒有學會把玩耍的手洗得乾乾淨淨的時候，已經讀將起來，知道了大概，知道了有這樣的經典和高山，留在他們的記憶裡當個「存目」，等他們長大了以後再去正襟危坐地讀，探到深度，走到高度，弄出一個變本加厲的新亮度來，當成教授和專家。而如果，長大了，實在忙得不可開交，養家糊口，建設世界，沒有機會和情境再閱讀，那麼那小時候的閱讀和記憶也已經為他的生命塗過了顏色，再簡單的經典味道總還是經典的味道，你說，一個人在童年時讀過經典改寫本，還會是一種羞恥嗎？還會沒有經典的痕跡留給了一生嗎？

所以經典縮寫本改寫本的誕生，的確也是一個經典。

它也許不是在中國發明，但是中國人也想到這樣做，是對一種經典做法的經典繼承。經典著作的優秀改寫，在世界文化先進、關懷兒童閱讀的國家，是一個不停止的現代做法，是一個很成熟的出版方式，今天的世界說起這件事，已經絕不只是舉英國蘭姆姐弟的莎士比亞戲劇的例子了，而是非常多，極為豐盛。

所以，我們也可以很信任地讓我們的孩子們來欣賞中國的這一套「新經典」，給他們一個簡易走近經典的機會；而出版者，也不要一勞永逸，可以邊出版邊修訂，等到第五版第十版時簡直沒有缺點，於是這個品種和你的出版，也成長得沒有缺點。那時，這一切也就真的經典了。連同我在前面寫下的這些叫做「序言」的文字。
為孩子做事，為人生做事，是應該經典的。

# 導讀

蒲松齡（一六四〇—一七一五），字留仙，又字劍臣，出生在淄川（今山東淄博）一個沒落的書香門第。父親蒲槃雖然棄學從商，但學識淵博，對蒲松齡產生了很大影響。十九歲的時候，蒲松齡以第一名的成績考取了當地的秀才。但是至此之後，他多次參加科舉考試始終不中。也就是在這時，他開始了《聊齋志異》的創作。

三十歲的時候，蒲松齡應好友邀請到江蘇揚州府寶應縣做幕僚。這是他第一次離開家鄉，接觸南方的田園山水與風土民情。這段時期裡，他目睹了民間的困頓與疾苦，親身經歷了官場的黑暗與腐敗。從此，他對通往仕途之路的科舉考試不再抱有任何希望。

回到北方以後，蒲松齡一邊以教書為生，一邊大量閱讀藏書，繼續寫作《聊齋志異》。他自幼愛好民間傳說，喜歡搜集鬼魅神怪的離奇故事，創作的時候，他將自己的切身體驗和生活見聞融於其中，慢慢地便成就了《聊齋志異》。《聊齋志異》初步成書於康熙十八年，此時的蒲松齡已步入人生不惑之年。

《聊齋志異》初步完成後，蒲松齡並不滿足，而是想方設法地進行修改和補充。「聊齋」，是蒲松齡的書齋名。所謂「聊」，就是幾個人坐在一起進行交談。據說，蒲松齡修改這部小說的時候，時常在他居住的地方附近搭設一間簡易的茶棚，專門請過往的客人喝茶。凡是給他講鬼怪奇異故事的，一律免收茶錢。每一次，蒲松齡都有意外收穫，事後便將這些故事寫進自己的小說裡。

《聊齋志異》多談狐仙、妖魔、花神、鬼怪，其內容大致有三大類：第一種是人與人或者非人之間的友情、愛情故事；第二種是反抗黑暗社會現實的故事；第三種是諷刺不良品行的道德訓誡故事。其中，尤以人與狐妖、人與鬼神以及人與人之間的愛情篇章最為動人。現代學者、文學家郭沫若曾經評價《聊齋志異》說「寫鬼寫妖高人一等，刺貪刺虐入木三分」，這是極為中肯的。

在中國文學史上，清代是古典小說發展的巔峰時期，同時也預示著中國古典小說發展的終結。作為這一時期的作品，《聊齋志異》一直顯示著自身獨特的魅力。自成書以來，《聊齋志異》就在中國民間廣泛流傳。後來，它又被翻譯成英、法、德、日等二十多種譯文，享譽海外。

# 第一回　考城隍

我有一個姐夫，他的祖父叫宋燾（ㄊㄠˊ），是縣裡的秀才。

有一天，宋燾生病了，昏昏沉沉地躺在床上。突然，他隱約看見一個官差，手裡拿著一份官府的文書，牽著一匹馬，朝他走來。那馬的額頭上，長著白色的毛。只聽這個官差對他說：「先生，請你立刻動身，去參加考試。」

宋先生問：「主持考試的學臺老爺還沒有來，怎麼能開始考試呢？」官差沒有回答宋先生的疑問，只是一個勁兒地要求他快點上路。無奈之下，宋先生只好忍著病痛，騎上馬和那官差一起去了。

路上經過的每個地方，宋先生都覺得十分陌生。沒過多久，他們兩人來到了一個城市。這個城市氣勢宏偉，看起來像是帝王居住的地方。過了一會兒，一座官府出現在他們眼前。這是一座十分華麗的宮殿，大堂上面有十幾個官員正坐在那裡。這些人裡除了關壯繆[1]之外，其他的宋先生一個也不認識。大堂的殿簷前有幾張書桌、兩個坐墩。這時候，已經有一個秀才坐

他隱約看見一個官差，手裡拿著一份官府的文書，牽著一匹馬，朝他走來。那馬的額頭上，長著白色的毛。

在了第一張書桌上。宋先生便緊挨著他坐下來。桌子上面放好了紙和筆。過了一會兒，一張卷子從殿堂之上飛下來，落到書桌上。宋先生拿起來一看，上面寫著：「一個人有兩顆心，一顆是有心，一顆是無心。」

兩個人寫完文章後，就交了上去。宋先生的文章裡，有這樣一句話：「有的人雖然做了壞事，但不是故意的，可以不受到處罰；而有的人雖然做了好事，卻是故意的，可以不給他獎勵。」大堂上的官員，一個接一個地傳看。每一個人看到後，都不住地點頭稱讚。最後，宋先生被召喚到大堂上。

那些官員對他說：「河南地界缺一個城隍[2]，正好由你去任職。」宋先生這才明白過來，一邊磕頭，一邊哭訴著說：「承蒙諸位大人的厚愛，讓我擔此重擔，我哪裡敢猶豫呢！只是，家中的老母親已經七十多歲，身邊沒有人照顧。所以，請允許我回去奉養母親，直到她老人家歸西。之後我再來上任。」

有個帝王模樣的人聽到這裡，命人查看宋母的陽壽[3]。一個官員嘴上留著鬍鬚，手裡拿著一本小冊子，翻了一翻，說：「宋母還有九年的壽命。」

一時之間，諸位官員也拿不定主意。這時候，關公說：「眼前還有一位張秀才，何不讓張秀才先代勞，等九年之後，再讓他去接任。」

於是，帝王模樣的人對宋先生說：「原本你應該即刻赴任的。念你對母親一片孝心，便給你九年的時間。九年的時間一過，你再去任職。」說完這些，又對一旁守候的張秀才叮囑

---

❶【關壯繆（ㄇㄨˋ）】即關羽，字雲長，三國時蜀漢大將。
❷【城隍】漢族民間和道教信奉的城池守護神。
❸【陽壽】指人在世間的壽命。

了幾句。

一切安排穩妥之後，兩位秀才叩首謝恩，並一起走到了大堂門外。張秀才為宋先生送行，一直來到郊外。路上，張秀才告訴宋先生，他姓張，是長山人。臨別前，張秀才還作了一首詩，算是留作紀念。這首詩的大部分內容，宋先生已經忘記了，隱約只記得兩句：「有花有酒春常在，無燭無燈夜自明。」於是，宋先生與張秀才揮手作別，之後便上馬離去。

很快，宋先生就回到家中。他感覺彷彿做了一場夢，而這會兒剛從夢中醒來。實際上，他已經死去三天，並被放進了棺木。這時候，他呻吟了幾聲，正好被宋母聽見。接著，他被母親從棺木中扶起來。又過了半天工夫，宋先生才能張口說話。他連忙派人去長山打聽，那邊果然有個姓張的秀才，與他在同一天死去。

九年之後，宋母真的去世了。料理好母親的後事，宋先生洗漱一番，走進自己的屋子後就死了。宋先生的岳父家，就在城中西門裡。這一天，岳父看見宋先生騎著駿馬，身後跟著一班僕役，走進了自家的內堂。之後，宋先生對著岳父，恭敬地拜了一拜，便揚長而去。宋先生這時已經成了神仙，只是全家人並不知道，因此感到很驚異。岳父派人到宋先生家打探消息，得知宋先生已經去世了。

關於自己的生平，宋先生曾經寫過一本小傳。後來，經歷多次戰爭，那些傳記也遺失了。這裡所講的，只是他經歷的一些片段。

# 第二回　瞳人語

長安有個叫方棟的書生，才華出眾，在當地頗有些名氣。不過，他這個人舉止輕浮，行為很不檢點。外出遊玩時，路遇出行的女子，他總是像個浪子一樣跟在人家後面。

有一年，清明節的前一天❶，他出外散步，無意間走到了城郊，看見幾個穿著綠色衣裳的婢女騎著馬慢慢地跟在一輛小馬車後面。這小馬車前面的小簾子是紅色的，帷幔上也繡著花，裝飾得非常精緻。那些婢女中，有個騎小馬的，相貌秀麗，十分可人。方棟想看清楚些，就緊跟兩步靠了上去，這時車簾已被挑起，車子裡坐著個打扮得明豔動人的姑娘，看上去也就十六七歲的光景。方棟還沒見過這麼美麗的女子，一時間眼前暈眩，不由自主地想要多看看她。他像丟了魂似的一直追著那輛馬車，時而跑在馬車前面，時而被落在後面，就這樣竟一路追出去好幾里。

❶【清明節的前一天】即寒食節。寒食，就是不生火做飯，吃冷食的意思。

走著走著，坐在車裡的姑娘忽然召喚一個婢女，說：「把車簾放下來！那個輕佻的小子不知是哪裡來的，一直跟著偷看。」婢女聽命把車簾放下，轉頭對方棟發火道：「你這秀才怎麼這麼無理，這車裡坐的不是普通人家的媳婦，乃是芙蓉城七郎子的新娘，今日是要回娘家探親。哪能讓你這麼輕薄！」說完，婢女在車輪碾過留下的溝裡抓起一把土，扔向了方棟。方棟來不及躲閃，眼睛一下子被土迷得睜不開。等他揉好眼睛再看，這一行人已經不見了蹤跡。

方棟驚魂不定，回到家裡，總覺得眼睛很難受，於是讓人幫忙察看。家人翻開他的眼皮，看到眼珠上生出一小塊膜。過了一晚上，他的眼睛更加疼痛難忍，眼淚直流。不幾天的工夫，那一小塊膜已經長得跟銅錢一樣厚了，右眼的眼珠上也長了一塊螺旋形狀的膜，吃藥也不見好。方棟十分懊惱，恨不得死掉，回想自己的行為，非常後悔當初的輕薄。他聽說讀《光明經》❷能夠化災解難，就請人教他讀經。開始時，儘管嘴裡念著經文，但是他的心仍然非常煩躁，無法平靜下來。可是，過了一段時間，他覺得內心真的越來越平靜安寧了。從此，閒來無事，他就手握佛珠，盤著腿坐下來靜心休養。過了一年，方棟覺得自己透徹清亮，心中已無任何雜念了。

有一天，他突然聽到從左眼裡傳出來一個聲音，細小得就像蒼蠅蚊子的叫聲，只聽那聲音說：「到處黑乎乎的，真是憋悶死了！」這時右眼有個聲音回答說：「要不咱們一塊兒出去，到處遊玩遊玩，也好散散心，解解悶。」接著，方棟就覺得鼻孔裡一陣發癢，就好像有蟲子在裡面爬，不知是什麼東西真的從鼻孔裡爬了出來，走了。過了好一會兒，那東西回來了，又從鼻孔回到了眼眶裡，說：「太久沒去花園了，珍珠蘭不知什麼時候枯死的。」方棟很喜歡蘭花的香味，因此特意在花園裡種了很多蘭花，經常自己去打理照看，但是自從得了眼疾之後，就顧不上它們了。聽說蘭花都枯死了，他急忙問妻子：「怎麼回事？蘭花都乾枯了？」妻子很驚訝，問他怎麼知道的。他便把自己聽到聲音的經過告訴了妻子。妻子馬上跑到花園去查驗，蘭花果然都凋零了。她覺得這事太怪異了，就偷偷地躲在屋子裡，想看看那是個什麼東西。不一會兒，她看見方棟的鼻孔裡爬出兩個比豆粒還小的小人兒來，他們邊說邊走，聲音嗡嗡的，出了門就走遠了，也沒看清去了哪裡。又過了一會兒，他們又牽著手回來了，就像蜜蜂、螞蟻回巢一樣，飛回了方棟的鼻孔裡。

接下來的兩天，一直都是這種情況。方棟聽見左眼裡的小人兒說：「這條出去的路太曲折了，出入很不方便，我們自己來開一扇門，怎麼樣？」右眼裡的小人兒回答說：「我這邊的牆太厚了，怕打不通。」左眼的小人兒就說：「我先從這邊試試，如果真的打通了，我們

❷【《光明經》】又名《金光明經》，是佛教的一個分支大乘佛教的重要經典。據說誦讀此經可以消除自身罪孽。

不一會兒，她看見方棟的鼻孔裡爬出兩個比豆粒還小的小人兒來，他們邊說邊走，聲音嗡嗡的……

就一起用吧。」這時，方楝只覺得左眼眶裡有東西在抓，有些刺痛。過了好一會兒，他才能睜開眼，再看時，房間裡的陳設竟都能看得一清二楚了。方楝欣喜不已，告訴妻子自己復明了。妻子靠近他的眼睛仔細察看，發現左眼那塊厚厚的膜上，開了一個小口，也就有半個花椒那麼大，卻能看到黑眼珠在來回晃動。過了一個晚上，左眼上的那層厚膜已經都消失了，儘管右眼裡螺旋形狀的膜還是那麼厚，一點兒變化都沒有，但仔細看看就會發現左眼裡有兩個瞳孔。方楝明白這是兩隻眼睛裡的小人兒搬到一起住了。

雖然只有一隻眼睛，但是方楝比用兩隻眼睛的人看東西更清楚。從此，方楝越發懂得自律，注意自己的言行。當地的人對他的品行都讚賞有加。

# 第三回　耍蛇人

東郡有個靠耍蛇表演來謀生的人。他以前養過一大一小兩條青綠色的蛇，給大的起名叫大青，給小的起名叫二青。二青的額頭上長了個紅點，非常聰明乖巧，總能按照指令左右騰挪，來回旋轉，不管表演什麼動作都非常流暢。耍蛇人對它非常寵愛，給它的待遇也好過其他的蛇。

一年後，大青死了。耍蛇人本想再找一條蛇來替補大青，只是苦於一直到處奔波，沒有顧得上。一天他路行深山，見天色已晚就在一座山寺裡過了夜。第二天天亮，他打開裝蛇的竹箱，發現二青已經跑了。耍蛇人又沮喪又懊悔，他一邊大聲叫著二青的名字，一邊各處尋找，但怎麼也找不到。以前，如果來到林茂草盛的地方，耍蛇人會特意把蛇放出去，讓它們在叢林裡放放風，自由自在地玩一會兒，過不了多久，它們自己就會回來。想到這些，耍蛇人想也許二青會自己回來，所以他就在原地等著。可是，快接近晌午時，還是不見二青的蹤跡，耍蛇人覺得它不會回來了，只好失落地離開了。沒走幾步，他忽然聽見草叢中，有窸窸

窣窣的聲音正越來越近，停下來仔細一看，欣喜地發現，是二青回來了。耍蛇人如獲至寶，高興得不得了。二青爬到路邊停在耍蛇人身邊，後面還跟著一條小蛇。耍蛇人放下擔子，無限憐愛地輕撫著二青，說：「我還以為你不回來了呢，你是去替我找這條小蛇了，是嗎？」說著，他拿出食物餵二青和那條小蛇。小蛇雖然跟著二青來，但是還有些膽怯，身體向後縮著不敢吃。二青像個主人似的，用嘴含著食物餵給小蛇。這樣，耍蛇人再餵小蛇時，小蛇才肯吃。吃完東西，二青回到竹箱裡，小蛇也跟了進去。耍蛇人對小蛇進行訓練，發現它也很乖巧，表演的動作一教就會，做得很好，簡直就是另一個二青，於是耍蛇人就給它取名叫小青。耍蛇人帶著它們，每到一處都能賺很多錢。

通常，耍蛇人用來表演的蛇不會長過兩尺，否則就太重，要換新的了。其實，二青已經有兩尺多長了，但是它又溫順又乖巧，耍蛇人捨不得放掉它。就這樣，又過了兩三年，二青已經長到三尺多長了，竹箱都快裝不下它了。終於，耍蛇人覺得不得不放掉它了。

一天，他來到臨淄縣東山，讓二青好好地飽餐了一頓，然後說了很多祝福的話，讓它走了。二青走了沒多久又回來了，圍著竹箱盤爬捨不得離開。耍蛇人揮揮手說：「去吧，世上沒有不散的筵席。你是可以稱雄稱霸的神物，這小小的竹箱怎是你的安身之所。以後，這叢林山谷才是你的家。」二青這才走了。耍蛇人看著它走遠，可是過了一會兒，它又回來了。這次無論耍蛇人怎麼驅趕它，也不管用，只見它的頭不停地碰著竹箱。小青在裡頭也很不安，好像很想出來。耍蛇人這才明白，說：「原來，你是想和小青告個別呀！」他打開竹箱，小青一下子就躥了出來，與二青交纏在一起，它們的頭纏繞在一塊兒，嘶嘶地一個勁兒地吐舌，好像在說離別的話。不一會兒，這兩條蛇居然纏繞著爬遠了。耍蛇人想，小青估計是跟著二青走了，可是沒多久，又看見小青自己回來了，並且溫順地爬進竹箱裡臥下了。以後，耍蛇人又去找新的蛇來替補二青，可是他再也沒遇到像二青、小青這麼靈巧的蛇。而小青也已經長得越來越長，不適合表演了。後來耍蛇人又找到一條蛇，倒是很溫順，可就是沒有小青那麼靈巧。此時的小青已經長得很大，跟小孩的胳膊差不多粗了。

二青自從回到山林中，很多打柴的人都見過。幾年後，二青已經有好幾尺長，像碗口那麼粗，並且開始侵擾過路的行人。那些經常過往的人便警告行人旅客，繞路而行，不要在此處經過。

一天，耍蛇人經過那個地方，忽然一條巨蟒猛地躥了出來。耍蛇人驚駭不已，匆忙逃跑，那條巨蟒則緊追不捨。眼看就要追上了，耍蛇人回頭看時，一下看到了巨蟒額頭上的紅點，認出這條巨蟒就是二青。他停下來，呼喊道：「二青！二青！」巨蟒立刻停住，端詳了耍蛇人一會兒，然後一下子撲到了耍蛇人的身上，在他身上來回纏繞，好像回到了以前表演時的樣子。耍蛇人明白，它並不想傷害自己，可是它現在長得又長又重，自己已經承受不住了，於是倒在地上央求它放開自己。二青放開耍蛇人，又用頭去碰竹箱。耍蛇人知道它想見

一天，耍蛇人經過那個地方，
忽然一條巨蟒猛地竄了出來。

小青，就打開竹箱放小青出來。兩條蛇立即親昵地纏繞到一塊兒，就好像兩股擰到一起的繩子，久久捨不得分開。等它們分開了，耍蛇人對小青說：「我早該放你走了，現在你有伴兒了，我們就此告別吧。」然後，他又對二青說：「小青是你帶來給我的，現在還由你帶走吧。另外，有句話我希望你聽我的，這深山裡有的是你的吃食，餓不著你，不要再傷害過路人了，免得惹怒了神仙，降下懲罰。」兩條蛇十分恭順地聽著，好像是在認錯，表示以後會改正，然後就一前一後趕緊離開了。它們的身軀又長又重，爬過的地方草木都被壓得朝兩邊倒伏。耍蛇人站起來目送它們離去，直到看不見它倆的蹤跡了才走。

從此以後，二青沒有再出來驚擾路人，那一帶又恢復了太平，沒人知道那兩條蛇去了哪裡。

# 第四回　畫壁

一個姓朱的舉人在京城暫住，認識了一個叫孟龍潭的江西人。一天，兩人不經意間走進一座寺廟。寺廟不是很大，只有一個老和尚暫時居住在那裡。看到有人進來，老和尚就整理衣服出來迎接他們，並領著他們到廟中各處觀光。

大殿裡，一座高僧寶誌[1]的塑像，矗立在中央。在周圍的牆壁上，繪著精美的壁畫。畫上的人物唯妙唯肖，簡直和真人一樣。東邊的牆上，畫著一群仙女，她們姿態優美地撒著鮮花。其中有一位少女，披著長長的頭髮，手裡拿著一朵鮮花，臉上露出笑容，櫻桃般的小嘴好像要說什麼，嫵媚的眼睛裡充溢著無限的柔光。

朱舉人盯著那少女看了很久，不覺失了神。霎時間，他神魂顛倒，想入非非。突然，他

[1]【寶誌】南朝僧人，俗姓朱氏，祖籍金城，即今甘肅蘭州。他少年時出家，在京師道林寺跟隨沙門僧修行。

朱舉人連忙站起身來，
緊跟著少女走去。

感覺飄飄忽忽，身體變得格外輕盈，好似騰雲駕霧一般，進入到牆壁中。只見那裡的殿堂樓宇層出不窮，好像仙境一樣。

有一個老和尚正在宣講佛經，他的周圍坐滿了聽講的僧人。朱舉人也坐在人群當中。過了一會兒，他隱約感到有人輕輕地拉了拉他的衣袖。他回過頭來一看，原來正是那位披著長髮的少女。少女衝他微微一笑，沒說什麼，便轉身走開了。

朱舉人連忙站起身來，緊跟著少女走去。經過一段曲曲折折的長廊，少女走進了一間小屋。朱舉人停下腳步，不知道該不該進去。這時候，少女回過頭來，舉著手中的花朵，朝朱舉人示意。朱舉人不再猶豫，快步走進小屋，跟了上去。

小屋裡沒有其他人，顯得極為清淨。朱舉人走上去，一把抱住少女。對於朱舉人的行為，少女沒有顯示出任何不願意的態度。於是，這兩個人好好地恩愛了一番，就像是一對夫妻一樣。之後，少女要朱舉人待在屋裡，不要咳嗽出聲。叮囑完之後，少女就出去了。到了晚上，少女重新來到小屋。

兩天過去了，少女的同伴們都察覺到了這件事。並且，她們還設法找到了朱舉人。姐妹們對少女開玩笑地說：「看看你的肚子，小孩都這麼大了，怎麼還整天披著長髮，裝作大姑娘呢？」於是，她們拿出耳環和髮髻，一個勁兒地起哄，要少女趕緊裝扮成婦人的模樣。少女十分害羞，一句話也說不出來。

這時候，一個姐妹說：「姐妹們，咱們在這裡待了這麼長時間，是不是該走了，要不然他們兩個人會不高興的。」說完，少女的女伴們就走了。

少女的頭上梳起了一個髮髻，上面還插著一根低垂的鳳釵。朱舉人看了，覺得她比披散頭髮的時候更美麗動人。見四下裡沒有人，他又情不自禁地與少女親熱起來。一股蘭草和麝香般的氣味迎面撲來，他整個人都陶醉在其中。

兩個人正親熱得難捨難分的時候，忽然一陣聲響傳來。先是「咚咚咚」的皮靴聲夾雜著「嘩啦嘩啦」的繩索聲，接著四周人聲鼎沸，好不嘈雜。少女吃了一驚，立刻從床上坐起來。兩個人往外看去，只見一個使者穿著金甲，面色黝黑，一手拿著大錘，一手提著鎖鏈，少女的同伴們圍繞在他周圍。

使者問：「所有的仙女，都到齊了嗎？」仙女們回答說：「全都到齊了！」使者說：「如果有人在仙界私藏凡人，大家要是發現了，一定要積極揭發，以免惹麻煩。」仙女們異口同聲地說：「沒有。」接著，使者回轉身來，就像一隻大鵰一樣，四處張望，好像要進行搜查。

少女驚魂不定，嚇得面如死灰。她惶恐地對朱舉人說：「快，你趕緊藏到床底下去。」她自己則打開小屋的一扇小門，倉皇逃走了。朱舉人也嚇了一跳，迅速鑽到床底下，大氣不敢喘一口。過了一會兒，他聽皮靴的響聲由遠及近，走進小屋，又走了出去。再過了一會兒，外面的嘈雜聲也慢慢消逝了。朱舉人這才稍微安下心來。但是，小屋門外始終有人來來往往，不斷地說著話。

朱舉人趴在床底一動不動，時間一久，又感到不安起來。突然，他覺得耳畔有蟬鳴之聲慢慢傳來。他的眼前冒起了金星。雖然很難忍受，但是他沒有辦法，只好靜待少女回來。他就這樣靜靜地聆聽耳旁的聲音，居然忘記自己是從哪裡來的了。

這時候，在寺廟的大殿裡，孟龍潭突然發現朱舉人不見了。他感到很驚訝，疑神疑鬼地向老和尚打聽。老和尚微微一笑，說：「你的同伴去聽傳經說法去了。」孟龍潭忙問：「在哪裡呢？」老和尚回答說：「就在不遠處。」過了一會兒，老和尚用手指了指畫壁，使勁喊了一聲：「遠遊了這麼長時間，朱施主也該回來了吧！」

只見壁畫上，頓時出現了朱舉人的肖像，他正站在那裡，靜靜地側耳聽著什麼。老和尚又說：「你的同伴在這裡，已經等你很長時間了。」朱舉人便從壁畫上慢慢地飛下來。朱舉人這時候瞠目結舌，神色失常地站在那裡，只覺得渾身鬆軟無力。孟龍潭不知其中緣由，過了一會兒詢問朱舉人，才知道他趴在床底下的時候，驚聞一聲敲擊聲，就像是打雷一樣，等他走出小屋門外察看，卻發現已經回到凡間。

三個人一起再去察看那個壁畫上的少女，只見她雖然還手持花朵，但是頭髮已經綰成髮髻，不再是披散著頭髮的少女模樣了。朱舉人頓時感到很驚愕，一邊給老和尚行禮，一邊詢問這是怎麼回事。老和尚笑著說：「幻覺，是從人的心裡產生出來的。我這個老和尚又怎麼能知道呢？」孟龍潭聽後，更是驚詫不已，疑懼萬分。朱舉人這時覺得胸中煩悶，渾身不暢。二人便起身告辭，離開了寺廟。

# 第五回　王六郎

有一個姓許的人，家住淄川北城，以打魚為生。每大晚上，他都要帶著一壺酒上船，一邊喝酒，一邊撈魚。每一次喝酒的時候，他都先把一些酒灑在地上，口中還念念有詞：「河裡的淹死鬼們，請你們快來喝酒吧！」久而久之，這種做法已經成為他的一種習慣。在這條河裡，他經常能捕撈到很多魚，而別人總是收穫很少。

一天晚上，許某正獨自一個人喝酒，忽然看到有個少年，在距離不遠的地方不斷徘徊。許某便叫那少年一起過來喝酒。少年沒有推辭，逕直走過來。不一會兒，兩人你來我往地喝起來。結果，一個晚上過去了，許某沒有捕撈到一條魚，他心裡覺得不是滋味兒。少年察覺後，站起身來說：「我到下游去趕魚，你在這裡等著。」說完，他就晃晃悠悠地離開了。很快，少年回來，對許某說：「來了，有很多魚來了。」果然，河裡發出「唧唧喳喳」的響聲，那是魚群在吞吐魚餌。許某一撒網，就撈上來好幾條大魚，每一條都有一尺多長。

許某很高興，忙向少年答謝。臨走前，許某要送幾條魚給少年。少年推辭了，說：「這

點小事兒，不算什麼，倒是多次喝了你的好酒，希望你不厭煩我，容我每天晚上這樣報答你。」許某說：「咱們兩個人今天才喝了一晚上，你怎麼說已經喝了很多次？如果你想來喝酒，我十分願意。只是要你幫我趕魚，真是沒有辦法回報你的盛情。」許某又問起少年的姓名，少年回答說：「我姓王，沒有什麼正式的名字，你就喊我王六郎吧！」說完，兩個人便分手了。

第二天，許某將那些魚賣了，賺了很多錢，又多買了一些酒。晚上，他來到河邊，只見那少年早已等他很久。兩個人坐下暢飲起來。喝了一些酒之後，少年又站起身來，為許某趕魚。就這樣，兩個人相處了半年之久。

一天，少年突然對許某說：「和你認識這麼長時間了，我們的感情勝似兄弟。眼下，我和你就要分別了。」少年說得非常悲涼。許某聽後很吃驚，定定地望著少年，不知道是怎麼回事。少年幾次欲言又止，但最後還是說：「咱們的感情這麼好，希望我說出來的話，不會嚇著你。我和你就要分別了，不妨告訴你，我其實是一個鬼。活著的時候，我特別喜歡喝酒，有一次喝醉後，不小心掉在河裡淹死了。這事已經過去好幾年了。之前，你捕獲的魚要比別人多，這是我為了報答你祭酒的情義，特意幫你驅趕魚群。明天，我的罪期就滿了，會有人來接替我，而我要到陽間去投胎了。今天晚上是咱們相聚的最後一晚了，想到這裡，我感到很難受。」

許某一聽王六郎是鬼，起初感到非常害怕。然而，兩個人畢竟相處這麼長時間了，沒過一會兒，他就不感到害怕了，反而悲傷起來，端起一杯酒說：「六郎，來，你再喝一杯，不要再難過了。雖然我們即將分開，很是傷懷，但你就要脫離苦海，投胎做人，豈不是一件高興的事嗎？」於是，兩個人又端起酒杯，暢飲一番。許某又問：「那個來代替你的，究竟是什麼人啊？」王六郎回答說：「兄長，明天中午的時候，你看著河邊，有一個少婦過河的時候，會掉進河裡淹死。代替我的人，就是她了。」這時候，村裡的雞開始報曉。六郎與許某揮淚告別。

第二天，許某在河邊耐心地等待著。快到中午的時候，果然來了一位少婦。她懷裡抱著一個嬰兒，走到河邊時，就掉了下去。幸好，嬰兒被她拋到了河邊。一落地，那孩子就「哇哇」大哭起來。少婦在河裡掙扎著，幾次沉下去，卻又浮了上來。最後，她竟然爬了上來。她渾身已經濕透，在河岸邊的空地上趴著休息了一會兒，抱起孩子就走了。

那個少婦落水之時，許某真的很不忍心，想要上去救助，但轉念一想，她是代替王六郎的，就一直原地不動。眼看著少婦從河裡爬上來，他覺得王六郎欺騙了他。

到了傍晚，許某還在老地方打魚。王六郎又來了，一見面，就對許某說：「又見面了，我們暫時不用分離了。」許某問起緣由，王六郎說：「本來那少婦是要代替我的。但是我看她懷裡抱著一個孩子，煞是可憐，便不忍心為了我換取兩條性命。因此我放開了她，也不知道要到什麼時候才有下一個人來代替我。不過，這也說明咱們倆的緣分還沒有完呢！」許某聽完後，感慨萬千，說：「像你這樣充滿仁慈之心，上天一定會知道的。」從此，他們兩個人又像從前那樣，晚上相聚喝酒。

過了一些日子，王六郎再一次向許某告別。這一次，許某以為代替六郎的人來了。沒想到王六郎對他說：「沒有人來代替我。上次，老天爺看到了我的仁慈之心，現在讓我去做土地神，就在招遠縣的鄔鎮。再過幾天，我就得去上任了。如果你顧念我們的交情，可以到那裡去看我。不過來的話要走很長一段路，而且還很艱辛。」許某連聲祝賀道：「兄弟為人正直，現在做了神，做哥哥的真替你感到高興。但是，你是神，我是人，我們兩個處在不同的世界裡，就算我不辭艱辛，但到了那裡，怎麼能見得到你啊！」王六郎說：「兄長不必擔心，你只管去好了。」王六郎又叮囑了幾句，就與許某告辭走了。

回到家裡，許某就開始收拾行裝，準備東行，去探望王六郎。許某的妻子笑著說：「你這一去好幾百里地，就算能找到那個地方，見到的也不過是一個泥塑的雕像，你怎麼和他說話啊？」對於妻子的話，許某根本聽不進去。他一直向東走，來到了招遠縣，向當地的居民一打聽，果然有一個叫鄔鎮的地方。

到了鄔鎮，許某找了一個客店住下來。安排妥當後，許某向店老闆打聽去土地廟的路怎麼走。店老闆聽後十分詫異，連忙問道：「客官，您是不是姓許啊？」許某說：「是啊，我

許某作別後，那陣旋風在地上颼了許久，才慢慢散去。

姓許，你是怎麼知道的？」店老闆沒有回答，又接著問：「您的老家是不是在淄川縣？」許某更加奇怪了，說：「是啊，你是怎麼知道的？」店老闆還不回答，匆忙走了出去。

過了一會兒，鎮上的人陸續來到客店裡，將許某團團圍住。男人們抱著小孩，大姑娘、小媳婦們也在門口不住張望。許某看到這陣勢，越發驚訝，忙問是怎麼回事。眾人告訴他說：「前幾天夜裡，我們夢見鎮上的土地神對我們說：『我在淄川有個朋友，姓許，過幾天就來了，請大家幫忙照看著點兒，順便送他些盤纏。』我們知道這個消息後，就在這裡等候您了。」

許某聽後，驚奇不已。很快，他走到土地廟裡，祭祀起來。「兄弟，自從和你分別之後，我日夜想念著你，現在我從遠方來，履行我們當初的約定。承蒙你在夢裡讓這裡的百姓資助我，實在讓我感激不盡。可是我來並沒有帶什麼豐厚的禮品，只有薄酒一杯。如果你不嫌棄的話，就請喝下它吧，就像從前我們在河邊喝酒時那樣。」許某一邊默念，一邊舉著酒杯，將酒潑灑在地上。做完這些，他又焚燒了一些紙錢。過了一會兒，從神像後面突然颳起一陣旋風，颳了好久才散去。

當天晚上，許某做夢，又夢見王六郎與他相會。這一次與從前不同，王六郎穿著十分華麗。見到許某，王六郎連聲拜謝：「多謝大哥，從大老遠的地方來探望小弟。見到你我真的很高興。現在我做了這麼一個小官，以後恐怕不能常相見，只要想到這一點，我心裡就非常難過。這地方上的百姓遵照我的意思，會給你一些盤纏，算是我這個做朋友的對你的一點心意。還有，到你離開的那一天，我會送你的。」

許某小住了幾天，便打算回老家去。當地的人對他好生招待，早晚都有人請他吃飯、喝酒。就這樣，每天許某要到好幾家去作客。最後，他堅持要走，人們便紛紛送他東西。一個早上送來的禮物，就裝了一個大口袋。臨行前，鎮上的老人和小孩都出來了，所有的人都為他送行。

許某剛走到鎮外，突然一陣旋風，平地而起，陪著他走了十多里路。許某一再道謝：「六郎，不要再送了，你多保重。你宅心仁厚，一定能為這裡的百姓造福。我這個老朋友，也不多說什麼了，我走了。」許某作別後，那陣旋風在地上颳了許久，才慢慢散去。鎮上的人們也唏噓不已，各自走回家去。

許某回到家裡，慢慢地擺脫了窮困的日子，便不去打魚了。後來，他遇到過幾個從招遠縣來的人，向他們問起土地廟的事情。那些人都說，土地神有求必應，很靈驗的。也有人說，章丘縣的石坑莊，才是王六郎的廟宇所在地。也不知道哪一種說法是對的。

# 第六回　偷桃

小時候有一次，我去城裡參加考試。當時正好趕上過春節。按照往日的習俗，春節的前一天，大大小小的商鋪都要紮起彩樓裝扮好，然後抬著它，敲著鑼打著鼓到府衙慶賀。這種習俗在當地叫做「演春」。這一次我有幸遇到了，便跟著朋友一起去看熱鬧。

那一天，遊人非常多，人們將來往的過道圍得水洩不通。只見有四個官員，穿著紅色的官服，在衙門大堂的東西兩邊相對而坐。那時候我還小，也不知道他們到底是什麼官，只感覺四下裡人聲鼎沸，鼓樂震天，好不熱鬧。

忽然有一個人挑著一副擔子，領著一個披頭散髮的小孩走上來，好像說了什麼。由於人聲嘈雜，根本聽不清他所說的話。只見公堂上的官員笑了笑，接著一個穿青衣的差役大聲喊話，說讓他們表演戲法。那個人答應了一聲，頓時來了勁頭，忙問道：「演什麼戲法？」公堂上的官員們商量了一會兒，讓一個差役下來問他，有什麼拿手好戲。那個人回答說：「小人可以顛倒生物的時令，變出各種各樣的東西來。」差役把他的話帶上去，一會兒又走下

來，說是讓他變一個桃子出來。

變戲法的人答應了一聲，便脫下衣服，蓋在隨身挑著的竹箱上面。與此同時，他還故意裝出一副為難的樣子，說：「大人們真是不明白道理，現在的堅冰還沒有融化，怎麼可能有桃子呢？不變吧，估計官老爺會生氣，這可怎麼辦呢？」身旁的小孩說道：「父親，既然你已經答應官老爺了，就不要推辭了吧！」

變戲法的人接著說：「我想得很清楚了，現在初春，冰天雪地的，人世間哪裡能找到桃子啊？天上王母娘娘的蟠桃園，一年四季桃樹都不會凋謝，只有那裡才有桃子。看來我們必須到天上偷了。」兒子說：「好啊，可是上天的話，有踩著上去的臺階嗎？」父親說：「不怕，我自有辦法。」說著便打開箱子，拿出一團繩子。

那團繩子大約有幾十丈長，父親找出頭緒，將繩子的一端，使勁往天上一扔，繩子好像被什麼東西牽引似的掛在空中。過了一會兒，繩子越扔越高，慢慢地升入雲霄。這時候，繩子的這一端也到頭了。

當下，父親招呼兒子過來，說：「孩子你來，我老了，身子不靈便，爬不動，還是你上去吧！」說著就把繩子遞給了兒子，「抓住繩子，你就可以爬上去了。」兒子手裡握著繩子，好像不太願意，抱怨著說：「父親，你真是老糊塗了，這麼一根細細的繩子，叫我怎麼抓著它，爬到萬丈高的天上？萬一我爬到中間，繩子斷了，估計連我的屍體都找不到。」

當下，父子招呼兒子過來，說：「孩子你來，我老了，身子不靈便，爬不動，還是你上去吧！」說著就把繩子遞給了兒子……

父親又勸慰兒子說：「我已經答應了官老爺，後悔也來不及了，你還是上去吧。孩子，你別怕吃苦，真要是能偷來桃子，官老爺一定會賞咱們一百多兩銀子，到時候爹就給你娶個漂亮媳婦。」兒子這才抓住繩子，使勁往上爬，手一伸，腳一蹬，就像蜘蛛在絲網上爬行一樣，很快就沒入雲霄，沒了人影。

過了很長一段時間，有個碗口大的桃子從天上落下來。父親看到了，十分高興，連忙拿起桃子，獻到了公堂上。公堂上的官員們相互傳著看了看，沒有人知道這桃子是真的還是假的。突然，半空懸著的繩子掉落到了地上。父親大驚失色，說：「完了，完了，天上有人砍斷了繩子，我的兒子可怎麼下來啊？」

過了一會兒，又有什麼東西掉了下來，大家一看，原來是那個孩子。父親立刻上前一把抱住兒子，大聲哭喊：「一定是偷桃子的時候，我兒子被看守的人發現了！完了，我兒子沒救了！」

父親悲痛不已，把兒子的屍體放進竹箱裡，蓋好蓋子，說：「官老爺，我就這麼一個兒子，走南闖北的，總跟著我。現在按照你們的吩咐去偷桃子，沒想到死得這麼慘。我要把他背回去安葬。」接著他走上公堂，跪在地上，說：「為了偷桃子，我的兒子不幸丟了性命，還望官老爺可憐，賞我些銀子也好葬了他。來生小人做牛做馬，也要報答各位官老爺的恩情。」

公堂上的幾位官員都很詫異，紛紛拿出銀兩賞給他。他接過銀兩，然後拍了拍竹箱說：「兒子啊，賞錢都有了，還不快出來，謝謝各位官老爺！」忽然，一個蓬頭散髮的小孩從竹箱裡鑽了出來，對著公堂上的官老爺磕起了頭。這小孩正是他的兒子。

這個戲法很奇特，直到今天我還記憶深刻。後來，聽說白蓮教❶的人都可以變這種戲法，想必那父子二人是白蓮教的後人吧！

---

❶【白蓮教】中國歷史上的一個秘密民間宗教組織，流行於元明清三代。

# 第七回　種梨

集市上，有個鄉下人在賣梨。他賣的梨香甜可口，但價格很貴。有一個老道士，穿得破破爛爛的，頭上紮著一頂破頭巾，站在賣梨人的攤前行乞。賣梨人很不樂意，訓斥了道士幾句，可是他還是不走。賣梨人生氣了，開始破口大罵起來。道士說：「你這一車有好幾百個梨，我就要其中的一個，對你來說又不會帶來多大的損失，你何必生這麼大的氣啊？」

這時一旁早就圍了好多人。其中有個看熱鬧的出面勸說賣梨人，讓他給老道士一個梨，打發走人算了。但是賣梨人就是不肯。一個小夥計從一旁的店鋪走出來，見此情景就自己掏錢，給老道士買了一個梨。

老道士萬分感謝，對小夥計說：「我一個出家人，也不知道什麼是吝嗇。來，我自己也有個好梨，一會兒我拿出來給大家吃。」有人插話說：「你既然自己有梨，為什麼不吃自己的呢？」老道士一手拿著店夥計給他的梨，一手指著它說：「我手裡的這個梨，需要它的梨心做種子。」說完，老道士拿著梨，大口大口地吃起來。

老道士一手拿著店夥計給他的梨，一手指著它說：「我手裡的這個梨，需要它的梨心做種子。」

很快老道士吃完了梨，只剩下梨心。然後他解下肩上背著的鏟子，在地上挖了一個大約幾寸深的坑。他將梨種放進去，用土埋上。接著他向圍觀的人要了一壺熱水灌溉。

有個好事的人拿出一壺滾燙的開水，老道士接過去，就將開水澆在剛才挖過的地方。很多人都在看著，突然一棵樹苗破土而出，慢慢地長大，不一會兒，就長成了一棵大梨樹。

這棵大梨樹枝繁葉茂，很快就開花了。又過了一會兒，花兒落下，滿樹結滿了黃澄澄的梨子。老道士不斷地從枝頭摘梨分給眾人吃。那梨又大又甜，一會兒全被分光了。之後，老道士又用鐵鏟把梨樹砍倒，接著扛起樹幹不緊不慢地走了。

老道士開始做法的時候，那個賣梨人也站在一旁觀看。他只顧伸著脖子，瞪著眼睛，一個勁兒地看，早就將他的梨攤兒拋到了腦後。老道士走了之後，賣梨人才回過頭來看自己的攤鋪，卻發現攤鋪上空無一物。這時候他才恍然大悟，原來老道士分給眾人的梨都是自己攤鋪上的。再仔細一看，他發現擺放梨的車子少了一個木把子，而且那個部位很明顯是剛剛被砍斷的。

賣梨人十分惱火，趕緊順著老道士走過的路找去。在一個拐角，他發現那個被砍斷的車把，他這才明白老道士所砍的梨樹就是他的車把。然而找遍了整條大街，他都沒看到老道士的人影。集市上的人看到賣梨人的模樣，無不笑得前仰後合。

# 第八回　勞山道士

縣裡有個姓王的書生，排行老七，是個沒落家族的子弟。這個書生從小就羨慕有道之士，聽說勞山上有許多仙人，就背著行李，往勞山去求教。到了山頂，他發現一座道觀，很是幽靜。一個白髮老道盤著腿，坐在蒲團上，一副神采奕奕的樣子。王七走上前去與道士攀談，發現他講的道理十分玄妙。於是王七請求拜老道為師。

道士說：「我怕你嬌生慣養，一點兒苦也吃不了。」王七連忙回答說：「我一定能吃得了苦。」道士門下的弟子很多，傍晚的時候全都來了。王七與他們一一見過，行完禮後，便留在了道觀中。

第二天一大早，道士叫王七過去，交給他一把斧頭，讓他跟著大家一起砍柴。王七不敢有絲毫懈怠，都按照要求一一做了。就這樣，過了一個多月，他的手和腳全都長出一層厚厚的繭子。他再也無法忍受這樣的勞苦，便起了回家的念頭。

一天晚上，王七砍柴回來，看見師父正與兩位客人喝酒。天色已經很暗了，但還沒有點

燈。這時候，師父剪了一張圓形的紙，就像一面鏡子一樣，貼在了牆壁上。一會兒，那張紙就變成一輪明月，照亮了整個廳堂，連人的毛髮都看得清清楚楚。道士門下的弟子們都在一旁恭候，等待師父的吩咐。

一位客人說：「這麼美好的夜晚，大家要一起享樂才對啊！」說著，從桌上拿起一壺酒，分別倒給那些弟子，並對他們說可以盡情暢飲。王七看見了，不禁皺起眉頭：就一壺酒，七個人怎麼夠喝呢？這時候，每個弟子都已找來酒杯，爭搶著倒酒喝，生怕那一壺酒很快就沒了。然而眾弟子不斷地倒酒，那壺酒好像一點兒也沒有減少，王七看了很是驚異。

過了一會兒，另外一個客人說：「承蒙你給了明亮的月光，四下裡一片清明，但我們這樣喝酒，會不會覺得寂寞？乾脆，我把嫦娥❶招來吧！」說著，他把手中的筷子向牆壁上的月亮一拋，隨即就看見一個美人從月光裡面飄出來。開始的時候她不到一尺，等落到地上就和真人差不多高了。她婀娜多姿，脖頸秀美，不一會兒就翩翩地跳起霓裳舞❷來。跳完舞之後，她又唱起了曲子：「仙人哪，你快回來啊，為什麼把我一個人留在廣寒宮❸？」嫦娥的歌聲清脆悠揚，如同吹奏簫管一般。唱完歌，嫦娥騰空而起，躍到了桌面上，大家正驚奇地看著她時，她卻已經變成了一雙筷子。道士和兩位客人都開懷大笑起來。

這時候，又有一位客人說：「今天晚上雖然快樂，但是我再也喝不下去了。這樣吧，把送別我的美酒佳宴，擺放在月宮裡吧！」說完，這三位客人離開座位，慢慢地飛進月亮裡面。大家看著這三個人坐在月宮中喝酒，眉毛和鬍鬚都能看得清清楚楚，就像是他們照在鏡子裡的影子一樣。

過了一會兒，月亮逐漸暗淡下去，眾弟子中有人點上蠟燭，只見道士獨自坐在屋子裡，客人已經不知去向。桌子上，殘羹冷炙還留在那裡，牆壁上的月亮也只不過是一張鏡子似的紙片而已。道士問眾弟子說：「你們都喝夠了嗎？」眾弟子齊聲回答說：「喝夠了。」道士說：「喝夠了，你們就早點休息吧，不然耽誤了明天砍柴。」眾弟子答應著，紛紛退了出去。王七心裡十分羨慕，便打消了想要回家的念頭。

又是一個月過去了，王七覺得自己再也無法忍受砍柴的苦楚了。然而道士還是什麼也沒有教他。他不想再等下去了，便找到道士說：「師父，弟子不遠萬里來找您修習法術，縱使學不到長生不老之術，如果能學一些皮毛，也算慰藉我的求學之心了。現在已經過去了兩三個月，每天都是早上出去砍柴，晚上回來吃飯睡覺。在家裡的時候，弟子可從來沒有吃過這樣的苦頭。」

---

❶【嫦娥】中國神話人物、后羿之妻。傳說因偷食后羿從西王母那裡得到的不死藥而奔月成仙。
❷【霓裳舞】古代的一種樂舞，相傳由唐玄宗李隆基創作。
❸【廣寒宮】又名蟾宮，中國神話傳說中月亮上嫦娥所住的宮殿。

道士笑著說：「從一開始，我就說你不能吃苦，現在果真是這樣。那好，明天早上你走吧！」王七接著說：「師父，弟子在這裡勞作這麼長時間了，還是請您傳授我一點兒東西，這樣也不辜負我這番奔波了。」

道士問：「你想學點什麼呢？」王七說：「我時常看見師父行走的時候，即使前方有牆壁也無法阻擋。我就學這個法術吧。」道士笑了笑，答應了他，就將口訣和咒語全教給了他。道士讓王七念完咒語後，衝他說：「進去！」王七對著牆壁不敢過去。

道士又說：「你試著走一下，不要擔心。」王七聽從道士的話，慢慢悠悠地走了過去，到了牆根那裡卻被擋住了。道士說：「你低下頭，趕快進去，不要有任何猶豫。」王七退後幾步，衝著牆跑了過去。這一回他感覺什麼東西也沒有，但是一回頭卻發現自己已經到了牆外。他非常高興，又跑回牆裡再三向師父道謝。道士說：「你回去後一定要潔身自好，否則咒語就不再靈驗。」接著，道士給了王七一些盤纏，讓他回家去了。

回到家裡，王七逢人便誇耀說自己遇到了神仙，並學會了法術，再堅固的牆壁也奈何不了他。對於他的話，妻子一點兒也不相信。於是王七又仿照那天的做法，離開牆壁少許，拼命地往牆裡跑去。不料咣噹一聲，他的頭磕在了牆壁上，人也隨之摔倒在地。他的妻子連忙將他扶起來，發現他的額頭腫了一個大包，就像一個雞蛋似的。妻子看到他這副樣子，就嘲笑他。王七又羞又惱，破口大罵那個老道士不是好人。

於是王七又仿照那天的做法，離開牆壁少許，拚命地往牆裡跑去。不料咣噹一聲，他的頭磕在了牆壁上……

# 第九回　狐嫁女

歷城有個叫殷天官的人，小時候家裡很窮，不過人倒是很有膽量和見識。縣裡有一座官宦人家的宅院，面積大約有幾十畝，樓宇相連，亭臺層疊，一眼望不到邊。然而這麼好的一座宅院，卻因為經常鬧鬼，人去樓空。時間一長，整座宅院都荒廢了，蓬蒿雜草到處都是，就連大白天也沒有人敢進去。

有一天，殷公和縣裡的一群書吏喝酒。席間有人開玩笑地說：「誰要是敢去那個地方住一夜，咱們就請他大吃大喝一頓。」聽了這話，殷公從坐席上跳起來，說：「這有什麼難的！」

於是這天晚上，殷公就帶著一張草席，準備去那座宅院投宿。眾人把他送到老宅的大門口便停了下來。他們說：「我們先在這裡等你一會兒，如果你發現有什麼妖魔鬼怪，就大聲呼喊！」殷公笑著說：「如果真有妖魔鬼怪，我非要抓住它，做一個見證。」說完，就走了進去。

院子裡，一片一片的莎（ㄙㄨㄛ）草❶夾雜著艾蒿，密密麻麻，將道路遮掩得嚴嚴實實。當時是月初，一彎上弦月掛在空中。雖然月光不是很明亮，但是藉著昏黃的光，依稀可以分辨出宅子的門窗。殷公摸索著，穿過幾座庭院，才走到後面的樓臺。登上樓臺，他發現這裡環境不錯，便停下來不走了。這時候再看看西邊的月亮，已落到山後，只有一線餘暉依稀可見。他坐在這裡過了好長時間，也沒有發現什麼異常情況。對於人們的流言蜚語，他頓時感到十分可笑。於是他將席子鋪在地上，拿起旁邊的一塊石頭當作枕頭，側躺下來，眼睛緊緊地盯著天上的牛郎織女星。

夜裡一更❷的時候，就在朦朦朧朧快要入睡之際，殷公突然聽見樓下有腳步聲，好像有人上來了。於是他假裝睡著了，並偷偷地瞇著眼睛看。只見一個青衣人，手裡提著蓮花燈，走了上來。這人猛然間發現殷公，大吃一驚，急忙向後倒退幾步，對後面走過來的人說：「有個陌生人睡在這裡。」下面有人問：「是誰啊？」青衣人說：「不認識。」

❶【莎草】多年生草本植物，爲一種常見的雜草，可長至一米左右。

❷【一更】晚上七點到九點。更，爲古代計時名詞，最早見於漢代。當時皇宮中的值班人員爲了明確晚上換班的時間，把一夜——從晚上七點到第二天早上五點——劃分爲五等分，稱爲「五更」。每更爲一個時辰，相當於兩個小時，換更時就擊鼓報時。

過了一會兒，上來一個老頭兒。他走到殷公身邊，仔細看了看，說：「這是殷尚書，他已經睡熟了。殷尚書為人豪放，不拘小節，我們只管做自己的事情，他應該不會怪罪的。」於是老頭兒帶領很多人，陸陸續續走上樓來。很快，樓上的門窗全都被他們打開了。

又過了一會兒，來來往往，忙碌的人更多了。樓上的燈火照得通明，就像是白天一樣。這時候，殷公稍微轉動了一下身子，打了一個噴嚏。老頭兒聽見殷公醒了，連忙走過來，跪在地上，說：「小人有個女兒，今天晚上要出嫁，不想打擾了殷相公休息，還望多多恕罪。」殷公坐起身來，用手扶著老頭兒，說：「不知道你今天晚上辦喜事，慚愧得很，我沒有帶什麼禮物來道賀。」老頭兒說：「有您這樣的貴人前來，一定可以壓邪避凶，所以還是請您上席入座吧，這對我們來說是莫大的榮幸。」殷公很高興，滿口答應了老頭的請求。

殷公和老頭兒一起往樓裡面走，只見那裡陳設得很華麗，一位年過四十的婦人上前迎接。老頭兒說：「這是我的妻子。」殷公向她打了招呼。緊接著，鑼鼓喧天，鼓樂齊鳴，只見有一個人匆忙跑上來，說：「人來了。」老頭兒立刻出門，準備迎接。殷公站在原地，靜靜地等候。

不多時，一連串紅紗纏繞的燈籠先行引路，後面緊跟著一位新郎官，大約有十七八歲的樣子，長相俊秀，一身儒雅之氣。老頭兒趕忙讓他給各位貴客行禮。新郎官看到殷公站在那裡，便朝殷公行了大禮，然後老頭兒與女婿相互行禮。行禮結束後，大家分座入席。

老頭兒聽見殷公醒了，連忙走過來，跪在地上，說：「小人有個女兒，今天晚上要出嫁……」

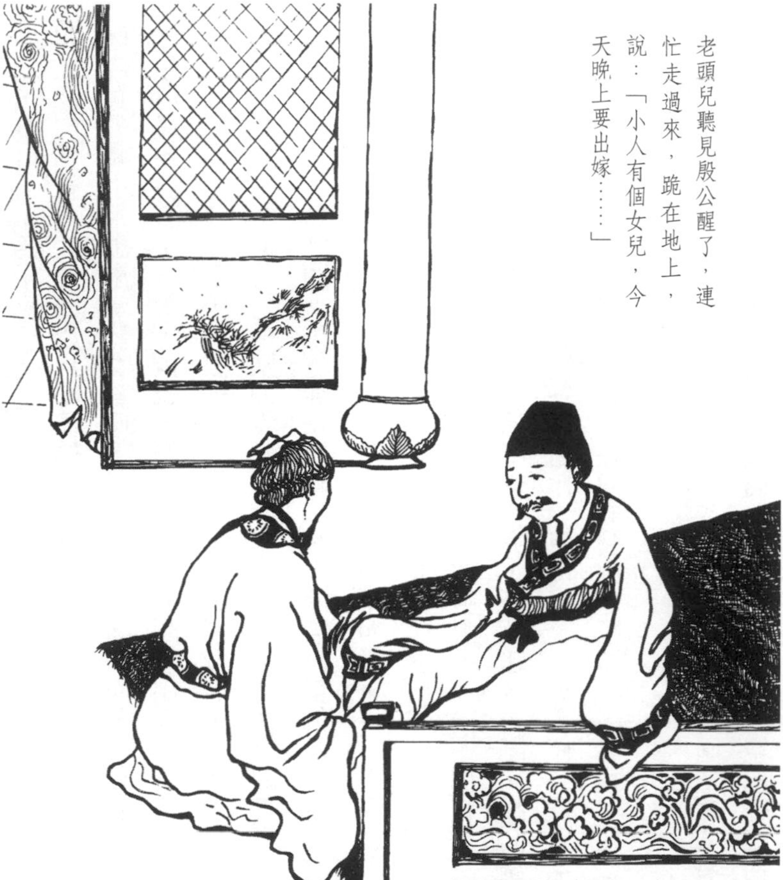

又過了一會兒，上來很多侍女，個個打扮得十分豔麗。她們來往於各個桌席，端菜倒酒。一時之間，酒肉飄香，人聲四起。喝酒的杯子在燭光的映襯下照亮了酒桌。酒過幾巡，老頭兒讓一個侍女去喊小姐出來。侍女答應了一聲就去了。可是等了好長時間，還是不見新娘子出來。老頭兒又親自去了一趟，撩起帷帳，催促女兒趕快出來。

在幾位侍女和僕人的陪伴下，新娘子終於出來了。她佩戴著金玉環，身上散發出的香氣瀰漫在整個廳堂。老頭兒先讓女兒拜見了殷公。行完禮後，她便在母親身旁坐了下來。殷公仔細打量了一下新娘，只見她頭上戴著翡翠鳳釵，耳上綴著精美飾品，容顏秀美，真可算是絕色佳人了。過了一會兒，老頭兒拿著大金杯與諸位賓客飲酒。

殷公沒有忘記來這裡的目的，心想大金杯是個好東西，正好拿回去，可以給朋友們做個見證。於是，他悄悄地拿起一隻酒杯，放進袖子裡，假裝喝醉，一頭倒在酒桌上睡著了。旁邊的人以為他喝醉了，都沒有去打擾他。過了一會兒，新郎起身告辭。瞬間樂聲大起，眾人都下樓相送。酒宴結束了，侍女們收拾餐具酒杯，發現少了一隻金杯，找了半天，哪裡也沒有找到。有人私下裡議論，說一定是倒頭大睡的殷公偷走了酒杯。老頭兒知道了，連忙讓那人不要說了，生怕殷公聽見。

又過了一會兒，樓裡樓外都安靜下來。殷公這才起身。只見周圍一團漆黑，沒有一點兒光亮。剛才到處瀰漫的脂粉和酒味還在空中飄蕩。這時候東方的天空已經發白，他便慢慢地走下樓去。一摸袖子，那隻金杯還在。到了大門口，那群書吏們早就在那裡等候了。

殷公說他在這座宅子裡過夜了，但是沒有一個人相信。大家都認為殷公半夜裡溜出來走了，一大早才又回去的。面對眾人的質疑，殷公從袖子裡拿出昨晚的那個酒杯。大家看到後都十分驚訝。接著殷公就把他昨晚的見聞，一一告訴他們。聽完後大家都相信了，因為像這樣的酒杯，一般的窮書生是沒有的。

過了幾年，殷公考上了進士❸，到一個叫肥丘的地方做官。當地有個朱姓的世家請殷公過去吃飯。酒席上，朱公子命令下人取酒杯來。但是過了好長時間，下人始終沒有回來。這時候，有個年輕的僕人走過去，湊到主人的耳邊說了幾句。接著朱公子臉色大變，怒氣沖沖。

過了一會兒，朱公子手持一個大金杯，走到殷公跟前勸酒。殷公看見那隻酒杯與狐狸的金杯，不管是款式還是花紋都一模一樣。他感到十分奇怪，便問朱公子這金杯是什麼地方出產的。

朱公子說：「這種金杯，是先父在京城做官的時候，找能人巧匠打造出來的。它們一共有八隻，一直是我們家的傳世之寶。今天承蒙縣令大人光臨，我特意命僕人取出來敬酒，但

❸【進士】中國古代科舉制度中，通過最後一級考試者，稱爲進士。

沒想到竟少了一隻。起初我懷疑是家裡的下人偷走了，但是裝酒杯的箱子十年來一直沒動，上面的塵土還是原來的樣子，真叫人猜不透其中的緣由。」

殷公笑著說：「那一隻金杯一定是成了仙物，獨自飛走了吧！不過家傳珍寶不能遺失，幸好我家裡有一隻，和你的金杯十分相似，改天我拿過來，送給你吧！」

酒足飯飽後，殷公返回衙門，立刻拿出金杯，派人騎馬送到朱府。朱公子拿到金杯後，大吃一驚，親自到府衙感謝殷公，順便問起了這隻金杯的來歷。於是殷公便把那天晚上的經過，一五一十地告訴了朱公子。這時候眾人才明白，狐狸精可以隨時取用千里之外的東西，但是東西終究不是他們自己的，他們也不敢據為己有。

# 第十回　嬌娜

有個叫孔雪笠的書生，是孔子的後人。他為人忠厚老實，頗有涵養，平時只要有時間，就寫詩作畫。他有個好朋友，在浙江天台做知縣，寫了一封信來，邀請他過去遊玩。孔生剛到天台縣，這位知縣朋友就不幸去世了。孔生身無分文，回不了家，只好在當地流浪。幸好菩陀寺需要有人抄錄經文，孔生便住在那裡，靠抄寫經文為生。

在菩陀寺的西邊大約百步開外，有一處單（ㄕㄢˋ）姓人家的府邸。單先生原本是大戶人家的公子，因為跟人打了一場官司，家境日益衰落，人丁越來越少，便搬回農村去住了。就這樣，這府邸就成了一座空宅。

有一天，下起了大雪，路上靜悄悄的，沒有一個人影。孔生路過單家大門口的時候，恰巧從裡面走出一個少年。這少年儀表堂堂，容貌俊美。見到孔生，少年忙上前行禮，並邀請孔生到屋內一坐。孔生對這個少年很有好感，便毫不猶豫地答應了。

走進大門，只見一幢幢房屋，雖然不是很寬大，但到處都懸掛著錦帳，並且牆壁上還貼

著許多名人字畫。進屋之後，內堂中央擺著一張書桌，上面放著一本書，封面上寫著《琅嬛鎖記》四個字。孔生忍不住隨便翻了翻，發現裡面的大部分內容都是自己沒有讀過的。少年既然住在單家的宅子裡，在孔生看來，就一定是這裡的主人了，所以他也沒有細問少年的出身門第。

了解到孔生的境遇後，少年深表同情，建議他開設學堂，收徒教書。孔生歎了一口氣，說：「一個流落他鄉的人，誰願意做我的學生呢？」少年說：「如果你不嫌棄我愚笨的話，我願意第一個拜你為老師。」孔生聽到後很高興，說不敢以老師自居，以朋友之禮相待就行。孔生又問：「這裡的宅院，為什麼總是鎖著呢？」少年回答說：「這是單家的宅院，因為他們家的公子搬到鄉下去住了，所以這宅子就一直閒著。我姓皇甫，祖上世代居住在陝西，由於家宅不幸遭遇野火焚燒，這才搬到這裡暫時借住。」這時候孔生才明白過來，原來這位皇甫公子並不是單家的主人。這天晚上，兩個人坐在一起，聊得很投機。後來孔生沒有走，直接留下來過夜。

第二天，天剛剛亮，一個童僕走進來，生了一盆炭火。這時候皇甫公子已經起床，到內室裡去了。孔生一個人在床上，抱著被子坐著。不一會兒，另外一個童僕走進來，說：「太公來了。」孔生大吃一驚，連忙起床，只見一個鬚髮皆白的老翁走進來向孔生恭敬有禮地說：「承蒙先生厚愛，願意教我那頑劣不化的小兒。他剛剛開始學習詩文，先生千萬不要因為和他是朋友，就不以師長的身分對待他。」說完，老翁送給孔生一套綢緞衣服、一頂貂皮帽子、一雙鞋子和一雙襪子。等孔生洗漱完畢，梳理好頭髮，老翁又讓人端來酒菜。一時之間，茶几、床榻、褲裙、衣服，每一樣都色彩鮮亮，卻不知道用什麼做的。行了幾次酒，老翁就拄著拐杖，起身告退了。

吃完飯，皇甫公子把所學的功課拿出來，孔生一看都是些古代詩詞，卻沒有為科舉考試做準備的八股文。孔生覺得很奇怪，便問他這是為什麼。皇甫公子笑著說：「功名利祿不是我想要的。」到了晚上，皇甫公子特意讓童僕端出酒來，說：「今天晚上，我們再痛痛快快地喝一夜，明天就不能喝酒了。」接著，他又讓童僕去看看太公睡覺了沒有，如果睡了，就讓香奴一個人偷偷地來這裡。

童僕出去了，過會兒又進來，拿來了一把琵琶。琵琶放在一個錦袋裡，還沒有拿出來。又過了一會兒，一個侍女走進來，只見她濃妝豔抹，穿著豔麗。皇甫公子讓她彈奏一曲《湘妃》[1]，她拿起象牙做的撥片，輕輕一挑琴弦，便發出振奮高亢而又纏綿悱惻的聲音，這樣的節奏和孔生原來聽到的並不一樣。少年又拿出大杯來行酒，兩個人盡情地暢飲，直到三更

---

[1]【湘妃】即堯帝的兩個女兒，後嫁舜帝為妻，姐姐叫娥皇，即湘君；妹妹叫女英，即湘夫人。後世所謂的女神「湘妃」，相傳就是舜的兩位帝后。

的時候才各自散去。

第二天一大早，兩個人就起來讀書。皇甫公子異常聰慧，只要看過一遍，立刻就能背誦下來。兩三個月過後，公子的文章大有長進，每次寫出的詩文都讓人讚歎不已。同時公子還和孔生約好，每隔五天喝一次酒。每一次喝酒，都叫香奴來伴奏。

有一天晚上，孔生醉意正濃，頭腦有些不清醒，兩隻眼睛死死地盯著香奴看。皇甫公子見此情景，已經明白了他的心思，便說：「這個侍女是我父親收養的，兄長孤身一人，又遠在他鄉，做弟弟的一直在為你操心這件事兒，以後一定為兄長找一位好的伴侶。」孔生說：「如果真要找好的，那一定要找像香奴這樣的。」公子笑著說：「你真是少見多怪啊，如果以為香奴就算漂亮的話，那你的願望很容易就可以滿足。」

又過了半年的時間，孔生想要去城郊野外遊玩，走到了門口，發現兩扇門在外面反鎖著。於是他便向皇甫公子詢問其中的緣由。公子說：「我父親總是擔憂，怕我與外面人交往多了，擾亂心性，便一直使用這種辦法謝絕門客。」孔生聽了，也沒有多想。

這時候正是炎熱的夏季，空氣濕熱難當，書房也被他們挪到了園子裡。突然有一天，孔生的胸脯上生了一個膿包，如同桃子般大小。膿包不停地生長，過了一個晚上，已經有碗口那麼大了。孔生十分痛苦，不住地呻吟著。皇甫公子萬分焦急，吃不下飯，睡不著覺，不時地過來看望孔生。

又過了幾天，孔生胸前的膿包變得更加嚴重，他已經吃不了飯，喝不下水了。其間太公也過來看望了幾次，但是也沒有什麼好辦法，只能對著兒子大聲歎息。公子說：「父親，昨天晚上我突然想到嬌娜妹妹可以治療孔先生的病。我已經派人到外祖父家去請她了，為什麼到了這個時候，人還沒有到呢？」過了一會兒，一個童僕跑進來，說：「嬌娜姑娘到了，同行的還有姨媽和松姑娘。」父子二人聽後，連忙到內室迎接她們。

過了一會兒，皇甫公子領著嬌娜姑娘前來探望孔生。嬌娜大概有十三四歲的樣子，兩隻眼睛流露出聰慧的光彩，尤其是她的身段，亭亭玉立，婀娜多姿。看到這樣美貌的女子，孔生一下子就忘記了病痛，精神不禁為之一振。公子對嬌娜說：「這是你哥哥的好朋友，就像是親兄弟一樣，妹妹你可要好好醫治他呀！」

嬌娜捲起袖子，收起羞容，走到床邊，為孔生把脈。頃刻間，孔生只聞到一股芬芳的香氣，時時襲來。那香味比蘭花還要濃烈。把脈結束後，嬌娜笑著說：「先生之所以得這種病，是因為心脈紊亂的緣故。雖然這病看起來很嚴重，但其實是可以治癒的。現在膿包快要凝結成塊，只能割破皮肉了。」

說著，嬌娜從手上拿下一個鐲子，放在孔生的病患處，輕輕一按，潰爛的傷口處就鼓起一個大包，大約有一寸多高。這時候其餘的腫塊也被束在金鐲裡面，不像之前有碗口那樣大了。接著，嬌娜從身上取下一把佩刀。這把佩刀看起來甚至比紙張還要輕薄。她一隻手緊緊按住鐲子，另一隻手拿著佩刀，在膿包的根部慢慢地割起來。很快紫色的膿血從傷口處流出來，床上的席子也被弄髒了。

孔生早就被嬌娜的倩影身姿所迷，這時候非但不覺得疼痛，反倒擔心膿包很快被割完，就再不能與嬌娜相處在一起。沒過多長時間，膿包全部被割出來了，圓鼓鼓的，好像樹木上的疤似的。嬌娜又讓人拿來清水為孔生清洗傷口。之後嬌娜從口中吐出一顆紅丸，放在孔生的胸脯上，輕輕地按住，圍著傷口旋轉。才轉了一圈，孔生就覺得胸前火氣升騰；又轉了一圈，傷口處有些發癢；等轉完第三圈，孔生頓覺神清氣爽。嬌娜收起那顆紅丸，重新放回口中，說了一聲「好了」，便頭也不回地快步走出屋去。孔生連忙坐起來，追下床去，不住地感謝嬌娜，連日來的病痛，霎時間痊癒了。

從此只要想起嬌娜的容顏和身影，孔生就沒有辦法控制自己的感情。他拿著書本，整天呆坐在書房，不知道將自己的情感寄託到何處。對於孔生的心思，皇甫公子早就心知肚明，於是對他說：「我終於給兄長找到了一位好伴侶。」孔生忙問：「是什麼人？」公子回答說：「也是我們家的一個親戚。」孔生想了半天，說：「不必麻煩了。」接著，他對著牆壁，又吟了兩句詩：「曾經滄海難為水，除卻巫山不是雲。❷」公子一聽，已明白他話裡的意思，說：「兄長，你博學多才，深受家父的賞識，他時常想與你結一門親事。不過，我只有一個妹妹，年紀還小。我姨媽家有個女兒叫阿松，今年十八歲了，長相俊美。明天，松姐姐要到園中的亭子裡來，如果你不相信的話，可以在前廂房裡，遠遠地看一看她。」

孔生按照皇甫公子所說的去做，果然看見了一位美麗的女子。與她相伴的還有嬌娜。那女子兩彎柳葉眉，又黑又細，小巧玲瓏的腳上穿著一雙繡花鞋。與嬌娜相比，她也不差分毫。孔生十分歡喜，連忙請公子為他做媒。第二天，公子從內室裡走出來，對孔生笑著說：「兄長，事情談妥了。」

很快家裡另外收拾了一間房屋，準備為孔生辦理婚事。成婚的那一天晚上，笙簫不斷，非常熱鬧，連房梁上的塵土都被震落了。孔生終於如願以償，一想到期盼中的美人將要與自己共床共枕，他彷彿覺得天上的廣寒宮已經降臨到了人間。成婚以後，孔生十分歡喜，也很滿意。

一天，皇甫公子突然找到孔生，對他說：「兄長，和你在一起讀書的時候，我受到了很多教誨。對於這些，我無時無刻不記在心裡。但是最近單家的公子已經了結了官司，馬上就要搬回這裡來了，所以我們準備搬回老家去。想到以後我們兩個人很難相聚，我的心裡就很

❷【曾經滄海難爲水，除卻巫山不是雲】指經歷過滄海的人，別處的水再難以吸引他；除了巫山的雲，別處的雲都會黯然失色。此句出自唐代著名詩人元稹的代表作《離思五首》的第四首，後兩句是「取次花叢懶回顧，半緣修道半緣君」。

難受。」孔生當即表示願意和他們一起去。但是公子勸說他最好還是回家鄉去。孔生說回家鄉有一定的難處，公子安慰他說不用擔心，馬上就可以把他們夫妻二人送回家鄉。

沒過多長時間，太公就把松娘帶來了，另外還給了孔生一百兩黃金。皇甫公子叮囑孔生夫婦，在回家的路上，千萬不要睜開眼睛看。孔生閉著眼睛，只感覺身體騰空而起，耳邊的風聲不斷吹來。過了一會兒，公子說了一聲「到了」，孔生睜開眼睛一看，果然已經回到家鄉了。直到這時，孔生才知道皇甫公子不是一個普通人。

孔生喜出望外，趕緊敲開了自家的房門。孔母知道兒子回來，也是格外高興。孔生連忙把自己漂亮的妻子介紹給母親認識。大家正在一起噓寒問暖的時候，孔生回頭一看，皇甫公子已經沒有了蹤影。

松娘來到孔家後，對待婆婆很是孝順，她的賢良和美貌在當地傳為佳話。後來孔生參加科考，中了舉人，並被任命為延安府的司理❸。沒過多久，孔生帶領全家赴任。母親由於年事已高，便沒有隨行前往。後來松娘生了一個男孩，取名叫小宦。再後來，孔生由於冒犯了上級官員而被免職。在事情了結之前，他必須停留在延安府，不能離開。

有一天，孔生在郊外打獵。忽然一位英俊的少年，騎著一匹小黑馬從他面前經過，並不時地盯著他看。孔生也仔細地看了看，發現那少年竟然是皇甫公子。意外相遇，兩人欣喜萬分，紛紛下馬聊了起來。皇甫公子邀請孔生到家中一坐。不一會兒，他們就來到了一個村莊，只見樹木鬱鬱蔥蔥，幾乎看不到陽光。進了皇甫公子家門，發現大門上露出包金的鉚釘，頗有大家族的風範。孔生問起公子妹妹的近況，才知道她已經嫁人了，而他的岳母也已經去世。知道這些後，孔生感慨萬千，不禁悲從中來。

在皇甫家住了一個晚上，孔生就回去了。然後他把妻子和兒子都帶到了皇甫家。嬌娜也來了，兩隻手緊緊地摟住孔生的兒子，笑著說：「姐姐生的兒子，真是亂了我們的種了。」孔生再一次感謝嬌娜曾經為他治癒病患，嬌娜笑著說：「姐夫真是變得富貴了，可別好了瘡疤，忘了疼啊！」嬌娜的丈夫吳郎也走上前來與孔生相見。孔生一家在皇甫家住了兩個晚上便回去了。

一天，皇甫公子憂心忡忡地找到孔生，對他說：「兄長，天降凶災，你能救救我們全家嗎？」孔生雖然不知道發生了什麼事，但是毅然決然地答應了下來。公子迅速將全家人喊來，在廳堂之上朝孔生跪拜謝恩。見此情景，孔生十分驚訝，忙問是怎麼回事。

皇甫公子說：「我們不是人，而是狐狸，現在遭遇雷劈的劫難，如果兄長敢於相救的

❸【司理】官名，宋初各州設有馬步院，即在騎兵和步兵營中的法庭、監獄一類的軍法機關。讓軍人作爲判官，掌管刑獄訴訟。宋太祖開寶六年（西元九七三年）各州馬步院改爲司寇院，以文臣作爲司寇參軍，後司寇改爲司理。

話，我們全家老小或許能免於一死。如果不行的話，那兄長就趕緊抱著孩子走吧，免得受到牽連。」孔生當即表明自己的決心，誓死要與他們在一起。

皇甫公子要孔生持著一把利劍，站在大門口，即便是五雷轟頂，也不要動。孔生遵照皇甫公子的話去做。不一會兒，果然看見天空烏雲密布。霎時間就像黑夜降臨一樣，昏天黑地。這時候他回頭一看，只見一座高大的墳墓矗立在自己身後，而之前的那座宅院突然消失得無影無蹤了。在墳墓的底部有一個深不可測的黑洞。孔生正感到驚愕之際，一聲巨雷響徹雲霄。緊接著狂風驟雨全都襲來。墳墓的旁邊有一棵古樹，這時也被連根拔起。

孔生雖然感到頭昏目眩，但依然堅持站在那裡，紋絲不動。一陣濃煙之後，有個張牙舞爪的怪物出現了。它從洞穴中抓出一個人，隨著煙霧在空中不斷上升。孔生看到了那人的衣服和鞋襪，覺得可能是嬌娜。於是他奮不顧身地衝上去，用長劍刺向怪物。隨後嬌娜從空中掉了下來。忽然，又是一聲驚天動地的炸雷，孔生倒在地上，昏死過去。

過了一會兒，烏雲散去，太陽重新出現。嬌娜慢慢甦醒過來，當她看到倒在地上的孔生後，便大哭著說：「孔郎為了救我死了，我還有什麼可活的呀！」這時候孔生的妻子松娘也出來了，兩個人一起將孔生抬了回去。

進到屋裡後，嬌娜趕緊讓松娘抱著孔生的頭，皇甫公子用金簪撬開他的嘴，她自己則吐出紅丸，用舌頭送到孔生的嘴裡，並對著孔生的嘴，吹了幾口氣。紅丸很快進入孔生的嘴裡，發出「咯噔」的聲音。又過了一會兒，孔生醒了過來，慢慢地睜開眼睛。全家人都安然無恙地站在他周圍，孔生感覺像是做了一場大夢。見孔生醒了，全家人的心終於安定下來，瞬間轉悲為喜。

孔生認為這宅院是一座大墳，不適合長久居住，便打算將全家搬遷到自己的家鄉。聽到這個想法，全家人都很贊同。然而只有嬌娜一個人悶悶不樂。孔生請吳郎一起同去，但是又擔心吳家老小不願意搬離。就這樣一整天過去了，大家也沒有商量出一個好辦法。

忽然，從吳家來了一個僕人，大汗淋漓，氣喘吁吁地跑了進來。大家很吃驚，忙問出了什麼事。僕人說，吳家也在同一天遭到了天譴❹，全家老小沒有一個人倖免。嬌娜聽後痛哭不已。大家勸慰了嬌娜一番，這才決定所有人都去孔生的家鄉。

孔生進城料理了幾天，回來後全家人連夜收拾行裝就起程了。孔生回到家鄉後，把閒置的花園讓給皇甫公子一家住，並把花園的門反鎖起來，只有孔生和松娘到來時才會打開。孔生與皇甫兄妹一起下棋、喝酒、閒聊、聚會，就像一家人一樣。孔生的兒子小宦，長大成人以後，面容清秀，有著狐狸般的靈性。到外面遊玩的時候，人們都知道他是狐狸生的孩子。

---

❹【天譴】上天的責罰。

它從洞穴中抓出一個人，隨著煙霧在空中不斷上升。孔生看到了那人的衣服和鞋襪，覺得可能是嬌娜。

# 第十一回　妖術

有個叫于公的人，年少時放蕩不羈，為人仗義，時常打拳習武。他的力氣很大，可以手持高壺，任意揮舞，就像是跳舞一般。

明朝崇禎年間，于公在京城參加殿試❶。他的一個僕人突然臥病不起，于公很是著急。這一天，于公在大街上碰到一位算命先生。這位先生聲稱可以測算人的生死。于公想幫他的僕人算一算，於是向那位算命先生走去。到了跟前，還沒有開口，算命先生就問他：「你是不是想幫你的僕人測算病情啊？」于公大吃一驚，忙點頭稱是。

算命先生說：「有病在身的人，沒有什麼大礙，倒是你有大難臨頭啊！」于公便讓他給自己算一卦。算命先生算了半天，十分驚愕地說：「三天之內，你會喪命。」于公聽後十分

---

❶【殿試】宋（金）、元、明、清時期科舉考試之一，又稱爲「御試」、「廷試」、「廷對」，由皇帝親自出題考試。殿試爲科舉考試中的最高一級，參加殿試的人首先必須通過會試。

于公連忙走近窗戶一看，只見一個小人兒，肩上扛著一枝戈，鑽了進來。

詫異，算命先生不緊不慢地說：「小人會一點法術，如果你能給我十兩金子，我自會替你消災免禍。」

于公心想，生死有命，還有什麼法術可以挽回呢，何必花這冤枉錢。於是他沒有理會算命先生，起身便走。算命先生說：「吝嗇這幾個小錢，你一定會後悔的。」于公的朋友知道了這件事，都很為他擔心，並勸他拿出所有的積蓄找那個算命先生求救，但是于公並沒有接受大家的勸告。

時間過得很快，轉眼間已經到了第三天。在旅店裡，于公正襟危坐，靜靜地觀察周圍的一切。然而整個白天過去了，並沒有發生什麼異常情況。到了晚上，于公關好門窗，點亮油燈，把利劍放在自己身邊，端正地坐在凳子上。一更天快要過去了，還沒有什麼徵兆。這時于公也睏了，正準備上床睡覺，卻聽見窗戶縫裡突然傳來「窸窸窣窣」的聲音。

于公連忙走近窗戶一看，只見一個小人兒，肩上扛著一枝戈❷，鑽了進來。小人兒一落地，轉眼間就變得與真人一樣高大。于公沒有多想，看準時機，拿起利劍刺了上去。小人兒輕飄飄地一躲，沒有擊中。小人兒連忙變小，想要從窗戶縫裡逃走。于公急忙追上去，用力一砍，小人兒倒在了地上。于公舉著油燈，湊到跟前一看，原來是一個紙人，已經被齊腰砍

❷【戈】一種兵器，流行於商至漢代。

斷。經歷了這一場打鬥，于公不敢再去睡覺，繼續坐在那裡等待。

過了一會兒，有個怪物從窗戶裡跳進來，面目猙獰，簡直和鬼怪沒什麼兩樣。怪物剛一落地，于公急忙上前揮動寶劍將其削成兩段。那兩段頓時落在地上，不斷地蠕動著。于公害怕怪物再一次起來，又用利劍連續猛砍。每一劍都砍到怪物身上，並發出清脆的響聲。這時候，于公停了下來仔細一看，原來是一個泥人，一片一片地散落在地上。這一次，于公坐到窗戶跟前，從縫隙中注視著屋外。

又過了好長一段時間，窗戶外面傳來一陣喘氣聲，就像牛一樣。只見一個巨型怪物正使勁兒地推動著窗戶，連房屋的牆壁都不斷地顫動，好像馬上就要崩塌一樣。于公心想與其被壓死在這裡，不如出去與它鬥一鬥。這樣想著，他就迅速奔出房門。藉著屋外昏暗的月光，于公看到這個怪物的臉像煤一樣漆黑無比；它身形巨大，與房簷差不多高；眼睛裡不時地閃出黃光，手裡拿著弓，腰裡掛著箭，上半身赤裸著，兩隻腳沒有穿鞋。

于公正驚愕之時，怪物已經拉起弓射出一箭。于公急忙用劍撥到了一邊，箭落在了地上。于公還沒來得及出手，怪物拉起弓又射來一箭。見此情景，于公連忙跳起來，躲在一邊，那枝箭射在牆上，發出一陣聲響。怪物惱羞成怒，拔出一把佩刀，使勁地向于公猛砍過去。

于公像猴子一樣快捷靈活，怪物的佩刀沒有砍中他，卻砍到了庭院裡的一塊石頭上。石頭頓時斷裂成兩半。這時候，于公從怪物的兩腿之間竄了過去，同時用利劍猛砍，擊中了怪物的腳腕子，發出鏗鏘的金屬聲。怪物更加憤怒，大吼一聲，轉過身子，又舉起佩刀猛砍下去。于公只好屈身，再一次鑽到怪物的胯下。怪物的佩刀落下來，削斷了于公的衣袍。

這一次，于公從胯下鑽出去，已經到了怪物的腰前，他用力揮劍一砍，也是鏗然作響。怪物被擊中了，倒在地上。于公不敢鬆氣，上前又是一陣猛砍，但這次發出的聲音好像巡夜時敲打的木梆聲。于公用油燈一照，原來是一個木偶。它的大小和真人差不多，腰間還掛著弓箭，面容刻畫得十分凶惡。木偶身上凡是被劍擊中的地方都有血水流出來。于公不敢睡覺，守著油燈，一直坐等到天亮。猛然間他才恍然大悟，這些鬼怪都是那個算命先生派來的，想要通過這種方式殺人，以顯示自己的算命本事高明。

第二天，于公將這件事情告訴了朋友。大家一起來到算命先生的住處。那位算命先生遠遠地看到于公，一眨眼就不見了。有個朋友說：「他用的這是隱身術，只要用狗血就可以破解。」於是于公按照這種做法，再一次來到算命先生的住處。這一次，算命先生又隱身不見了。于公趕緊用狗血澆在算命先生站立的地方。很快，算命先生露出了原形。他站在那裡，頭上和臉上滿是狗血，眼睛一閃一閃的，活像個鬼怪。于公一把抓住他，交給府衙，後來算命先生被判了死刑。

# 第十二回　葉生

淮陽縣有個姓葉的書生，他確切的名字已經被人們遺忘。他喜好詩文，所作的文章辭賦在當時是首屈一指的。然而命運不濟，他每次參加科舉考試都名落孫山[1]。

這時候，有一個叫丁乘鶴的關東人來到淮陽縣做縣令。看到葉生的文章，丁縣令十分喜歡，於是召見葉生談話。兩人談得非常投機。於是丁縣令讓葉生搬到官府居住，並一直資助他讀書。此外，丁縣令還時常派人給他送去一些錢糧貼補家用。

又是一年省考的時節，在學使面前，丁縣令極為推崇葉生。這一次科考，葉生取得了第一名的好成績。丁縣令很看好葉生，會試結束後特意把葉生的文章拿過來閱讀。看完文章後，丁縣令情不自禁地連連稱讚。然而人的命運和變數真是難以揣測，考試放榜的結果出爐，葉生再一次名落孫山。

葉生垂頭喪氣地回到家中，覺得自己辜負了好友的期盼，整個人變得十分消瘦，神情呆若木雞。丁縣令聽說這件事後把他喚來，並好好地勸慰了一番。葉生深受感動，淚水不住地

落下來。丁縣令對葉生的遭遇十分同情，決定任職期滿去京城的時候帶著葉生一起北上。對此葉生更加感激，告辭後回到家中，再也沒有出過門。沒過多長時間，葉生就病倒了。丁縣令不時地派人查看他的病情，並給他帶了很多東西，但是葉生吃了很多藥，病情仍然不見好轉。

這時候，丁縣令因為得罪了上司也被罷免了官職，很快他就要卸任離開此地了。臨行前，丁公給葉生寫了一封信，大致內容是：「我已經定下了東歸回鄉的日程，之所以遲遲不走，就是在等你啊！只要你早上到，那麼我們晚上就可以出發了。」

丁公派人把這封信送到葉生的住處。葉生看完信後，痛哭不已，並請求送信人轉告丁公，說他的病很嚴重，一時半會兒難以治好，還是請丁公先行上路。送信人回去後，向丁公轉達了葉生的話。丁公聽後，還是不忍離去，繼續等待葉生。

過了幾天，看門的人突然傳來消息，說葉生到了。丁公十分高興，急忙前去迎接。葉生說：「由於我生病，讓先生久等了，這讓我倍感不安。現在好了，我可以隨時跟在你的身邊。」第二天一大早，丁公打理好行裝，便和葉生一起出發了。

---

❶【名落孫山】出自宋朝范公偁《過庭錄》。宋朝的才子孫山去參加科舉考試，他的名字被列在榜文的最後一名，但仍是榜上有名。名落孫山就是名字落在孫山的後面，指考試或選拔沒有被錄取。

到了家鄉，丁公讓自己的兒子拜葉生為師，早晚都跟他在一起。丁公的兒子名叫再昌，當時已經十六歲了，但還不能寫文章。幸好，丁公子聰慧過人，凡是詩詞賦文，讀過兩三遍就能熟練地背誦出來。一年之後，在葉生的教導下，丁公子可以下筆寫文章了。加上丁公的出力，丁公子很快進了縣裡的學堂。

葉生為了準備考試，寫了很多文章。他將這些文章謄寫出來，全部教給了丁公子。丁公子後來參加鄉試時所寫的七個題目，全都是平時練習過的。放榜後，丁公子考取了第二名。有一天，丁公對葉生說：「先生，你只用了自己的幾成本領，就讓小兒金榜題名。可是真正有才能的人，卻始終沒有出頭之日，這到底是怎麼一回事啊？」

過了幾天，看門的人突然傳來消息，說葉生到了。

葉生說：「這大概就是我的命吧！現在憑藉您的恩澤，我的文章已經讓天下的人看到了，相信他們知道我的落魄處境，並不是由於我能力低下的緣故。只要想到這一點，我就心滿意足了。一個讀書人，如果能得到一個知己，那便是天下最為幸運的事情，又何必非要加官進爵擺脫平民身分，才算是好運呢？」

葉生長期客居他鄉，丁公生怕他錯過歲考，就勸他回家鄉看一看。知道情由後，葉生露出一副悶悶不樂的樣子。丁公不好勉強他，便叮囑自己的兒子，到京城參加會試後給葉生捐個監生❷的資格。丁公子參加會試，中了進士，被授予禮部主事的職位。這樣，丁公子就帶著葉生一起赴任，每天從早到晚，兩個人都待在一起。

又過了一年，葉生參加了京城舉行的鄉試，沒想到竟然考中了舉人。碰巧這時候，朝廷派丁公子到南方治理河道。於是丁公子對葉生說：「先生，這裡距離您的家鄉不遠，既然您已經有了官職，為什麼不回家鄉看望一下呢？」葉生聽了十分歡喜，便決定回家鄉一趟。選好了日子，他們就上路了。

快到淮陽縣地界的時候，丁公子派人用車馬將葉生送回家。葉生快到家門口的時候，發現庭院蕭瑟，心裡感到十分難過。葉生一步一步地走到庭院當中，這時他的妻子端著簸箕走了出來。一看見是葉生，妻子嚇了一跳，連忙扔下簸箕跑了。

葉生淒慘地說：「我現在考中了舉人，三四年沒有見面，你怎麼突然不認識我了？」妻

❷【監生】明清兩代的最高學府國子監的學生。

子站在遠遠的地方，對他說：「你已經死了很長時間了，還提什麼富貴啊！你的棺木遲遲沒有下葬，是因為家裡太窮，孩子也太小。現在阿大已經長大成人，正打算找個地方安葬你，你可不要顯靈來嚇唬我們啊！」

聽完這番話，葉生一副悵然若失的樣子，慢慢悠悠地走進屋裡。屋中確實有一副棺木，好端端地放在那裡。看到這一幕，葉生突然倒地，消失不見了。妻子惶恐地看著，只見葉生的衣服、帽子和鞋子就像蟬蛻皮一樣散落在地上。

葉生的兒子從私塾[3]裡放學回來，看見自家門口停靠著馬車，便問那些隨行的人是怎麼回事。知道情況後，阿大也嚇了一跳，連忙跑回家中告訴母親。母親聲淚俱下，告訴他剛才發生的一切。母子二人又走出去，仔細詢問了外面跟隨葉生同行的僕人，這才明白了事情的來龍去脈。

跟隨葉生的僕人回去後，將這件事情告訴了丁公子。丁公子十分悲痛，馬上要人帶他去葉家哭喪。丁公子出錢，用舉人的禮儀好好地安葬了葉生，又給葉生的兒子很多錢財，並請來老師教育他。丁公子向學使竭力推薦葉生的兒子。一年之後，葉生的兒子考中了秀才。

---

❸【私塾】中國古代的一種民間幼稚教育機構，通常開設於家庭、宗族或鄉村內部，是中國古代私學的重要組成部分。

# 第十三回　新郎

江南一帶，有個叫梅耦長的孝廉❶，說他的同鄉孫先生在做德州縣令的時候，曾經審理過一樁奇案。

事情是這樣的：以前，村裡有戶人家為兒子娶媳婦。新媳婦過門以後，周圍的鄉親們都過來道賀，大家坐在一起吃吃喝喝。快到一更的時候，新郎從屋裡走了出來。這時候，新娘子穿著華麗的服飾，偷偷摸摸地向房子後面走去。她的一舉一動，恰好被新郎看到了。新郎感到很可疑，便緊緊地跟在後面，想要看個究竟。

在房子的後面，有一條狹長的小溪。小溪上面有一座小橋連接著兩岸。眼看著新娘子從小橋上走了過去，新郎越發懷疑起來。他在後面接連喊了幾聲，新娘都沒有回應，反而站在遠遠的地方向新郎招手。新郎一看更加著急，急忙追了上去。

---

❶【孝廉】「孝順親長、廉能正直」的意思，明清時期，孝廉是對舉人的一種雅稱。

他在後面接連喊了幾聲，新娘都沒有回應，反而站在遠遠的地方向新郎招手。

就這樣，兩個人一前一後，相距大約一尺遠，新郎始終追不上新娘。走了幾里路之後，他們走進了一座村莊。這時候，新娘終於停止了腳步，對新郎說：「夫君，你們家實在冷清，我想請你到我們家住一陣子，然後我們再一起回你家。」說完，新娘就從頭上拔下一根簪子，敲了敲門。門「吱呀」一聲開了，裡面走出一個女童。新娘先走了進去，新郎沒有辦法，也只好跟著走進去。

進了房門，只見岳父和岳母兩個人坐在廳堂之上。看到女婿進來了，他們說：「我們的女兒從小嬌縱慣了，時時刻刻都留在我們身邊。讓她離開家，她心裡一定很難過。現在你和她一起回來了，我們感到很欣慰。這樣吧，你和她在這裡住幾天，之後我們送你們兩個人回你家去。」說完，岳父和岳母就開始清理房間，整理床鋪。就這樣，新郎在這裡住了下來。

新郎家裡的賓客，看到新郎出去好久都沒有回來，便四處尋找。新房裡面，只有新媳婦一個人在，新郎卻找不到人影。從此以後，新郎的家人到處打探，但始終沒有新郎的任何消息。新郎的父母親十分難過，都以為自己的兒子莫名其妙地死了。

半年過去了，女方家長覺得女兒孤苦伶仃，便向新郎父母提出改嫁的事情。新郎的父親一聽，更加悲痛欲絕，說：「我的兒子直到今天都沒有看到他的屍骨和衣服，你怎麼就斷定他死了呢？即便他已經死了，一年之後再改嫁也為時不晚，為什麼你們這麼著急呢？」

女方的父親得到這樣的答覆，滿心怨恨，就到府衙去告狀。孫公聽到這件事後，認為案件古怪離奇，但一時間又沒有頭緒，便讓新娘在娘家再等待三年。這件案子立案後，孫公就命他們兩家人回去了。

在新媳婦的家裡，新郎受到了熱情款待。每次新郎提出要回家的時候，新娘滿口答應著，但總是拖延不出門。就這樣，一拖再拖，半年的時間過去了。新郎心裡越想越不對勁，準備一個人回家去，但是新娘子執意要他留下。

有一天，全家人都很惶恐，好像有什麼大難要降臨似的。岳父慌張地找到新郎，對他說：「原本我們打算再過一兩天就送你們夫婦二人回家的，但是行裝還沒有收拾好，家門就橫遭禍事。不得已，還是先送你回家吧。」說著，岳父把他送到大門口。沒說幾句話，岳父就匆忙轉身回去了。

新郎正想著找回家的路，轉頭一看，岳父家的院子和房屋忽然都不見了，只見一座高高的大墳矗立在那裡。新郎十分吃驚，連忙找路回家去了。

到了家裡，新郎便把自己的行蹤原原本本地告訴了家裡人。接著全家人一起到府衙述說這件事情的經過。孫公將新娘的父親傳喚來，告訴他新郎出走的經歷。之後經過一番勸慰，女家才把女兒送回新郎家。直到這時，新郎和新娘才真正地完婚。

# 第十四回　青鳳

太原府有個耿氏，祖上原是官宦大家，宅院頗為宏偉。後來家境日益衰落，房屋閣樓大都荒廢掉了。就在這荒無人煙的地方，發生了一些離奇古怪的事情。廳堂的大門總是自己打開，自己關閉；半夜裡，家人時常被嚇得呼喊連天。耿氏沒有辦法，便搬到了另外一處別墅，只留下一個老漢看守門戶。從此以後，這座宅院更加荒蕪了。據說有時候，宅院裡面還會傳出一陣陣的歡歌笑語。

耿氏有個侄兒，叫耿去病。此人性情豪放，不拘小節。他叮囑看守的老漢，如果發生什麼離奇的事，一定要馬上告訴他。

有一天晚上，老漢看見閣樓上燈火閃爍，就連忙跑去告訴了耿去病。耿生覺得很奇怪，想要進去看看到底是什麼情況。老漢勸他不要貿然進去，但是他根本聽不進去。耿生對院子裡的每一條過道、每一個門廊都十分熟悉。他只顧撥開茂密的蒿草叢，左拐右繞地走了進去。很快，他就來到了那座閣樓。

上了樓，耿生並沒有發覺有什麼異樣。又上了幾層樓，只聽隱約有輕輕的說話聲。他小心翼翼地走過去，想要看個究竟。只見屋子裡面點著兩個巨大的蠟燭，光線十分明亮，簡直和白天一樣。一個儒生裝扮的老者，面朝南坐著。在老者的對面，坐著一個老婦人，兩個人看上去都四十多歲了。在他們的東邊坐著一位青年，大概有二十來歲的樣子。緊靠青年的右邊是一個年輕的女子，年紀看上去更小一些，只有十五歲左右。他們四個人圍坐在一起，中間擺著一張桌子，桌子上面有酒有肉。四個人一邊吃喝，一邊說笑。

耿生突然闖進去，大笑著說：「我這個客人，不請自來了！」裡面的人都很吃驚，除了那個老者，其餘三人都躲藏起來。老者打量了耿生一番，對他說：「你是什麼人，怎麼跑到人家的內房裡來了？」耿生回答說：「這裡原本是我家的房子啊，現在被你們佔據著，在這裡吃喝玩樂，怎麼也不邀請主人，是不是有些小氣了？」老者又仔細地打量一番，說：「你不是耿家的主人。」耿生說：「我是主人的侄子，狂生耿去病。」老者這才上前施禮，說：「久仰久仰，你的名字我很早之前就聽說過了。」說著，便請耿生上座入席。

很快，老者又叫人重新擺一桌酒菜，耿生示意不必麻煩。接著，老者向耿生敬酒。耿生說：「咱們也算是有緣，剛才那幾位迴避的客人，還是出來一起喝酒吧！」老者喊了一聲：「孝兒！」一會兒，一個少年從外面走進廳堂。老者介紹說：「這是我的兒子。」少年行了一個禮，便坐了下來。耿生又問起老者的家世，老者回答說：「我姓胡。」

耿生一向豪放不羈，在酒桌上有說有笑，胡公子也談笑自如。說話間，兩個人不免相互敬佩起來。這一年，耿生二十一歲，比胡公子大兩歲，因此耿生就稱胡公子為賢弟。老者說：「聽說你家祖上編纂了一本《塗山外傳》。關於這本書的內容，你知道嗎？」耿生說：「當然知道。」老者說：「我就是塗山氏的後人啊！唐代以後的家譜世系我還能記得一些。但是五代以前的家譜就不清楚了。希望耿公子能給我們講解一下。」

於是耿生大概講了一些塗山女幫助大禹治理水患的事情，他有意進行了潤色，老者聽得津津有味。老頭兒聽完後，十分高興，對兒子說：「今天聽到這麼多沒有聽過的東西，真是太榮幸了。看來耿公子不是外人。來，孝兒，快把你母親和妹妹喊出來，一塊兒聽聽咱們祖上的功德。」孝兒起身，掀開帷幔走進內室。

過了一會兒，那個老婦人帶著年輕女郎走了出來。耿生仔細地看了看，只見女郎體態嬌美，眼睛裡流露出聰慧的神色，真是美若天仙！老者指著老婦人說：「這是我的妻子。」又指著女郎說：「這是我的侄女青鳳，她很聰明，記性好，所以也讓她過來聽聽。」接著，耿生繼續談論胡家祖上的事情。聊完這些後，他們開始喝酒。在這個過程中，耿生的目光一會兒也沒有離開過青鳳。青鳳好像察覺到這一點，害羞地低下了頭。

這時候，耿生暗中在桌子底下，用腳悄悄地踩了一下青鳳。青鳳感覺到了，連忙縮回了腳，但是臉上並沒有顯示出絲毫不高興的神情。耿生見此情景，不由自主地拍著桌子說：

「如果我能娶到青鳳這樣的妻子，要我做皇帝，我也不願意。」看到耿生喝得大醉，並且胡言亂語，老婦人和青鳳就離開了坐席，掀開帷帳走了進去。耿生突然感覺很失望，便起身向老者告辭。

回到家中，耿生仍對青鳳念念不忘。第二天晚上，他又來到那間閣樓，空氣中的蘭草和麝香的香氣依舊存在。他坐在那裡等了整整一個晚上，靜悄悄的，始終沒有人出現。為了能見到青鳳，回家以後，耿生和妻子商量想要搬到那裡去住。妻子聽後死活不答應，耿生便一個人去了。

耿生在樓下讀書，到了晚上，他正伏在書桌上，突然一個惡鬼出現了。只見它披頭散髮，臉黑如漆，睜著一雙大眼睛，惡狠狠地看著耿生。耿生笑了笑，伸出手指在硯臺裡蘸了蘸墨汁，把自己的臉也抹黑。之後，耿生瞪著眼睛與那惡鬼對視。惡鬼自覺沒趣，灰溜溜地離開了。

第二天晚上，夜已經深了，耿生正準備熄滅蠟燭上床睡覺，忽然樓後面傳來「砰」的一聲，有人正打開門栓。耿生急忙起身，走到窗戶那裡偷看外面的情況。只見門半掩著，過了一會兒，又聽到一陣細碎的腳步聲。一道燭光從外面投射進來，仔細一看，原來是青鳳。

猛然間看到耿生，青鳳大吃一驚，急忙向後退了幾步。接著，她飛快地關上了門。耿生跪在門外，對她說：「我在這險惡的地方，等候這麼長時間，為的就是你啊！現在正好沒有別人，如果能讓我握一下你的手，就算是讓我死，也沒有什麼可遺憾的了。」青鳳遠遠地站在一邊，說：「你對我的深情眷顧，我能體會得到。只是叔叔管教嚴厲，我真的不敢答應你的請求。」耿生繼續哀求，說：「我不敢有非分之想，如果能看你一眼，我就心滿意足了。」青鳳好像是答應了他的請求，把門打開，一把抓住耿生的胳膊將他拉了進來。耿生喜出望外，兩人手牽著手走到樓下。耿生找到一個地方坐了下來，抱著青鳳，讓她坐在自己的膝蓋上。青鳳說：「我們兩個人真有緣分，今晚可以待在一起，但是過了今晚，我們恐怕再也難以相見。」耿生忙問：「為什麼這樣說呢？」青鳳說：「你膽識過人，我叔叔非常害怕，他沒有辦法，便化做一個厲鬼嚇唬你。然而你一點兒也不害怕，他只好在另外的地方找了一處居所。現在全家人正在往那邊搬運東西，只留下我在這裡看守。不過，明天我也要出發了。」說著，青鳳就起身想要離開。耿生一把拉住青鳳，難以割捨。青鳳說：「你快讓我走吧，叔叔這就要回來了。」

耿生執意要青鳳留下，但是青鳳執意不肯，正在兩人爭執不下，互相拉扯的時候，老者忽然走了進來。青鳳感到既害怕又羞愧，低著頭默默地坐在床邊，用手扯著衣服上的裙帶。老者大聲呵斥：「賤丫頭，你的行為簡直有辱門風。還不快點走，回去後我一定要用鞭子狠狠地抽你！」

青鳳無奈低著頭，一句話也沒有說，匆忙地走了出去，緊接著老者也走了出去。耿生不放心，跟在他們身後探聽動靜。只聽老者罵聲不止，青鳳一路上哭哭啼啼。耿生自覺對不起青鳳，聽到她的哭聲心裡十分難受，便大聲喊道：「這事與青鳳沒有關係，罪過全在我一個人身上，要打要罵，我甘願一人承受。」過了一段時間，整個閣樓安靜下來。耿生這才返回去睡覺。

從此以後，這座宅院裡再也沒有發生什麼怪異的事情。耿生的叔叔知道這件事後，覺得侄兒了不起，便打算將這座宅院便宜賣給他。耿生十分歡喜，帶著全家人住了進來。住了一年多的時間，全家人感覺很舒適，沒有什麼不妥。不過對於青鳳的思念，始終徘徊在耿生的心頭。

清明節那天，在上墳回來的路上，耿生發現一隻大狗，正拼命追趕兩隻小狐狸。一隻小狐狸逃走了，另一隻則跑到大路上，來到耿生面前發出「嗚嗚」的哀叫聲。它縮著身子，耷拉著耳朵，好像在向耿生求救。耿生心生憐憫，將這隻小狐狸摟入懷裡，抱著回家了。

到了家裡，耿生關好門，將這隻小狐狸放在床上。頃刻間，這隻小狐狸變成了青鳳。耿生一看，喜不自禁，連忙過去安慰她。青鳳說：「我正在和婢女遊戲，就遭到了這場災禍。要不是你，今天我一定被惡狗吃了。我是個異類，希望你不要因此而嫌棄我。」耿生說：「我天天都在思念你，真是魂牽夢縈。現在看見你，就像是獲得了珍寶，怎麼會嫌棄你呢？」青鳳說：「這或許是上天的安排吧！要是沒有這一場災禍，我又怎麼能和你在一起

它縮著身子，耷拉著耳朵，好像在向耿生求救。耿生心生憐憫，將這隻小狐狸摟入懷裡，抱著回家了。

呢？現在好了，婢女一定以為我死了，這樣咱們可以永遠在一起了。」耿生更加歡喜，另外收拾了一套房間，讓青鳳住在那裡。

過了兩年，有一天晚上，耿生正在讀書。忽然，孝兒闖了進來。耿生十分驚訝，放下手中的書，連忙問他從哪裡來。孝兒跪在地上，一副悲傷的樣子，說：「我父親將要大難臨頭，只有你才能救得了他。他原本打算親自登門求救的，只怕你不答應，所以讓我來了。」耿生不解，忙問：「到底是怎麼回事？」

孝兒說：「有個叫莫三郎的，你認識嗎？」耿生說：「認識，他是我同窗學友的兒子。」孝兒說：「明天他打獵回來，要經過這裡。如果捕獲的獵物中有狐狸的話，希望你能把它留下。」耿生說：「當年在樓下，你父親對我的一番羞辱，至今沒有忘記，他的事情我也不想過問。如果非要我幫忙的話，必須讓青鳳來。」孝兒哭泣著說：「鳳妹妹已經死去三年了，還是在荒郊野外。」耿生甩了一下袖子，悲憤地說：「既然這樣，更加深了我對你父親的仇恨。」說完，耿生重新拿起書，高聲誦讀起來，不再理會孝兒。孝兒痛哭不已，站起身跑了出去。

耿生隨後到了青鳳住的地方，將這件事告訴了她。青鳳聽完後，大吃一驚，忙說：「你真的不去救他嗎？」耿生笑了笑，說：「救肯定是要救的，剛才故意那麼說，是因為他曾經那樣蠻橫無理地對待我。」青鳳面露喜色，說：「從小我就是一個孤兒，多虧了叔叔把我撫養成人。先前叔叔雖然管教嚴格，但按照家規也應當如此。」耿生說：「你說得不錯，但是他的所作所為實在讓我感到氣憤。你要是真的不在人世了，我一定不會去救他的。」青鳳笑著說：「你真的忍心那樣做嗎？」

第二天，莫三郎打獵回來的時候，果然路過這裡。他騎著馬，挎著弓袋，身後跟著很多僕人。耿生在大門口迎接他，看到他捕獲的獵物很多，其中有一隻黑色的狐狸。這隻黑狐狸流了很多血，已經將毛皮給浸濕了。耿生用手撫摸它，察覺它的皮肉還有餘溫。相互寒暄一番後，耿生假裝說自己的皮袍破了，想求這隻黑狐狸的皮毛補漏。莫三郎很慷慨，當即解下黑狐狸贈送給了耿生。耿生很快將這隻黑狐狸交給青鳳，自己陪客人在廳堂上吃喝。

莫三郎走了以後，青鳳把黑狐狸抱在自己的懷裡。過了三天，它才甦醒過來。很快，黑狐狸身子一轉，變成了一位老者。老者睜開眼睛，看到了青鳳，還以為自己到了陰間。於是青鳳把事情的經過全部告訴了他。老者連忙向耿生跪拜，向耿生表示歉意。然後他看著青鳳，高興地說：「我一直料想你不會死的，現在果然沒有死啊！」青鳳對耿生說：「你如果心裡還有我，就把那座宅子借給我們住，好讓我報答叔叔的養育之恩。」耿生答應了她的請求。老者十分羞愧，向耿生道謝之後就離去了。這天晚上，他果真帶著全家人都搬來了。

從此以後，兩家人就像父子親人一樣生活在一起，再沒有什麼嫌隙了。耿生住在書房裡，孝兒經常與他一起喝酒暢談。耿生的正房妻子生了一個兒子。兒子長大後，耿生讓孝兒做他的老師。孝兒教導有方，循循善誘，很像一個老師的樣子。

# 第十五回　聶小倩

浙江人甯采臣為人慷慨，品行端正，對自己的妻子非常忠貞。他常對人說：「我今生只鍾情於一個女子，也就是我的妻子。」

有一次，他去浙江金華，來到城北一個叫蘭若寺的寺廟。寺中的佛殿、佛塔都很宏偉壯觀，但那裡雜草叢生，好像很長時間也沒人來過。寺院東西兩側的僧房都虛掩著房門，但南邊一間小屋的門窗看上去卻像是新的一般。甯采臣轉到佛殿東邊的角落，發現這裡的竹子長得很好，臺階下有個水池，裡面開滿了野荷花。

這段時間，恰逢朝廷派學府官員前來巡視，城裡旅店的費用高漲，蘭若寺又非常幽僻安靜，很合甯采臣的心意，他就決定在這裡留宿。於是他就四處閒逛，等寺院裡的僧人回來。到了傍晚，來了個書生，逕直走進南邊那個屋子。甯采臣趕緊過去，行禮後說自己想借宿，徵求書生的意見。書生說：「我只是個住客，也不是這裡的主人。如果你不嫌這裡荒涼，我也可以經常向你請教，那就太好了。」甯采臣很高興，用枯草鋪成一張床，又支起個

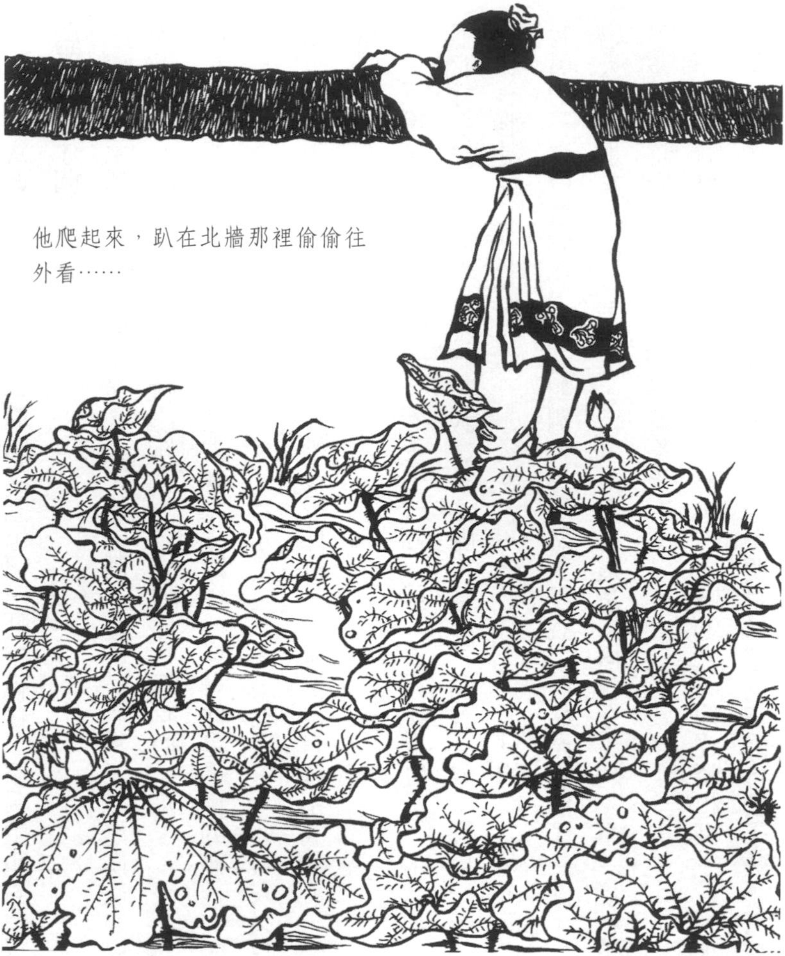

他爬起來，趴在北牆那裡偷偷往外看……

木板當桌子，一副要在這裡久住的樣子。晚上，月光皎潔，清澈如水，兩人來到佛殿走廊，席地而坐，互報了姓名。那書生說：「我姓燕，字赤霞。」甯采臣以為他是個赴京趕考的書生，不過聽他的口音，不像是浙江人，便問他是哪裡人。燕赤霞說：「我是秦地（陝西一帶）人。」燕赤霞說話坦蕩，性格純樸，甯采臣也對他以誠相待，於是兩人聊了很久才回房睡覺。

甯采臣新來乍到，躺下後久久不能入睡，忽然聽到房子北邊隱約有聲音，像是住了人。他爬起來，趴在北牆那裡偷偷往外看，見矮牆外果然有個小院子。院子裡有個四十歲上下的婦人正在和一個老太婆說話。老太婆滿臉皺紋，穿一件黑褐色的裙袍，頭上插著一根銀簪。婦人說：「小倩呢，怎麼還不來？」老太婆說：「這就到了。」婦人又說：「她是不是對姥姥有什麼不滿？」老太婆說：「她沒說什麼，不過倒是有些不高興。」婦人說：「這丫頭，就是不識抬舉。」

正說著，來了一個女子，看上去十七八歲，長得美豔動人。老太婆笑著說：「常言道，不能背後說人。這不，我們正談道論法呢，這小丫頭就不聲不響地來了，還好我們沒說你壞話。」她端詳了一下那個女子，又說：「小丫頭真是罕見的美人兒，就像畫裡的，如果我是個男子，也得被你迷得神魂顛倒。」那個女子說：「姥姥過獎了，除了您沒人這麼誇我。」婦人又和那女子說了些什麼，甯采臣覺得這是鄰居家在處理家事，便躺下不再聽了。過了差不多一個時辰，四周就什麼聲音都沒有了。

甯采臣剛要睡著，卻聽見有人朝他的住處走來，他趕緊起來，看到來的竟是剛才北院的那個年輕女子。女子笑著說：「這樣一個明月當空的夜晚，公子睡不著覺，不如你我共享夫妻之樂。」甯采臣板著臉說：「我不想被人說閒話，你一個女子，更要懂得自愛，不要因此被人唾棄。」女子說：「現在很晚了，沒有人會知道。」甯采臣又嚴厲地讓她離開。女子還是不肯走，好像在說什麼話。甯采臣大聲呵斥：「快出去！要不然我去叫南房的書生了。」女子這才害怕了，但剛走出門外，又回來了，將一錠黃金放在了甯采臣的被褥上。甯采臣拿起來扔了出去，說：「這是來路不明的錢財，別讓我因此蒙羞。」女子面露愧色，出去拾起金子，說：「這個人的心腸真是堅如鐵石。」

第二天，蘭若寺又來了個書生，自稱是蘭溪人，帶僕人去趕考。他住進了東廂房，晚上不知道什麼原因突然就死了。只見他腳心像是被錐子扎過，有個小孔不斷地往外流血。過了一晚上，那個僕人也死了，死的樣子和那個書生一樣。當晚，燕赤霞回來了，甯采臣把這件事告訴了他，並問他是怎麼回事，燕赤霞說這定是鬼怪妖魅所為。甯采臣覺得自己做人光明正大，沒什麼可怕的，因此也沒放在心上。

到了半夜，那個女子又來了，對甯采臣說：「我在此閱人無數，像你這樣正直磊落的人還是第一次見。你是個聖賢之人，我不敢有所欺瞞。我叫聶小倩，十八歲就死了，被葬在蘭若寺旁邊，結果從此成了妖怪的奴隸，不得已才會做些下賤的事情。賣笑害人實在也不是我想做的。現在寺裡沒有能被誘殺的人了，那妖怪夜叉❶可能會來害你。」甯采臣很害怕，問她怎樣才能免於被害。小倩說讓他去找燕赤霞，和他住在一個屋裡可以倖免。甯采臣問：

「你怎麼不去迷惑燕赤霞？」小倩說：「他這個人身懷絕技，我不敢靠近他。」甯采臣又問她怎樣迷惑人。小倩說：「我以美色誘人上鉤，然後在別人沒有防備的時候用錐子扎刺他的腳心，採了他的血去給那怪物喝；或者用金子誘惑他，其實那根本不是金子，而是羅剎❷鬼的骨頭，如果有人收了，我就能挖了那人的心肝。美色和金錢不都是人們最喜歡的東西嗎？」甯采臣很感謝她，並問她夜叉什麼時候會來，聶小倩說明天晚上。臨走時，小倩哭著說：「我被妖怪脅迫，墮入苦海，只怕永世不得翻身。您是個仗義正直的人，一定可以救助苦難。倘若您能將我的屍骨帶走，安葬在不受打擾的地方，這份恩德無異於我的重生父母。」甯采臣欣然應允，並問到哪裡去找她的屍骨。小倩說：「你去找一棵白楊樹，上面有一個烏鴉的巢，那裡就是我的墓穴。」說完，她拜別離去，走出門後就忽然不見了。

第二天，甯采臣一早就去請燕赤霞，怕他去了別的地方。過了辰時❸，甯采臣備好酒菜邀他同住。燕赤霞推辭說自己性情孤僻，想要一個人睡。甯采臣不管，還是把自己的被褥搬進了他的房間。燕赤霞沒辦法，只好在自己的床上給他挪出點地方來。到了晚上，他囑咐甯采臣：「我知道你是個光明磊落的人，也很正直。不過有些事情我不能告訴你，只是提醒你，無論如何不要去翻看我的箱子，否則我們兩人都會有災禍。」甯采臣恭敬地答應了。不一會兒，他們各自休息了。燕赤霞把自己的箱子放在窗臺上，然後倒頭睡下，不一會兒就打起鼾來。甯采臣心裡害怕，怎麼也睡不著。快到一更天的時候，他覺得窗外影影綽綽，好像是有人來了。不一會兒，就有個東西從窗口處往裡偷看，只見它眼睛一閃一閃的，非常明亮。甯采臣害怕極了，想要叫燕赤霞起來。忽然，箱子裡飛出一條白光，非常奪目，就像一段白綢。白光穿破了窗戶上的石欞，如閃電一般又收回去了。燕赤霞警醒，起來察看。甯采臣假裝睡著了，偷偷地觀看，只見燕赤霞從箱子取出來一件白色的東西，晶瑩閃亮，大概有兩寸長，和韭菜葉差不多寬。借著月光，燕赤霞對這東西又是看又是聞，不一會兒，又一層一層地包裹好，放回了破箱子裡，還嘟囔著說：「好大膽的老妖怪，把我的箱子都弄壞了。」說完又躺下來。甯采臣又驚訝，又好奇，爬起來詢問，並將自己的所見也都告訴了他。燕赤霞說：「你我已經是知心的朋友，有些事我也不能瞞你了。其實我是個劍客。剛才因為那個石欞阻擋，妖怪才沒被當場殺死，不過它也已經受傷了。」甯采臣問他箱子裡藏的是什麼東西。燕赤霞說：「那是一把劍。我剛才在那上面聞到了妖氣。」甯采臣提出想看一看，燕赤霞很大方，當即拿出那把光亮的小劍給他看。甯采臣對燕赤霞更加敬佩。

❶【夜叉】在中國的民間傳說中，夜叉為陰間獨有的鬼怪，是全身皆黑，相貌醜陋，又十分凶狠的食人惡鬼。

❷【羅剎】在中國民間傳說中，羅剎是食人肉的惡鬼，也是陰間地獄的獄卒，專門負責懲罰有罪的人。

❸【辰時】指早上七點至九點之間。

第二天，甯采臣到窗外察看，那裡的確有血跡。他又去到寺北，看到很多荒墳，不過很容易就找到了那棵有烏鴉築巢的白楊樹。於是他打算完成小倩的囑託，將她的屍骨帶走移葬到別的地方。燕赤霞便準備了酒菜為甯采臣餞行，並把一個十分破舊的皮袋子送給了甯采臣，說：「這是劍鞘。收好它，可以使你遠離鬼魅的侵害。」甯采臣說想要跟隨他學習除妖的法術。燕赤霞說：「你本來品性剛直，又講信義，倒是可以學。只可惜你早晚都要享受人間富貴，和我不是同道中人。」甯采臣便將小倩的屍骨挖掘出來，用衣服包裹上，租船回家去了。

甯采臣家的房子坐落在臨近郊野的地方，他回去後把小倩的屍骨安葬在自家房外，並燒香祭祀她說：「你孤魂一個，很是可憐，現在把你葬在我家旁邊，不管你是唱歌還是啼哭，我都能聽到，希望你不要再被惡鬼欺負。敬你一杯酒水，還望你不要嫌棄。」說完祭詞，他就要走。這時有個聲音在他身後說：「一會兒我跟你一起走。」甯采臣一回頭，看到正是小倩。聶小倩滿臉喜悅，道謝說：「蒙你相救，就算讓我再死十次來報答你的恩德我也願意。請帶我一起回家去拜見婆婆，不管是做小妾還是做丫鬟，我都願意。」

甯采臣仔細看她，見她肌膚光潔細膩，很是嬌俏，白天端詳更是美麗異常，於是帶著她一起回到家裡。甯采臣讓小倩在屋外稍等一會兒，自己先進屋稟告母親。他的母親聽後十分詫異。這時甯采臣的妻子已久病纏身，母親便囑咐甯采臣不要告訴他的妻子，免得嚇壞了她。

剛說完，小倩就輕盈地走了進來，跪倒在地。甯采臣說：「她就是小倩。」甯母有些驚慌。小倩說：「我的親人都已離去，只剩一人。幸虧公子救助，這份恩情無以為報，只願為他打點家事，也好報答他的恩德。」甯母見小倩溫婉可愛，也就沒那麼害怕了，便說：「你願意跟著我的兒子，我當然高興。可是我只有這一個兒子，還得靠他延續後代，怎麼敢讓他跟鬼結為夫妻呢。」小倩說：「我是個孤魂，也不敢奢求太多。如果母親相信我，就讓我把他當兄長來對待，對您早晚侍奉，與您做個伴兒，您看如何？」甯母看她如此有誠意就答應了。小倩本想去問候嫂子，但是甯母推辭說兒媳身染重病，便沒讓小倩去見。於是，小倩便去廚房給甯母做飯。她一會兒忙這，一會兒忙那，好像已經在這裡居住了很久似的，非常熟悉。

天色稍晚，甯母又害怕了，讓小倩去休息，卻不給她拿被褥。小倩知道甯母不敢留她夜宿，便離開了。她來到甯采臣的房間，想進去又退了出來，在房外徘徊。甯采臣叫她，她說：「我害怕你屋裡的劍氣。之前回家的途中就是因為害怕它，我才不敢出來見你。」甯采臣這才想起來那個皮袋，於是把它取出來，掛到了別的屋裡。小倩這才敢進去，在燭火旁坐了下來。過了好長時間，她都一句話不說。後來，小倩說：「你有夜讀的習慣嗎？我小的時候曾背誦《楞嚴經》❹，如今只勉強記得一半。我先把一卷背誦下來，晚上哥哥夜讀的時候，如果有空就請哥哥給我指點指點，可以嗎？」甯采臣說好。小倩就又坐著不說話了。很快二更就要過去了，她還沒有要走的意思。甯采臣便催她離開。小倩顯出悽楚的樣子，說：

「我是外來的孤魂，很怕獨居荒墳。」甯采臣便說：「家裡沒有空閒的房間了，再說你我以兄妹相稱，應該避免讓別人說閒話。」小倩眉頭緊皺，站起身來，都快哭出來了，但還是慢慢地往外走去，走下臺階後就不見了。其實甯采臣心裡很是不忍，但是又怕將她安置在別的房間會讓母親不高興。第二天一早，小倩很早就來問候甯母，然後收拾房間，準備飯食，操持家務，沒有一樣不合甯母的心意。到傍晚時，她就來到甯采臣的房間，在燈旁背誦經文，到甯采臣要休息的時候，才悽楚地離開。

先前，甯采臣的妻子生病，家裡的事情都靠甯母一人操持，因此非常勞累。小倩來了以後就承擔了所有的家務，甯母因此也清閒多了，她心裡很感激小倩。日子一長，甯母對小倩也越來越好，就像對待自己的女兒一樣，竟忘了她是個鬼。到了晚上，甯母也不忍心再讓小倩走了，就留她和自己一起睡。小倩剛來的時候是不吃不喝的，過了半年，竟能慢慢地喝點稀飯了。甯采臣母子都對她疼愛備至，從不對外人說她是鬼，別人也看不出。

不久後，甯采臣的妻子就病死了。甯母有意讓甯采臣娶了小倩，又怕這樣會傷害到兒子。小倩察覺了甯母的擔憂，就對甯母說：「我到這裡已經一年多了，您對我也應該很了解了，我就是不想害別人才跟著哥哥的。我絕無害人之意，只因哥哥是個正人君子，天人共仰，我很想留在他身邊過上幾年，也好得到朝廷的封贊，讓九泉❺之下的自己榮耀一番。」甯母也知道她不會害甯采臣，但又擔心她是鬼不能生育。小倩說：「兒女是上天降下的福祉，公子命中注定是有福之人，將來會有三個兒子，不會因為他娶了個鬼妻奪去他的天倫。」甯母相信了她，和兒子商量娶小倩為妻的事。甯采臣也很高興，並通知了所有的親友。有人提出說要見見新媳婦。小倩就打扮了一下，大大方方地走出來。結果大家都看呆了，不但沒人覺得她是鬼，反倒懷疑她是神仙下凡了。於是宗族裡的親友都帶著賀禮前來慶賀，好有機會能看看小倩。小倩的蘭花和梅花畫得很好，每次有人來，她就作畫回贈親友。得到畫的人都會以此為榮，並好好地收藏起來。

一天，小倩在窗前低著頭，滿臉的憂鬱，忽然問甯采臣那個皮袋在哪兒。甯采臣說：「你見到它就害怕，所以把它藏起來了。」小倩說：「我已經像人一樣生活了很久，對它應該不會像以前那樣害怕了，把它取出來，掛在床頭吧。」甯采臣問她為什麼要這樣做，小倩說：「這幾天，我一直心神不寧，怕是金華的那個妖怪記恨我逃跑，就快要找來了。」於是甯采臣把皮袋找了出來。小倩仔細看看它，說：「這是劍仙的東西，專門裝人頭用的。已經

---

❹【《楞嚴經》】佛教經典，又名《首楞嚴經》，由印度佛教大師般剌蜜帝於唐中宗神龍元年（西元七〇五年）傳至中國，並譯成中文。《楞嚴經》意在幫助世人了解宇宙眞相，一直被視爲佛教主要經典之一。

❺【九泉】地下深處埋葬死人的地方，即在陰間。

這麼破爛，可見殺很多人了。現在我看著它，都還會有些心慌呢。」說完就把它掛了起來。第二天，小倩又把它移到窗戶上掛著。到了晚上，夫妻兩人在燈火旁對坐，忽然看到有個東西像鳥一樣飛落下來。小倩驚慌地藏了起來。甯采臣上前一看，只見那夜叉兩眼冒光，舌頭滴血，剎那間就來到了門口。它在門口徘徊了很久，才慢慢靠近皮袋，伸出爪子去摘取，好像要抓破它。突然，皮袋響了一下，越變越大，很快就有箱子那麼大了，恍惚間有個鬼怪形狀的東西從裡面伸出半個身子來，抓住那夜叉就縮回皮袋裡，然後就什麼聲音也沒有了，皮袋也恢復了原來的大小。甯采臣被這一幕嚇壞了，這時小倩也出來了，欣喜地說：「沒事了！」夫妻倆一起往那皮袋裡看，裡面只有幾斗清水而已。

幾年後，甯采臣考中進士，小倩也生了一個兒子。後來甯采臣又納了小妾，小倩與小妾又各生了一個兒子。這三個孩子後來都考取了功名，成為了有聲望的人。

# 第十六回　水莽草

水莽草是一種毒草，像葛藤一樣。它開出的花是紫色的，有點兒像扁豆花。如果有人不小心吃了它，就會立即中毒身亡變成水莽鬼。相傳這樣的鬼與其他的鬼不一樣，它不能投胎轉世。如果有另外一個人也因為誤吃水莽草毒發身亡，它才能被替換出來。在楚地❶桃花江一帶有很多水莽鬼。

楚地有個風俗，同歲的人稱為「同庚」，彼此拜訪時互稱庚兄庚弟，而子侄輩的則稱他們為庚伯。有個姓祝的年輕人，到同庚兄弟家去拜訪。走到半路口乾舌燥，想找些水喝。不一會兒，看到路邊有個小棚子，裡面坐著一個老婆婆專門向過路人施捨茶水。祝生連忙走過去討些水喝。

老婆婆很熱情，把他迎進棚內，很快端上來一杯水。祝生正準備喝，卻突然聞到一股怪

❶【楚地】指古代楚國所轄之地，大概就在現在湖南、湖北、安徽一帶。

一會兒，一個十五六歲的少女，端著茶從棚子後面走了出來。

味，不像是茶水。祝生沒有喝，將這杯水放在桌上，站起身來要走。老婆婆連忙起身阻攔，說：「三娘子，快點給這位客人端一杯好茶來。」

一會兒，一個十五六歲的少女，端著茶從棚子後面走了出來。她姿容豔麗，手指上的指環和腕上的手鐲晶瑩剔透，光彩照人。祝生不禁被少女吸引住了，接過茶杯只覺得一股清香的氣味迎鼻撲來。祝生口渴難當，一飲而盡。喝完後，祝生說：「多謝姑娘的好茶，能不能再送我一些，好讓我回去再細細品嘗。」少女便給了他一撮茶，他收好後繼續趕路。

到了同庚的家裡，祝生突然覺得很噁心，便懷疑是茶水出了問題。於是他把路上的經過說給同庚聽。同庚大吃一驚，忙說：「糟了，那一定是水莽鬼。我的父親就是因為誤食了水莽而死的，現在你又遇到這種情況，這該怎麼辦啊？」祝生從懷裡取出少女贈送的茶葉，仔細看了看，果然是水莽草。祝生心裡頓時涼了半截。

祝生還向同庚描述了少女的樣貌，同庚說：「那一定是寇三娘。」祝生說：「是的，那個老婆婆確實喊她『三娘』，你是怎麼知道的？」同庚說：「南村有個大戶人家姓寇，家裡有個女兒，美貌遠近聞名，幾年之前因為誤食水莽草而死，想來是她變成了鬼怪來迷惑人。」不過當地有傳言說，如果受迷惑的人知道鬼的姓氏，去拿死鬼生前穿過的衣服穿一穿就沒事了。祝生的同庚不敢耽誤，連忙到寇家說明情況，並向寇家索要一件三娘生前穿過的衣物。

寇家知道祝生要成為女兒的替身，堅決不給衣物。同庚無可奈何，只能憤懣地回去，並將這件事告訴了祝生。祝生也是滿腔憤怒，說：「我死後也不會讓他家的女兒託生。」同庚送祝生回去，剛到家門口，祝生就死了。祝生有一個兒子剛滿一周歲。他的妻子無法忍受一個人的生活，半年後便改嫁了。祝母一個人撫養孤兒，生活很是艱辛，終日以淚洗面。

一天，祝母抱著孫子，正在屋裡獨自哭泣，忽然祝生輕輕地走了進來。祝母嚇了一跳，忙問：「你是怎麼回來的？」祝生說：「母親整日痛哭，兒子在九泉之下都看到了，心裡十分難過，所以專程來伺候母親。兒子雖然死了，但是在陰間已經有了家室。母親不要悲傷，我馬上喊妻子過來與你一起分擔家務。」

祝母問：「你的媳婦是誰家的？」祝生說：「寇家任由兒子枉死，坐視不管，兒子心裡極其怨恨，死後就去找寇三娘，卻不知道她在哪裡。幸好遇到一位庚伯告訴兒子她的去處，我便去那裡找她。然而寇三娘已經投生到任侍郎家。兒子趕過去強行把她拉回來。現在她成為了我的妻子，我們相處得很好，也沒有受什麼苦。」

過了一會兒，從門外進來一個女子，容貌俊美，衣著華麗，跪在地上拜見祝母。祝生說：「這就是你的兒媳，寇三娘。」雖然不是活人，但祝母看了心裡還是感到很滿意。三娘雖不是操持家務的好手，但是對祝生極為愛護，對祝母也很孝順。祝母看在眼裡，喜在心頭。就這樣，夫妻二人便留下來不走了。

三娘請求祝母告訴她娘家人她現在的境況。祝生不願意，但是母親還是答應了三娘的請求，將這件事告訴了寇家。三娘的父母知道了，又驚又喜，連忙跟隨祝母來到祝家。進門一看，果然是三娘，老兩口頓時失聲痛哭。三娘再三勸慰，老兩口才停止了哭泣。

寇母看見祝家貧困，心裡有些難過。三娘說：「我現在是鬼，還有必要嫌貧愛富嗎？」再說了，我在祝家生活，他們母子二人對我很好，我很滿足了。」寇母又問：「茶棚裡的那個老婆婆是誰啊？」三娘說：「她姓倪，知道自己沒有辦法迷惑別人，所以她才請我幫忙。

現在她轉世投胎了，就是城郡賣酒水的人家。」說著，三娘又對著祝生說：「既然我嫁給了你，你就是我們家的女婿，怎麼還不拜見我的父母呢？這太讓我過意不去了吧！」於是，祝生上前給岳父岳母叩頭。三娘到廚房裡做飯，準備好好地招待父母。

寇母見女兒親自下廚，心裡很不是滋味。寇母回家之後，派了兩個女傭人來祝家供他們使喚。此外又送來一百兩銀子和幾十匹布，還隔三差五地送些酒肉。這些確實使祝家的生活有了起色。

有時候，三娘也被娘家人接回去住上幾天。但三四天後，三娘就說：「家裡沒有人，女兒還是早些回去吧！」有時候寇家執意留三娘多住幾天，三娘便偷偷地溜回去。在寇父的幫助下，祝家建起了一座大房子。寇家對祝家的照顧可以說是細緻入微，但祝生始終沒有去寇家拜見。

有一天，村裡有個人誤食了水莽草，中毒身亡。死了沒一會兒，又活了過來。這件事很怪異，很快在村裡傳開。祝生說：「這是我讓他活過來的。他是被水莽鬼李九害死的，我將李九的鬼魂趕走了，他就活了。」祝母說：「你為什麼不找個人來代替你呢？」祝生說：「我最痛恨找人替死的水莽鬼了。只要遇到這樣的人，我都會把他們趕走。再說，能夠侍奉母親，我很高興，根本不想投胎轉世，所以我是不會那麼做的。」從此之後，誰家要是有人中了水莽草的毒，就會準備好酒肉到祝家祈禱請求幫助，而中毒的人往往會起死回生。

又過了十年，祝母死了，祝生夫婦守喪，但是不接見賓客，只讓他們的兒子披麻戴孝，好好安葬祖母。喪事完畢之後又過了兩年，祝生夫婦幫兒子完婚，新媳婦就是任侍郎的孫女。之前任侍郎的小妾生了一個女兒。但是沒過多長時間，這個女兒就死了。後來任侍郎聽說了祝生與三娘的事情，便派人到祝家結親，這才有了任侍郎孫女與祝生兒子的婚事。

一天，祝生對兒子說：「我的功德感動了上天，被封為『四瀆❷牧龍君』，馬上要去任職。」不一會兒，祝家庭院中果然出現了四匹馬，拉著一輛罩著黃色帷幔的車。馬的四肢上布滿了鱗甲。祝生夫婦二人穿著華麗的服飾，從容不迫地登上了馬車。兒子和媳婦含淚與他們告別，一眨眼祝生夫婦就不見了。

同一天，三娘也去寇家與父母告別，說的話與祝生一樣。寇母不住地流淚，想要留女兒。三娘說：「我也要走了，祝郎馬上要動身了。」說著一出門，就沒了蹤影。

祝生的兒子名叫祝鶚，字離塵。在得到寇家同意後，他將祝生與三娘的屍骨合葬在一起。

---

❷【四瀆】古稱長江、黃河、淮水、濟水為四瀆。

# 第十七回　耿十八

新城縣有個叫耿十八的人得了重病，他知道自己將不久於人世，便對妻子說：「我們生死永別是早晚的事。我死後，你是改嫁還是守寡由你選擇，告訴我你的想法吧！」妻子沒有回答。耿十八又問她：「守寡當然不錯，但是改嫁也是人之常情。你直接說吧，不要有什麼顧慮。就要與你永別了，你要是改嫁的話，我就沒有牽掛了，你要是守寡的話，我會感到很欣慰。」

妻子悲痛地說：「家裡現在連一石糧食都沒有了。你活著的時候生計都難以維持，你走後要我一個人怎麼守寡啊？」耿十八聽到這話，握住妻子的手，悲憤地說：「你真是狠心啊！」說完就咽氣了。但是他的兩隻手死死地抓住妻子不放，直到家裡人趕來，才將耿十八的手掰開。

耿十八並不知道自己已經死了。他信步走出家門，看見幾十輛小車，每一輛車上都坐著十個人。車上貼著一張方紙，上面寫著這些人的名字。有個車夫看見耿十八，就催促他趕緊上車。他上車之後，見上面已經坐了九個人，加上他正好是十個。在車上的名單中，耿十八看到自己的名字排在最後一個。車子緩緩地向前駛去，發出「咯吱咯吱」的響聲。耿十八坐在車上，不知道要去哪裡。

不一會兒，車子來到一個地方。突然有個人說：「這裡是思鄉地啊！」聽到這個地名，耿十八頗感疑惑。接著又聽見車夫說：「今天這裡一共斬首了三個人。」耿十八大吃一驚，又繼續聽他們說話，發現他們聊的都是陰間的事情，他才醒悟過來：「難道我已經死了，成了鬼？」頓時他回想起家中的事。老母親年事已高，妻子一旦改嫁便無人照料。這是唯一讓他放心不下的，想到這裡他情不自禁地掉下了眼淚。又走了一段路，看到一座數丈高的臺，聚集著很多人。這些人頭上戴著枷鎖，腳上拷著鐐銬。每個人都低聲哭泣著，往來於臺上臺下。耿十八聽人說這座高臺叫「望鄉臺[1]」。

到了這裡，車上的人都紛紛從車上跳下來，爭先恐後地往高臺上爬。車夫用鞭子不斷抽打，阻止他們登臺。而耿十八走到臺前，車夫卻催促他趕緊登臺。

耿十八登上高臺，向上爬了十幾級臺階，這才到達頂點。他站在那裡抬頭一望，家裡的一切全都看在眼裡。但是屋裡的東西卻看不清楚，就像隔著一層煙霧似的，朦朦朧朧。想到無人照料的母親，耿十八心裡難過極了。忽然，他覺得有什麼人站在自己身後。回頭一望，只見是一個短衣打扮的人。那人問耿十八的姓氏和原籍，耿十八都一一告訴了他。

那人自稱是東海郡的木匠，他見耿十八眼含淚水，又問：「你是不是有什麼事放不下？」耿十八便說出了對母親的牽掛。木匠知道後，決定想辦法和耿十八從高臺上逃走。耿十八剛開始有些擔心，害怕陰司裡的人追捕，木匠對他說沒有什麼問題。站在高臺上，耿十八又擔心往下跳的時候受傷，木匠說只要跟著他走，就不會出什麼事。於是木匠第一個跳下去，耿十八也跟著跳了下去。兩人落到地面，居然一點兒損傷也沒有，兩人的行蹤也沒有被人發現。在臺下，他們來時所乘坐的車子還擺在那裡。兩個人拼命奔跑，跑了幾步，忽然想起他們的名字還貼在車上，這樣一來，他們可能還會被追捕。所以他們轉身跑回車子跟前，用手指沾上唾沫，將自己的名字抹掉，之後才放心逃走。兩個人跑得上氣不接下氣，一刻也不敢停歇。

沒過多久，兩人就到了耿十八的家門口。木匠把耿十八送回屋裡。這時候，耿十八看到了自己的屍體，猛然間就甦醒過來。耿十八覺得自己又熱又渴，喊著要喝水。家裡人先是一驚，接著連忙給他端過水來。耿十八接過水，一口氣喝了一大桶。喝完後，耿十八猛地站起身來，做出躬身作揖的樣子。接著他走出房門，不斷地道謝。之後他才回到屋裡重新躺下，

---

❶【望鄉臺】原指古時候流落他鄉的人爲了眺望故鄉而登的高臺。後來指神話傳說中，死去之人的鬼魂眺望生前家中情況的地方。

耿十八登上高臺，向上爬了十幾級臺階，這才到達頂點。他站在那裡抬頭一望，家裡的一切全都看在眼裡。

一動不動。

家裡人看到耿十八的行為異常，懷疑他不是真的復活了。但是仔細觀察之後，他們並沒有發現什麼不對。於是家裡人好奇地詢問，耿十八就將他的經歷，原原本本地說了一遍。家裡人問：「那你剛才出門又是做什麼啊？」耿十八回答說：「木匠要走了，我是去送送他。」家裡人又問：「那你怎麼喝那麼多水？」耿十八回答說：「剛開始的時候是我喝的，後來是木匠喝的。」家裡人拿來稀飯給耿十八吃。過了幾天，耿十八的病就全好了。從此以後，耿十八非常厭惡自己的妻子，不再和她同床共枕。

# 第十八回　口技

有一天，村裡來了一位女子。她看上去二十四五歲的樣子，隨身攜帶著一隻藥箱，在村裡給人看病。有的人去找她看病，那女子說自己沒有辦法開方子，要等晚上問問神仙。

到了晚上，女子找到一間小屋，將其打掃得乾乾淨淨。之後她將自己關在小屋裡面。村裡的人圍在這間小屋的周圍，仔細地聽裡面的動靜。人們都不敢大聲說話，只有個別人在竊竊私語，屋裡屋外都靜悄悄的。

快到半夜的時候，小屋裡忽然傳來一陣聲音。人們仔細一聽，好像有人在掀門簾。接著女子問：「是不是九姑來了？」只聽另外一個女子回答說：「是的。」女子又問：「跟九姑一起來的，是臘梅嗎？」一個貌似丫鬟的聲音說：「是臘梅。」然後這三個人你一言我一語地聊起來。過了一會兒，又聽到門簾的響聲，女子說：「六姑來了。」旁邊有個人插話說：「快看，春梅抱著孩子也來了。」接著一個女人的聲音說：「這孩子脾氣倔，哄他睡覺也不睡，非要跟著六姑來。他越長越沉了，好像有千八百斤，抱著他真是累死人了。」緊接著

又聽到女子殷勤的招待聲，九姑的問候聲，六姑的客套話，還有兩個女僕的慰勞聲，小孩的嬉笑聲，人聲鼎沸，一片嘈雜。

過了一會兒，又聽到女子笑著說：「這小孩兒也太喜歡玩了，這麼大老遠，還抱著一隻貓來。」這時候，屋裡的聲音逐漸安靜下來。門簾又響了起來，接著屋子裡又是一片喧鬧。有人問：「四姑怎麼這麼晚才來啊？」有一個

緊接著又聽到女子殷勤的招待聲，九姑的問候聲，六姑的客套話，還有兩個女僕的慰勞聲，小孩的嬉笑聲，人聲鼎沸，一片嘈雜。

小女子的聲音尖聲細語地說：「有一千多里路，我和阿姑一起來，她走得慢，我們才走了這麼長時間。」於是又是一番噓寒問暖，坐凳也移來移去。還有人不時地招呼添加一些坐椅。總之，各種聲音此起彼伏，充斥著整個屋子，過了好長一段時間才安靜下來。

這時候，就聽見女子問病求藥的聲音了。四姑覺得白朮合適，六姑說用黃芪好，九姑認為應該用人參。大家你一句，我一言，商討了大概一個時辰，九姑才讓人備好筆墨。很快，折紙聲、磨墨聲陸續傳來，十分清晰。接著又傳來提筆寫字的聲音。最後是抓藥包藥的聲音。

又過了一會兒，屋子的門簾掀開了。女子在裡面呼喚病人，叫他們去拿藥和方子。女子又隨即返回小屋和裡面的人告別。先是和三姑告別，接著是三個女傭人。很快，小孩的咿呀聲，貓的喵喵聲一起傳出。四姑的聲音婉轉而又柔美；六姑的聲音緩慢而又蒼老；九姑的聲音清脆而又響亮。那三個女傭人的聲音，在屋外的村裡人聽來也各具特色。因此誰說了什麼話，村裡的人都分辨得很清楚。

聽了這場「神仙會」，村裡的人都感到十分驚訝，他們還以為真的是神仙來了。但是病人吃了女子開的藥後，病情並沒有好轉。後來村裡的人才知道，這女子表演的是口技。事實上並沒有什麼神仙，她只是借用口技的方式來幫助自己賣藥罷了。但是她的口技能達到如此高超的水準，也算是一件奇事了。

# 第十九回　商三官

從前山東諸葛城裡有個書生，名叫商士禹。有一次，他因為醉酒多說了幾句話，冒犯了城裡的一個惡霸。惡霸十分凶殘，當即命僕人將商士禹狠狠地揍了一頓。商士禹被人抬回家中，到家沒多久就死了。

商士禹死後留下兩個兒子和一個女兒。大兒子名叫商臣，二兒子名叫商禮，小女兒名叫商三官。父親死時，商三官才十六歲，原本已經許配了人家，並定於近期就要出嫁。但是由於父親突然死亡，她的婚事便擱置下來。兄弟兩人想要為父親的冤死討個公道，便到處去告狀。

一年過去了，案子還是沒有結果。三官的婆家知道這案子難以了結，便派人找到三官的母親，商量要把婚事先辦了。三官的母親正準備答應，三官知道後便說：「母親，父親如今屍骨未寒，女兒卻要出嫁，天底下哪有這樣的事啊！難道男方家就沒有父母嗎，竟然這樣不通人情？」婆家人聽了，十分羞愧，便不再提辦婚事的事情了。

又過了一些時日，三官的兩位兄長還是沒有打贏官司，只好回到家裡。對此，全家人更加悲憤。兄弟二人還決定先不安葬父親的屍骨，以便作為日後告狀的有力證據。三官說：「人被活活打死，官府都不理睬，這個世道就是這樣。難道上天會因為咱們家的冤屈讓包青天重生嗎？作為兒女，看著父親的屍骨成天暴露在外，怎麼能忍下心呢？」兄弟二人為妹妹的話所打動，便好好安葬了父親。

父親的葬禮結束後，三官就在一個夜晚無緣無故地失蹤了，沒有人知道她去了哪裡。她的母親又急又怕，更不敢聲張，唯恐她的婆家知道。在暗地裡，兩位兄長竭力查訪妹妹的下落。但是半年的時間過去了，三官還是沒有一點兒消息。

有一天，那個害死商士禹的惡霸為了給自己慶祝生日，請了很多戲子來唱戲。戲子的領班叫孫淳，他還帶來了兩個徒弟。一個叫李玉，長得眉目清秀，如同漂亮姑娘一般；另一個叫王成，相貌平平，但戲唱得卻很好。客人們讓李玉唱戲，他十分羞怯，不敢張口。後來在客人的強烈要求下，他只好唱了幾支曲子，他的唱腔中夾雜著本地歌謠的土腔土調，在場的客人都哄堂大笑。

孫淳有些不好意思，在惡霸面前連忙解釋說：「我的這個徒弟跟著我學藝的時間不長，還沒學到些什麼技藝。這樣吧，還是請他先給各位老爺敬酒吧，請諸位多多包涵！」惡霸便令李玉給客人們斟酒。李玉一會兒給這位客人敬酒，一會兒給那位客人夾菜，十分殷勤。很快，他便博得了惡霸的歡心。

當天晚上，客人散席後，惡霸將其他僕人都打發走，唯獨留下了李玉。這時候，惡霸已經喝得爛醉。李玉鋪好床鋪，服侍他睡下。惡霸頭一碰到枕頭，就呼呼睡去。李玉見僕人們都走了，便輕輕地把門關上，又吹滅了燈。僕人們退出後也都到其他房間喝酒去了。

過了一會兒，一個僕人經過主人房間的時候，聽到裡面傳來「咯咯」的響聲。他很好奇，便從門縫裡看進去，想要探個究竟。然而房裡一片漆黑，什麼也看不到。而這時候，剛才的聲響也沒有了。他正打算轉身離去的時候，忽然裡面一聲巨響，好像是什麼東西掉在了地上。僕人急忙過去敲門。可是屋裡沒有一個人回答。

僕人不禁有些害怕，連忙呼喊其他人過來。眾人一起使勁把門撞開，直接衝了進去，點上燈

父親的葬禮結束後，三官就在一個夜晚無緣無故地的失蹤了，沒有人知道她去了哪裡。

一看，只見惡霸的頭已經被砍掉，李玉也上吊自殺了。由於繩子斷了，他才跌落到地上。僕人們嚇得大驚失色，連忙將這件事告訴內室的家眷。很快，全家主僕來到出事地點，但誰也不清楚這是怎麼一回事。僕人們將李玉的屍體抬到庭院才發現他的鞋和襪子空空的，裡面好像沒有腳一樣。脫下來一看，竟然是一雙女人的小腳。眾人更加不明白，便抓來孫淳審問。孫淳也被眼前這突如其來的景象嚇壞了，一時之間也無法說清楚，只是說：「一個月之前，李玉來到我的門下做弟子。後來主人慶祝壽辰，請我們來唱戲，他說願意一起來。其實我真的不是很清楚他的底細。」大家看李玉穿著孝服，都懷疑他與商家的命案有關。

惡霸一家命僕人看好李玉的屍體，便去官府報案了。看守屍體的兩個僕人見李玉的面色和活人一樣，身上還有體溫，於是起了歹心想要姦屍。其中一個僕人抱住屍體，正要解開她的衣服時，忽然他的頭被什麼東西擊中，一下子就倒下去，吐了很多血，不多一會兒就死了。另一個僕人看到這一幕，驚恐不已，連忙將這件事告訴眾人。於是眾人不得不像敬重神明一樣敬重李玉的屍體。官府知道這件事後，傳喚商臣和商禮兄弟二人，讓他們去辨認屍體。兄弟二人一看，果然是妹妹三官。對於三官的這種做法，地方官既感到吃驚，又表示同情，最後讓兄弟二人帶著妹妹的屍體回家好好安葬，並嚴令惡霸家不能找商家報仇。

# 第二十回　劉海石

劉海石是蒲台人，為了躲避戰禍來到了濱州。當時他只有十四歲，與濱州一個叫劉滄客的書生為友，並在一起讀書。兩個年輕人關係很好，後來結拜為兄弟。沒過多久，劉海石的父母雙雙去世，劉海石匆忙回到老家料理喪事。從此以後，兩人便沒有再聯繫。

劉滄客家境富裕，四十歲的時候，他的兩個兒子已經長大成人。長子名叫劉吉，十七歲了，是縣城裡的名士；次子也很聰明伶俐。劉滄客後來又娶了一房小妾，是城裡倪家的女兒。劉滄客對這小妾很是寵愛。過了半年，長子劉吉因患頭痛病而不幸去世，兒子的去世讓劉滄客夫婦悲痛欲絕。不久劉滄客的妻子也因為悲傷過度，抑鬱而死。過了幾個月，劉滄客的大兒媳婦也死了。不但如此，家裡的男僕和女傭也相繼死去。家中突如其來的變故，讓劉滄客痛不欲生。

有一天，劉滄客正坐在家裡發愁，忽然有人通報，說劉海石來了。聽到這個消息，劉滄客十分高興，急忙出去迎接。進了門，劉滄客還沒有來得及問候朋友，劉海石就驚訝地說：「兄長，

你有滅門之禍啊！難道你還不知道嗎？」劉滄客不知道劉海石為什麼說出這樣的話，一時間愣在那裡。劉海石說：「好長時間沒有和你聯繫了，我有些擔心，你近來的狀況不是很好。」聽到這裡，劉滄客忍不住掉下淚來。接著他將家中發生的一切，原原本本地告訴了朋友。

劉海石也覺得人世無常，對於老友的遭遇，不住地感慨。不過他很快笑著說：「兄長，你的災禍還沒有結束。剛開始的時候我挺為你擔心的，現在遇到了我，你應該沒有什麼大事了。」劉滄客說：「賢弟，這麼長時間沒有見面，你是不是已經學會了醫術？」劉海石說：「我哪裡懂得什麼醫術，只不過會看看風水和面相罷了。」劉滄客很高興，便讓劉海石看看宅院的風水。

在宅院裡，劉海石裡裡外外看了一遍，又讓劉滄客將所有的家人召集到一起。於是劉滄客將兒子、兒媳以及家裡的傭人全都召集到廳堂之上。劉滄客挨個給劉海石介紹。當說到小妾倪氏的時候，劉海石哈哈大笑起來，頓時人人都感到迷惑不解。忽然，倪氏渾身發抖，臉色慘白，身體越來越小，最後縮到只有二尺來長。劉海石拿出一把界尺，使勁兒地敲打倪氏的頭部，發出一陣像擊碎瓦罐的聲音。劉海石又按住她的頭，撥開頭髮，在腦後仔細查找，只見那裡長著幾根白色的頭髮。

劉海石正準備拔掉，倪氏突然頭一縮，跪在地上，請求不要拔掉，並聲稱自己馬上就離開這裡。劉海石憤憤地說：「你還想去別的地方害人嗎？」說著，劉海石將她腦後的白毛全部拔掉，很快倪氏就變成了一隻黑色的狐狸。大家頓時目瞪口呆。劉海石抓起黑狐，放在自己的袖子裡，並對劉滄客的二兒媳說：「你中毒已經很深了。你的背部肯定有異樣，讓我來看一看。」只見她的背上果然也有幾根白毛，每一根大概都有四指長。劉海石拿出一根針，將這些白毛挑了出來，說：「這些毛快老了，要是再過幾天，你恐怕就沒命了。」

劉海石又檢查劉滄客小兒子的背部，結果也發現幾根白毛，大約有兩指長。劉海石說：「像你身上的白毛，再過一個多月，也會要了你的命。」劉海石繼續檢查，發現所有的僕人身上也都有白毛。劉海石一邊挑白毛，一邊說：「你們全家人都有白毛，如果我不來的話，所有人都會死的。」

劉滄客問：「這隻黑狐到底是什麼來歷？」劉海石說：「它是狐狸的一種，專門以吸取人的元氣為生，最後取人性命。」劉滄客說：「賢弟，這麼長時間沒看到你，想不到你已經有了這身本事。你不會是神仙吧？」劉海石笑著說：「我哪裡敢自稱什麼神仙，只是跟著師父學了一點皮毛而已。」劉滄客忙問他師傅是誰，劉海石說是山石道人，又說自己無法處死黑狐，只能回去交給師父處置。

說完這些，劉海石起身就要告辭。突然，他感覺袖子裡面空空的，那隻黑狐不知道逃到了哪裡。他不禁變色，慌忙說：「哎呀，我忘了那黑狐的尾巴上還有一根白毛，我還沒有拔除，讓它偷偷地跑掉了。」大家聽到這話都感到很害怕。劉海石說：「不用擔心，那黑狐脖子上的毛

劉海石又按住她的頭，撥開頭髮，
在腦後仔細查找，只見那裡長著幾
根白色的頭髮。

全被我拔光了，再也變不成人形了。就是要變也只能變作禽獸，我猜它一定跑不遠。」

於是劉海石在宅院裡外仔細搜查，他進門看看貓，又出門看看狗，都沒有發現異常。當他打開豬圈的時候，忽然笑著說：「原來它藏在這裡了。」劉滄客看了看豬圈，發現裡面多了一頭豬。那豬聽到劉海石的笑聲，便趴在那裡一動也不動。劉海石抓起它的耳朵，將它拎了出來，仔細查找，在它的尾巴上找到了一根白毛。這根白毛異常堅硬，就像針一樣。劉海石正準備拔的時候，豬不停地叫喚。劉海石說：「你害死了那麼多人，拔你一根毛，難道你還不願意嗎？」說著，劉海石一使勁，就把那根白毛拔了出來。他一鬆手，豬掉在地上，又變成了黑狐。

劉海石將黑狐放進袖子裡，準備告辭，劉滄客執意挽留。於是兩個人一起吃了頓飯。分別時，劉滄客問他什麼時候能再見，劉海石說：「這很難說。不過，師父讓我遨遊四海，救助眾生，相信我們一定會再相見的。」劉海石走後，劉滄客仔細想了想劉海石師父的名號——山石道人，他這才醒悟，原來劉海石已經成為神仙了——「山石」二字合起來是一個「岩」字，這正是純陽真人呂洞賓[1]的名號。

---

[1]【呂洞賓】原名呂岩，字洞賓，道號純陽子，是著名的道教仙人，爲八仙之一。

# 第二十一回　賭符

縣城裡有個天齊廟，裡面住著一個韓道士。韓道士擅長許多奇幻的法術，因此大家都稱他為「仙人」。我已經去世的父親和他的交情最好，每次進城都會去拜訪他。

有一天，我父親和叔父為了處理一件事情一起進城。路上兩人打算去見一見韓道士，沒想到在中途碰到了他。韓道士拿出一把鑰匙交給我父親，要父親和叔父先去廟裡等候，他隨後就到。父親照韓道士的話做了，打開廟門後，卻發現韓道士已經坐在裡面了。像這樣的奇事簡直太多了。

在我們家族裡有個特別喜歡賭博的人，後來通過我父親認識了韓道士。有一天，大佛寺裡來了一個僧人，專門賭博，並且賭注很大。這個族人知道這種情況後很高興，帶著家裡所有的積蓄找僧人賭博。到了最後，他輸得一文不剩。但是他並沒有灰心，反而更加熱衷於賭博，總想連本帶利都撈回來。他將家裡的田產全都賣掉，又去找那僧人賭博。可是一夜之間，他再次輸得精光。

族人心裡不痛快，便去齊天廟找韓道士。韓道士看見他精神萎靡，說話心不在焉，語無倫次，便問他發生了什麼，於是他就把與僧人賭博的事情老老實實地說了一遍。韓道士笑著說：「經常賭博的人，誰不輸錢啊！不過，我會幫你收回本錢的，前提是你要下決心戒賭。」族人說：「如果真的可以收回本錢，我情願用鐵錘將骰子❶砸碎。」於是韓道士寫了一道符咒讓他放在衣服裡面。

臨走前，韓道士再三叮囑說：「你只要把輸掉的錢贏回來就可以了，不要貪得無厭，繼續和人家賭。」族人說：「放心吧，我一定遵照你的囑託。不過我現在一文錢也沒有，怎麼跟人家去賭呢？」韓道士說：「這個你不用擔心，我先借給你一千文，事後你還我就行。」說著，便拿出一千文銅錢交給他。

族人拿著錢，欣然去找那個僧人。僧人看見他只帶來一千文錢，露出鄙夷的神情，不屑於和他賭。族人不依不饒，非要拉著他一起賭，並對他說：「我只賭一把，所有的錢都在這兒了，輸了我立刻走人。」僧人只好答應了。

僧人先擲骰子，第一個回合沒有分出勝負。族人接過骰子，一擲便贏了。僧人不服氣，

---

❶【骰子】也作色子，一種遊戲用具或賭具。是用骨頭、木頭等製成的立體小方塊，六面分別刻一、二、三、四、五、六點。一般用於麻將等棋牌類民間博弈活動。

族人拿著錢，欣然去找那個僧人。僧人看見他只帶來一千文錢，露出鄙夷的神情，不屑於和他賭。

又拿出三千文錢作為賭注，結果他還是輸了。僧人接二連三地下注，並且一次比一次多。每一次，僧人明明擲的是贏點，結果卻變成了輸點。就這樣，先前輸掉的那些錢，族人全部贏回來了。然而族人並沒有就此收手，而是想著再多贏幾千文。他繼續和僧人賭，但是運氣開始變差。族人很奇怪，便看了一下自己的衣服，發現裡面的符咒不見了。他大吃一驚，連忙停止了賭博。

族人帶著錢回到齊天廟，將原先的一千文錢還給了韓道士。除此之外，族人剩下的錢與之前輸掉的錢大概相等。族人因為丟了符咒，很是慚愧，對韓道士說：「不好意思，不知道在什麼時候，我把你給我的符咒弄丟了。」韓道士笑著說：「符咒已經在我這裡了。我再三叮囑你不可貪心，可是你一意孤行，我只好親自將它取回來。」

# 第二十二回　促織❶

明朝宣德年間，有一種鬥蟋蟀的遊戲在皇宮裡很流行，因此每年都要從民間徵收大量的蟋蟀。在陝西，蟋蟀原本不是什麼稀罕的物種。但是華陰縣有個縣令為了巴結上司，便奉上了一隻蟋蟀。上司用這隻蟋蟀鬥了鬥，沒想到它還挺厲害。於是上司命令華陰縣縣令每年供應蟋蟀。縣令接受任務後，將這個差事指派給了各鄉的里正。

很快，街市上那些遊手好閒的年輕人紛紛開始專門捕捉蟋蟀，並將其放在竹籠裡餵養。等到合適的時機，再作為奇貨高價賣出。鄉里的差役們很狡猾，利用這個機會向老百姓亂攤派，每徵收一隻蟋蟀常會使得好幾戶人家破產。

縣裡有個叫成名的讀書人經常參加科舉考試，始終沒有考上秀才。他平時為人拘謹，不善言談，被狡詐的差役報到縣裡，讓他來擔任里正，他無論如何都推脫不掉。不到一年的時間，他那微薄的家產就快要賠光了。

這一年，又趕上皇宮徵收蟋蟀，成名不敢找老百姓攤派，而自己又無力抵償，心中十分

煩悶，便有了輕生的念頭。妻子看到他的模樣，說：「死有什麼用呢，還不如自己去找找看，或許還有一點希望。」成名覺得妻子的話有道理，便早出晚歸，背著竹筒捉蟋蟀。

在牆角邊的雜草叢中，成名又是挖洞穴，又是翻石頭，用盡了各種辦法，但始終沒有收穫。有時候他也會捉到兩三隻，但是它們又小又弱，根本不符合要求。眼看縣令規定的期限快到了，成名不斷地受到逼迫。在短短的十幾天內，他被打了上百板子，兩條大腿被打得血肉模糊，連蟋蟀也不能出去捉了。無奈，他整天躺在床上翻來覆去，腦子裡只有一個念頭，那就是自殺。

這時候，村裡來了一個駝背的巫婆，自稱能通過神靈測算人未來的吉凶。成名的妻子拿著錢去卜卦。巫婆的門口擠滿了求神的少女和老婦，走進屋裡，只見有一個暗室，外面掛著簾子，在簾子的前方擺著香爐。凡是來求神的人，都要在簾子前跪拜、上香。坐在一旁的巫婆朝著天不停地念著咒語，沒人能聽清她到底說些什麼。不過來到這裡的每一個人，都嚴肅而又恭敬地站在一旁。一會兒，從簾子後面抛出一張紙條，那上面寫的就是卜卦人想要探求的事，一點兒差錯也沒有。

在跪拜之前，成名的妻子將錢放在擺香爐的案子上。大概過了一頓飯的工夫，簾子動了

---

❶【促織】即蟋蟀，在中國北方俗稱蛐蛐。

一下，接著一張紙從裡面扔出來。妻子撿起來一看，上面並沒有字，而是一幅畫。上面畫著一幢樓閣，像是座寺院。在樓閣後面有一座山，山腳下遍布奇形怪狀的石頭，石頭之間長滿了荊棘。在荊棘叢下面有一隻蟋蟀伏在那裡。旁邊還有一隻癩蛤蟆，好像要跳起來似的。她展開仔細看了一陣子，也不明白什麼意思。但是看到上面有隻蟋蟀，正中了自己的心事，她就把紙條捲起來，拿回家交給成名看。

成名拿著紙條，看了好長時間，心中暗想莫不是給我指明捕獲蟋蟀的地方？細看那些景物，與村東的大佛閣很相似。於是他忍痛爬起來，拄著拐杖，拿著紙片，來到寺廟的後面，那裡矗立著一座高高的古墓。沿著墓地向前走，一塊又一塊的石頭鱗次櫛比地排列著，與畫中的景象幾乎一模一樣。於是他在野草中間仔細地尋找，同時聆聽兩旁的動靜。可是他細心地觀察了很久，還是沒有一點兒收穫。

成名仍舊不死心，不停地找啊找，忽然一隻癩蛤蟆從草叢裡跳了出來。成名起初大吃一驚，轉念一想，就趕緊追了過去。癩蛤蟆一直往前跳著，成名撥開草叢跟著走。這時候，忽然看見一隻蟋蟀趴在荊棘中。他急忙撲過去，但蟋蟀卻跳進了石頭縫裡。他用細草撩撥，蟋蟀不肯出來。他又用竹筒取來水，向裡面灌水，蟋蟀這才從石頭縫裡跳出來。他撲上去捉住了它，仔細一看，這隻蟋蟀形體矯健，長長的尾巴，青色的脖頸，金黃色的翅膀。成名特別高興，把蟋蟀裝在竹籠裡，提著回家了。

到家後，全家人都很高興，把蟋蟀看得比無價之寶還要珍貴。成名把蟋蟀放在盆子裡，裡面放上白的蟹肉、黃黃的栗子粉，對它照顧得無微不至。現在全家只等著時間一到，就將這隻蟋蟀送交上去。

成名有個九歲的兒子，看到父親不在家，就偷偷地打開裝蟋蟀的盆子來看。沒想到那蟋蟀十分迅速地從裡面一下子蹦了出來。一時之間，孩子慌了手腳，連忙撲上去，結果蟋蟀的大腿被壓折了，肚子也破了，不一會兒就死了。兒子知道自己闖了大禍，害怕極了，便哭著告訴了母親。母親一聽，大吃一驚，憤憤地說：「禍根，你的死期就要到了。等你爹爹回來，看他怎麼收拾你！」孩子哭喊著，跑了出去。

沒過多時，成名回來了。聽了妻子的話，他渾身一顫，像是身處冰天雪地之中。他怒不可遏地去找兒子，卻發現兒子沒了蹤影。後來他在井裡找到了兒子的屍體，於是所有的怒氣瞬間轉化成悲傷，他呼天喊地，悲痛欲絕。夫妻倆面對著面默默地流淚，心中萬分絕望。

傍晚時分，成名打算將兒子埋掉，走上前去一摸，發現兒子身上還有微弱的氣息。夫妻倆十分高興，忙將兒子抱在床上。半夜的時候，兒子便醒了，只是神情呆呆的，只想睡覺。雖然夫妻倆心中稍感寬慰，但是回頭看到空空的蟋蟀籠子又氣得說不出話來。從黃昏到天明，他連眼睛也沒有合一下。

東邊的太陽已經升起來了，成名還躺在床上發愁。忽然，門外傳來蟋蟀的叫聲。他頓時喜出望外，連忙起身尋找，只見一隻蟋蟀伏在那裡。他急忙動手去捉，沒想到那蟋蟀一跳，就飛快地跳走了。他急忙追趕，轉過牆角，便不見了它的去向。

成名東張西望，四下尋找，這才看見蟋蟀伏在牆壁上。不過他只覺得這隻蟋蟀個頭太小，便走來走去，不斷尋找，還想找隻大的。這時候，伏在牆壁上的蟋蟀忽然跳到他的衣袖上，成名仔細一看，它

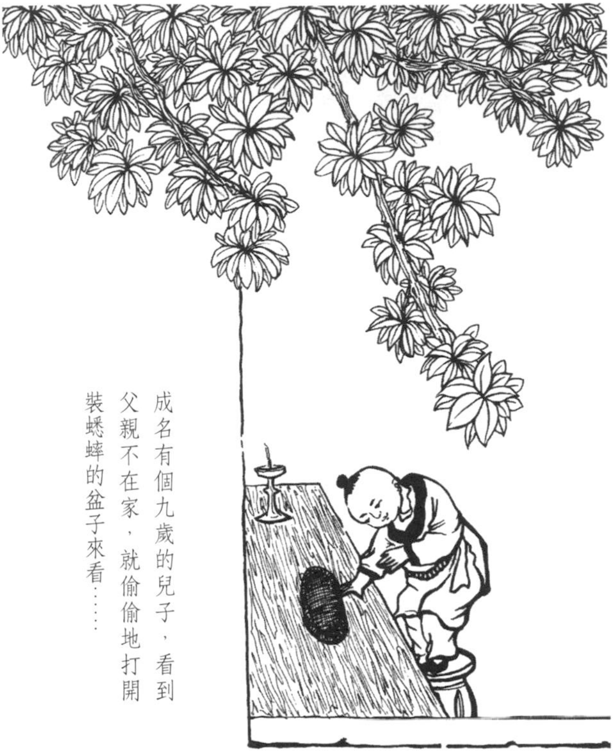

成名有個九歲的兒子，看到父親不在家，就偷偷地打開裝蟋蟀的盆子來看……

形似螻蛄，長著梅花形的翅膀，方方的頭，長長的腿，看上去不太一般，成名這才將它裝進籠子裡。在準備送交官府之前，他有些擔心，害怕縣令不滿意。於是他想試鬥一下，看看這隻蟋蟀到底怎麼樣。

村裡有一個好事的年輕人，養著一隻蟋蟀，取名叫做「蟹殼青」。每天，他都要和其他人鬥蟋蟀，從來沒有輸過。他想要憑藉這隻蟋蟀發財，便抬高價錢，但一直沒有人買。有一天他來到成名家中，看到成名養的小蟋蟀，不由露出鄙夷的神情。接著他拿出自己的蟋蟀，放進鬥蟋蟀的籠子裡。成名一看，對方的那隻蟋蟀，身體又大又長，自己也覺得羞愧，不敢貿然相鬥。年輕人堅決要求比試，成名覺得自己的蟋蟀很差勁，終究沒有什麼用處，還不如讓它鬥一鬥試試看。因此他就將自己的蟋蟀放進了鬥籠裡。

剛開始的時候，小蟋蟀待在原地，一動也不動。年輕人看見了，哈哈大笑，他拿起一根豬鬃毛，不斷地撩撥小蟋蟀的鬍鬚，但是小蟋蟀還是不動。年輕人看見了，再一次笑起來。接著他又連續撩撥了好幾次，小蟋蟀突然發怒，跳起來展開翅膀，一口咬向蟹殼青的頸部。年輕人大吃一驚，慌忙將兩隻蟋蟀分開。這時候小蟋蟀抬起頭，張開翅膀，十分得意地叫著，好像是向主人報喜似的。成名一看，滿心歡喜。

成名和年輕人正在觀賞小蟋蟀，突然對面來了一隻大公雞。大公雞看見了小蟋蟀，直接走上前來，一口啄了下去。成名一看，失聲驚叫起來。幸好大公雞沒有啄中小蟋蟀。小蟋蟀一下子跳出去一兩尺遠，大公雞緊追不捨，又衝了上去。眼看著小蟋蟀就要被壓在雞爪之下，成名驚慌失措，不知道該如何應對。沒想到那大公雞伸長脖子，不斷地搖擺起頭來。成名走到跟前一看，原來是小蟋蟀伏在大公雞的雞冠上，正使勁兒地咬住不放。看到這一幕，成名更加歡喜，連忙捉住蟋蟀，將它放進籠子裡。

第二天，成名將小蟋蟀獻給了縣令。縣令一看，覺得這隻太小，狠狠地斥責了一番成名。成名不慌不忙地給縣令講述了這隻小蟋蟀的神勇。聽完後，縣令不肯相信，就讓它嘗試和別的蟋蟀相鬥，結果所有的蟋蟀都被成名的小蟋蟀打敗了。最後又讓它和公雞鬥一鬥。果不其然，正如成名所說，小蟋蟀緊緊地咬住公雞的雞冠不放。縣令當即就重重地獎賞了成名，接著又將這隻小蟋蟀獻給巡撫。巡撫滿心歡喜，特意製作了一個金籠子，裝上小蟋蟀，獻給了皇帝。巡撫還專門寫了一個奏摺，詳細記述了小蟋蟀的本領。

小蟋蟀進宮以後，與全國各地進獻上來的蟋蟀鬥，結果沒有一個是它的對手。每當聽到鼓瑟的聲音，小蟋蟀還會跟著節奏上下跳動，就像是在舞蹈一樣，這下更讓人們喜歡了。皇帝也很高興，下令賞賜巡撫一匹名馬和很多綢緞。巡撫並沒有忘記好處是從哪裡來的，很快縣令在考核中獲得了表彰。縣令一高興，就免去了成名的差役，並且叮囑主考官，一定要讓他考上秀才。

過了一年多的時間，成名的兒子恢復了神智。他說他自己變成了一隻蟋蟀，輕靈善鬥，現在才甦醒過來。不到幾年，成名就擁有了百畝良田和無數樓閣，還蓄養了成百上千頭牛羊。每次出門，他必定要穿著華麗的服飾，騎著高大的駿馬，那場面簡直比富貴的官宦人家還要氣派。

# 第二十三回　酒狂

江西有個叫繆永定的書生非常喜歡喝酒。周圍的親戚和朋友們都很忌憚他。有一次，他到堂叔家吃飯。他十分會說笑話，因此與客人談得很投機。在座的人都很高興，便和他痛飲起來。等他喝醉了，就開始耍酒瘋罵起人來。客人對他的無禮行為十分惱怒，對他議論紛紛。一時間滿屋子吵得不可開交。

堂叔見狀，連忙勸和。堂叔拉開繆永定想為他打圓場，他卻連著堂叔一起大罵起來。堂叔沒有辦法，只好跑到他的家裡告狀。家人將他接回家中。他醉得厲害，剛被扶上床，四肢就癱軟下來，不一會兒變得冰涼。家人用手一摸，發現他已經沒氣了。

繆永定死後，一個戴著黑帽子的人將他的魂魄拿住。不一會兒，他就被帶到一座府衙。府衙的屋頂上面覆蓋著一層琉璃瓦，青綠青綠的，極為壯觀。走到臺階下，黑帽人靜靜地等候著。繆永定心想：我有什麼罪啊，估計是客人狀告我毆打他。回過頭看看黑帽人，一雙憤怒的眼睛正盯著他看。他也不敢多問什麼，又想：和客人吵嘴，算不了什麼大罪吧？

忽然，堂上出現一名差役，他高聲宣布所有人明天早晨再來候審。之後堂下的人紛紛離開，繆永定也跟著黑帽人走出來。他沒有去處，只能低著頭站在屋簷下。黑帽人怒不可遏地說：「你這個無賴，喝醉了就知道耍酒瘋。天快黑了，別人都有地方吃飯過夜，你準備怎麼辦？」繆永定嚇得渾身發抖，說：「我被你抓到這裡，還不知道是因為什麼。況且我出來的時候，家裡人也不知道，所以身上一點兒錢也沒有，能去哪裡呢？」黑帽人說：「酒鬼，你喝酒就有錢買了？你再胡亂狡辯，小心我用拳頭砸碎你的骨頭。」繆永定嚇得不敢吱聲，低著頭站在那裡。

這時一個人從這裡路過，看見繆永定，奇怪地問：「咦，你怎麼來了？」繆永定抬頭一看，原來是他死去的舅舅。舅舅姓賈，已經去世好幾年了。看到舅舅，繆永定才知道自己已經死了。他又害怕又悲傷，哭喊著要舅舅救他。賈某看著黑帽人，說：「東靈使者，您也不是外人了，來，請到寒舍一敘。」

到了舅舅的住處，賈某重新給黑帽人施禮，並請求他多多關照繆永定。接著他端出酒菜，設好酒席，三個人圍著桌子坐了下來。

賈某問：「不知道我這個外甥究竟犯了什麼罪，勞駕您把他捉了來？」黑帽人說：「大王有事去見羅浮君，正好碰到你外甥喝醉了酒，肆無忌憚地打罵人，於是就令我將其抓來。」賈某問：「您見過大王了沒有？」黑帽人說：「還沒有。大王與羅浮君正在審案，這會兒還沒有回來。」賈某問：「我外甥會判什麼罪？」黑帽人回答說：「我也不是很清楚，不過大王平生最痛恨耍酒瘋的人。」

繆永定坐在一旁靜聽兩人的談話，身上直冒冷汗，連酒杯和筷子也拿不起來。不一會兒，黑帽人站起身來對賈某表示感謝說：「承蒙盛情款待，我已經喝好了。我先把你的外甥交給你，等大王回來後，我再來。」說完，黑帽人就走了。

賈某看了看繆永定，說：「你父母就你這麼一個兒子，不捨得打，不捨得罵，平時太嬌慣你了。你十六七歲的時候，每次喝點酒就和別人找碴兒，不是打，就是罵。那時候我們覺得你年紀還小，多少有些不懂事。可是十多年過去了，沒想到你還是那個樣子，真是一點兒長進也沒有。今天你淪落到這個地步，你說怎麼辦？」繆永定跪在地上，一邊哭泣，一邊訴說自己的悔意。

賈某將外甥扶起來，說：「我在這裡賣酒，多少有些面子，我會想法子救你的。剛才那位喝酒的是東靈使者。我時常請他喝酒，所以我倆的關係不錯。大王每天要處理的事情太多，不一定每一件事都會記得，所以我會想辦法找使者談談，看能不能顧及私情，將你偷偷地放走。」賈某想了一會兒，又說：「這件事非同小可，恐怕沒有十萬兩銀子是不行的。」繆永定對舅舅的搭救感激不盡，表示盡快準備好錢財。當天晚上，他便住在舅舅家裡。

第二天大清早，黑帽人來了，賈某請他到裡屋談話。過了一會兒，賈某出來對繆永定說：「事情說好了，過一會兒他還要過來，到時候我把手頭上的錢先給他，剩下的要靠你以後慢慢湊齊了。」繆永定很高興，忙問：「一共需要多少錢呢？」舅舅說：「十萬錢。」繆永定說：「我從哪裡找來這些錢呢？」舅舅說：「只需要一百張金幣紙錢就行了。」繆永定高興地說：「這好辦。」

快到中午的時候，黑帽人還沒有來。繆永定打算去集市上逛一逛。臨行前，舅舅告訴他說千萬不能走太遠。到了集市上，只見到處都是做生意的，與人世間的場景沒有什麼分別。繆永定來到一個地方，看見那裡的牆很高，上面插著荊棘，好像是一座監獄。對面是一家酒店，來往的客人絡繹不絕，十分熱鬧。酒店的門前有一條小溪，裡面翻騰著黑水，一眼望不見底。

繆永定正站在那裡仔細察看溪水，只聽見酒店裡有一個人大聲喊道：「繆相公，你從哪裡來啊？」他急忙抬頭一看，原來是鄰居翁生，這人十多年前曾是繆永定的好朋友。翁生從酒店快步走出來，與他握手。久別重逢，兩人到酒店裡喝起酒來，互敘離別之情。剛剛承蒙舅舅相救，現在又遇到了老朋友，繆永定十分高興，便敞開胸懷肆意地喝起來，結果他又喝醉了。

酒醉的繆永定早就忘記自己已死，又耍起了酒瘋，開始嘀嘀咕咕地訴說翁生過往的不是。翁生說：「想不到這麼多年沒有見，你還是老樣子。」繆永定生平最受不了別人說他沒

小溪裡的黑水，夾雜著其他髒汙，臭氣熏人，難聞極了。

有酒德。聽了翁生的話，他暴怒地拍著桌子，大罵起來。翁生看了他一眼，二話沒說，轉身就走。

繆永定還沒完，在後面跑著追了上去。這時翁生已經走到小溪旁邊，繆永定一把將他的帽子抓了下來。翁生惱怒地說：「你這個人，簡直是胡攪蠻纏！」說著將他推到溪水中。溪水並不深，卻布滿尖刀，將繆永定的兩肋和小腿刺傷了。繆永定在溪水裡難以動彈，只要稍一使勁就痛徹心扉。小溪裡的黑水，夾雜著其他髒汙，臭氣熏人，難聞極了。小溪旁邊站了很多人，大家只是圍觀嘲笑，沒有一個人肯拉他上來。

幸好賈某及時趕到。他看到落水的外甥，連忙將他拉上來，旁邊早就有人將他外甥喝酒罵人的事告訴了他。賈某回到家後，對繆永定說：「你這個人啊，已經無藥可救了。事到如今你還喝酒，確實不應該再回去做人了。你還是到東靈使者那裡，等著受死吧！」繆永定心裡很害怕，流著眼淚，說：「舅舅，我知錯了。」賈某歎了一口氣，接著說：「東靈使者剛才來過了，等著你簽字畫押呢，你卻跑到酒店裡喝酒耍酒瘋。使者說時間很緊，不能再等了，於是我先幫你立了字據，並交了一千貫錢，剩下的要由你來補全了，不過時間有限，只有十天。你回去後趕緊籌備，晚上到荒野裡，喊著我的名字，燒掉那些紙錢，這一切就算了結了。」繆永定一口答應下來。隨後賈某催促外甥趕緊離開，將他送到郊外，再一次叮囑說：「千萬記著補全剩下的錢，可不能連累我啊！」說完指明路徑，讓外甥走了。

那時候，繆永定已經死去三天三夜了。家裡人認為他已經死了，但是鼻孔間似乎留有一絲氣息。這一天，繆永定忽然醒過來，狠狠地嘔吐了一番，吐出的全是黑水，很臭，足足吐了有幾斗之多。吐完之後，被子已經被他身上的汗水浸透了。他將死後所遇到的怪事告訴了家裡人。他被尖刀刺過的地方也變得腫痛起來。過了一個晚上，那些腫痛的地方全都長成了瘡，幸好沒有潰爛。

又過了十天，繆永定可以下床走路了，只是還需要拄著一根拐杖。家裡人催促他快點償還陰間的債務。他卻捨不得花幾兩銀子去買紙錢，於是對家裡人說：「那可能是我喝醉以後看到的幻覺。即使是真的，東靈使者既然放了我，他還敢讓閻王知道嗎？」家裡人反覆勸說，他卻不肯聽。然而他心裡還是有些害怕，不敢像從前那樣肆無忌憚地喝酒了。朋友們發現他的酒德有了改善，都為他感到高興。慢慢地有朋友開始主動找他喝酒。

一年之後，繆永定徹底忘記了陰間的報應，故態復萌。一天，在一位同族家裡喝酒，他爛醉如泥，當著眾人的面開始辱罵主人。主人沒有辦法，只好將他趕出去關好家門。他在大門外並沒有馬上離去，又吵嚷了很長時間。他的兒子得到了消息，連忙趕過來將他扶回家去。

繆永定一進屋裡就對著牆壁直挺挺地跪了下來，一邊不住地磕頭，一邊說：「我這就償還你的債，這就償還你的債！」說完便倒在了地上。兒子上前一摸，發現他已經斷氣了。

# 第二十四回　武孝廉

武舉人[1]石某帶錢上京準備謀個官職。雇船到了德州時不幸染病，吐血不止，怎麼治都治不好。生病期間他身邊的僕人跑了，還偷走了他的錢。石某發現後怒極攻心，病情又惡化了。就這樣，船家也不打算再給他掌舵行船了。

這天夜裡，一位婦人乘船經過此地。由於時候不早了，婦人就把船停在了石某的船附近。婦人得知了石某的事情後主動提出照看他。船家很高興，連忙扶著石某登上了婦人的船。

到了船上，石某認真打量了一下婦人。這婦人約四十歲，容貌俊美，穿著豔麗。石某使出渾身氣力呻吟了幾聲，算是表示感謝。婦人走到他的跟前，仔細看了看，說：「你這是肺癆[2]，現在你的魂魄已在墳墓邊上遊蕩了。」石某聽她這麼一說，開始痛哭起來。婦人接著說：「你不用擔心，我有一種丸藥可以治好你。不過你好了之後，可不能忘記我。」石某擦乾眼淚，向婦人發誓說永不相忘。婦人拿出藥丸餵他吃了，過了一會兒，石某就覺得好了許多。在石某床前，婦人殷勤地照顧，好菜好飯，簡直比妻子還要周到。對此石某自然萬分感激。

過了一個多月，石某的病痊癒了，石某感激萬分，像待母親一樣尊敬婦人。婦人說：「我孤苦一人，沒有什麼依靠，你若不嫌我老，我願意做你的妻子。」當時石某已經三十多歲，妻子剛去世一年多，聽到婦人這麼說，滿心歡喜，於是兩個人便結為夫妻。婦人又拿出自己的積蓄讓石某到京城打通關係，並約好等他回來時一起回家。

石某到京城後，投靠到一位權貴門下，很快被任命為本省的武官。這時候他手裡還剩下一些錢，就買了一匹馬。一時之間，石某也變得體面起來。這時候他想到婦人的年紀終究大他很多，不是理想的配偶，便花了一百兩銀子迎娶了王氏做小妾。他害怕婦人知道，路過德州的時候就故意繞過去，直接赴任去了。

一年多過去了，婦人沒有得到有關石某的任何音訊。石某有一位表弟，有一天因為有事來到德州，住在婦人的隔壁。婦人知道後就去打聽石某的消息，石某的表弟將表哥的行徑一五一十地告訴了她。婦人十分氣憤，張口大罵石某。之後她又將事情的來龍去脈告訴了表弟，表弟聽聞後也感到氣憤。於是他寬慰婦人說：「表嫂，你寫一封信，我替你帶回去。興許表哥剛上任，有很多事情要處理，一時半會兒忙不過來。」婦人遵照表弟的話寫了一封

❶【武舉人】科舉時代通過武鄉試的人。這些人通過考試後，可以接受朝廷的任命成爲武將。
❷【肺癆】即現在所說的肺結核。

信。後來表弟拿著這封信去見石某，石某看完信卻毫不動容。

又過了一年多，婦人親自去找石某。她住在一家旅店，並託官署裡一個專門負責接待客人的差役將自己的姓氏告訴石某。結果石某讓那差役傳話，說他不想見她。一天，石某正在和一些客人吃喝，突然聽見一陣叫罵聲，只見那婦人掀開門簾走了進來。石某一看大吃一驚，臉色頓時變得煞白。

婦人當著眾人的面，用手指著石某罵道：「好一個忘恩負義的薄情郎，你現在快活嗎？想一想你的財產和地位都是從哪兒來的。我真心對你，即使你要討小老婆，和我商量一下又有什麼關係呢？何必如此薄情寡義，竟不想認我？」石某嚇得一句話也說不出口，只得走到婦人跟前跪下，說了不少好話，婦人這才平息了怒氣。

石某與小妾王氏商量，讓她見到婦人時以姐妹之禮相待。王氏聽了後很不願意，但石某苦苦哀求，無奈之下才去見婦人。王氏拜見婦人，婦人也回了禮。婦人對王氏說：「妹妹不必擔憂，我不是那種心胸狹窄的人。過去的事情我既往不咎，即便是妹妹，恐怕也不希望有這樣的丈夫。」於是婦人將事情的經過告訴了王氏。王氏聽了後也深感憤怒，便和婦人一起指責石某。石某更加羞愧，只是請求婦人寬恕自己，並表示以後好好贖罪。這樣一來，兩人總算心平氣和下來。

從此以後，石某和那婦人雖然住在一起，但卻少了以前的親熱勁兒。幸好婦人溫柔賢

石某想要殺死婦人，王氏說：「雖然她是狐狸，但是她哪裡對不起你啊？」石某根本不聽勸阻，急急地要找佩刀。

慧，不與王氏爭風吃醋，每天吃過晚飯就早早睡下，也不理會丈夫在哪裡睡覺。王氏一開始還擔心自己地位受到威脅，但看到婦人如此灑脫，就更加尊敬她。每天早晨，王氏都要像對待公婆那樣去拜見婦人。

平日裡，婦人對待下人寬厚得體，而且石某事事都瞞不過她的眼睛。一天，石某的官印丟失了，整個官署都找遍了還是找不到。大家人心惶惶亂作一團，一點兒辦法也沒有。婦人看到了，笑著說：「不用擔心，只要把井裡的水抽乾淨就能找到了。」石某按照婦人說的去做，果然找到了官印。石某問婦人其中的緣由，婦人笑而不答，似乎她知道是誰偷走了官印，卻不肯說出來。

石某與婦人住在一起快有一年了，其間他發現婦人有很多奇怪的行為。石某懷疑婦人並非常人，便派人偷偷到她睡覺的地方偷看。派去的人只聽到床上不斷傳來抖動衣服的聲音，其他的就一無所知了。

婦人與王氏的感情日漸親密。一天晚上，石某去按察司❸沒有回來，婦人和王氏兩個人坐在一起喝酒。不知不覺間，婦人喝得酩酊大醉，於是她倒在酒桌旁變成了一隻狐狸。王氏見婦人可憐，就用棉被給她蓋上了。

一會兒石某從外面回來，王氏把這件奇事告訴了石某。石某想要殺死婦人，王氏說：「雖然她是狐狸，但是她哪裡對不起你啊？」石某根本不聽勸阻，急急地要找佩刀。這時候婦人突然醒來，大聲罵道：「狼心狗肺之人，我再也不會和你這樣的人在一起了。你以前吃我的藥，現在還給我吧！」說著婦人就朝石某的臉上吐了一口唾沫。

石某頓時覺得自己的身體開始散發出陣陣寒意，就像是冰水澆滿了全身，然後他的嗓子開始不住地發癢。慢慢地，藥丸從他的嘴裡跑了出來。那藥丸還像原來一樣，一點兒也沒有變，婦人拿起藥丸，怒氣沖沖地走了出去。石某還沒來得及去追，婦人就已無影無蹤。到了半夜，石某舊病復發，不斷地咳嗽、吐血。這樣不到半年，石某就死了。

❸【按察司】官名，是元、明、清三代設立在省一級的司法機構，主要負責管理該省的刑事案件和各種訴訟事務。

# 第二十五回　柳氏子

膠州有個柳西川，是法若真❶內史的管家，四十多歲的時候才有了一個兒子。對於這個晚來的孩子，柳西川十分寵愛，什麼事兒都由著他的性子，生怕他不滿意。兒子長大後，浪蕩奢侈，不守規矩，幾乎把柳西川的所有錢財都花光了。

後來兒子生了病。柳西川養著一頭好騾子，兒子便說：「這騾子長得肥，肉一定很好吃，你殺了騾子讓我吃肉，我的病就會好了。」柳西川不忍心，想找一頭不太好的騾子代替，沒想到兒子知道後極為憤怒，大聲咒罵父親，病情也惡化了。柳西川連忙殺了那頭好騾子給兒子吃，但他只吃了一片騾肉就扔在了一邊。之後兒子的病始終不見好轉，沒過幾天就病死了。柳西川老來喪子，自然是悲痛得要命。

過了三四年，同村的人結伴去泰山祭拜。走到半山腰時，見一個人騎著騾子從對面而來。遠遠看去，那騾子上的人與柳西川的兒子很相像，走近一看果然是柳家的兒子。柳子下了騾子，恭敬地站定後向村裡人拱手作揖。村裡人感到很驚訝，不過沒有說起他已經死去的

事情，只是問他在這裡做什麼。柳子回答說：「我沒有什麼事情，就是四處轉一轉。」他還打聽村裡人所住旅店主人的姓名，村裡人告訴了他。臨行前，柳子拱手說：「諸位鄉親，我還有點事兒，不和你們多聊了。等明天有空了，我一定去找你們敘舊。」說著，他騎上騾子就離開了。

第二天大早，村裡人正在旅店裡等著，柳子果然來了。他把騾子拴到馬廄便迎了上來。一時間，柳子和眾人說說笑笑。大家都說：「你父親在家天天念叨著你，你怎麼不回家看看他呢？」柳子驚訝地問：「誰？你們說的是誰啊？」眾人回答說是柳西川。柳子聽後變了臉色，然後說：「既然他想見我，就煩請你們回去帶個話，就說我四月初七在這裡等他。」說完，柳子與眾人告別離去了。

村裡人回去後，把當時的情景告訴了柳西川。柳西川痛哭了一場，並按照約定的時間去那家旅店。到了那裡，他把自己的事情告訴了店主人。店主人勸他說：「那天我看你兒子神情冷漠，好像不懷好意，依我看來，你最好還是不要見他。」柳西川哪裡聽得進去。店主人說：「我不是故意阻攔你，是鬼神無常，不能按照常理來推測，萬一你受到傷害怎麼辦呢！

❶【法若眞】字漢儒，號黃石，別號黃山，膠州人。法若眞曾經擔任翰林國史院中書舍人，因此他又被稱爲「內史」。

他待在櫃子裡一聲不敢吭，直到店主人叫他才從櫃子裡出來，狼狽地逃回了老家。

如果你非要見他，可以先藏在櫃子裡，等他來了後，看看他的言語和神情，如果可以的話，你再出來相見。」柳西川覺得店主人的話在理，就按照他說的做了。

一會兒，柳子果然來了。他一來，劈頭蓋臉就問店主人：「姓柳的來了嗎？」店主人回答說：「還沒有。」柳子十分氣惱，破口大罵：「這個老畜生，怎麼還不來？」店主人很吃驚，忙問：「他是你父親，你怎麼可以罵他呢？」柳子又罵道：「他根本不是我什麼父親。當初我和他合夥做生意，一切都說得好好的，沒想到他心狠手辣，貪得無厭，暗地裡侵吞了我的血本。我知道了找他要，他卻蠻橫無理，矢口抵賴。像這樣的人，我殺了他才能消解心頭之恨，哪裡是我什麼父親！」說完柳子逕直走了出去。他一邊走還一邊罵道：「真是便宜了他！」柳西川蹲在櫃子裡，聽得一清二楚，身上的冷汗不斷地冒出來，全身都濕透了。他待在櫃子裡一聲不敢吭，直到店主人叫他才從櫃子裡出來，狼狽地逃回了老家。

# 第二十六回　竇氏

南三復是山西晉陽一帶的世家之子。他有一所別墅，距離居住的宅院大概有十多里路。平常有空的時候，他總要騎著馬到別墅那邊小住。有一天，他在去別墅的路上遇到了大雨，連忙到路邊的小村莊裡找尋避雨之所。他看到一家農院還算寬敞，就下馬敲門喊人。南家的財勢在當地名頭不小，附近的村民都很忌憚。農家院的主人一聽是他，不敢怠慢，連忙迎出來請他進屋。主人家很是客氣，言行舉止極為恭敬。

進門之後，南三復發現這是一間簡陋的小房子。他剛一落坐，主人又是打掃又是端茶，恭敬侍奉，不敢就坐，直到南三復叫他坐他才敢坐下來。南三復詢問主人家的姓名，主人家回答說姓竇名延章。

過了一會兒，竇延章端來了酒水，還有噴香的燉雞，招待得非常周到。竇延章有一個女兒，不時站在門外上菜送飯，忙碌中只露出半個身子，看樣子大概有十五六歲，長得端莊清秀，十分美麗。貧家竟有這樣的女子，一看到她，南三復頓時心動不已。

雨停後，南三復回到家中，心中念念不忘竇延章的女兒。第二天，南三復帶著糧食和布匹到竇家表示感謝。為了拉近彼此的關係，後來他時常去竇家拜訪，每一次來少不了帶著一些酒肉。後來南三復與竇家接觸時間長了，竇女對他也不再感到陌生。吃飯的時候也不再刻意迴避，經常來回走動，惹得南三復不由自主地盯著她看。她發現他在偷看也不言語，只是低著頭害羞地笑。至此南三復更加迷戀竇女，隔三差五地就會到竇家一趟。

一天，南三復又來竇家串門，恰逢竇延章不在家。南三復坐了好長時間，竇女才出來招待他。南三復趁機一把抓住竇女的手，試圖將她抱在懷裡。竇女既害怕，又羞愧，嚴厲地說：「我雖然是窮苦人家出身，但也是要嫁人的。你不要仗勢欺人啊！」那時南三復的妻子已經死去。他對竇女作了一個揖，說：「如果我能得到你的垂愛，一定不會娶別人的。」竇女要南三復發誓，南三復就對天發誓，說永遠不會變心。竇女這才答應了他的求愛。

從此，只要竇延章外出不在家，南三復就前來與竇女私會。竇女時常催促南三復說：「桑林中的男女約會是不會長久的。你我天天廝守在帷帳之中，如果你能娶我過門，我父母會為我感到高興，一定不會阻攔的。你還是快點兒做打算吧！」南三復每次都滿口答應，但遲遲沒有行動。在他看來，竇女只是一個農家女子，根本配不上自己。於是他每次都找個藉口敷衍竇女，將事情拖延下去。

過了一段時間，有一個大戶人家託媒人找南三復提親。起初南三復還有點猶豫，但當他

天亮以後，當人們發現竇女的時候，她抱著孩子，早已僵死在那裡。

聽說那家的女兒不但長得漂亮，而且還很有錢，便很快應承了這門親事。此時竇女已經有了身孕，更加著急地催促南三復結婚的事情。南三復心生厭惡，便不再去找竇女。

沒過多久，竇女臨產[1]，生下了一個男孩。女兒未婚生子，竇延章十分生氣，用鞭子抽打女兒。竇女無奈，說出了實情，告訴父親說：「南三復說過，他是要娶我的。」竇延章叫人去問南三復，南三復卻根本不予承認。於是竇延章將嬰孩扔到門外，更加厲害地鞭打女兒。竇女暗地裡哀求鄰家的婦人，請她告訴南三復自己目前的處境。南三復得到消息後仍舊不予理會。

夜裡，竇女從家裡逃出來，找到被扔掉的嬰兒，孩子尚有一絲氣息。竇女抱著孩子直奔南三復家。到了南家，竇女對看門人說：「只要你家主人一句話，我就可以不死。就算他不顧念我，難道就不為自己的兒子想想嗎？」

看門人將竇女的原話傳達給南三復。但是南三復告訴看門人，一定不要放竇女進門。竇女倚靠在大門前，悲痛欲絕，大聲哭喊。夜裡五更的時候，竇女停止了哭喊。天亮以後，當人們發現竇女的時候，她抱著孩子，早已僵死在那裡。

竇延章因為女兒的慘死，更加痛恨南三復，將這件事告到官府。官府認為南三復有罪，

---

❶【臨產】指生孩子。

準備捉拿他治罪。南三復非常害怕，花了近一千兩的銀子賄賂官府才免遭官司纏身。

那個準備將女兒嫁給南三復的大戶人家，有天夜裡做夢，夢到一個女人披頭散髮，抱著一個嬰兒，憤憤地對他說：「你們千萬不要把女兒嫁給南家，否則我一定會殺了她。」這家人開始很害怕，但貪圖南家的富貴，最終還是把女兒嫁了過去。

南三復結婚的時候，新娘子裝扮得十分漂亮，嫁妝也十分豐厚。只是婚後新娘子一直悶悶不樂，整天哭喪著臉。晚上睡覺，有時候她會情不自禁地落淚。南三復問她怎麼回事，她也不說話。過了幾天，老丈人來到南家，一進門看見女婿就不住地流淚。南三復來不及問明緣由，先扶著老丈人走進屋裡。

可是剛走進屋裡，父親一看到女兒就大吃一驚，驚恐地問：「剛才在後花園，我看見我女兒上吊死了，現在眼前的這位是誰啊？」新娘子一聽，臉色大變，隨即倒在了地上。南三復上前仔細一看，原來是竇女。兩人急忙到後花園查看，新娘子果真上吊自盡了。

南三復極為害怕，派人將這件事告訴竇延章。竇延章挖開女兒的墳墓，打開棺木一看，屍體早已不知去向。先前的舊恨復燃，竇延章又將南三復告到了官府。官府認為這件事十分怪異，一時難以判罪。這時候南三復給了竇延章很多錢財，請求他不要再告狀。同時他賄賂官府一大筆錢，這件事才算平息。因為這件事，南家從此一蹶不振，日漸蕭條。周圍的人們也不敢將女兒嫁給南三復。

無奈之下，南三復只好與遠在百里之外的曹家訂親❷。婚禮舉行前，有傳言說朝廷要選良家女子入宮。因此那些有女兒的人家怕女兒被官府選中，都暫時把閨女送到婆家那邊躲避。一天，有個老婦人引著一頂轎子來到南家，說是曹家送女兒過來了。老婦人扶著曹女走進房間，對南三復說：「皇宮選妃之事日日緊逼，倉促之間來不及舉行婚禮，我先把新娘子送來了。」南三復感到很奇怪，忙問：「怎麼沒有看見娘家的賓客同來啊？」老婦人說：「賓客都在後面，還帶來了一些微薄的嫁妝，隨後就到。」說完就匆忙離去了。

南三復一看，曹女楚楚可愛，便慢慢與她親近。曹女忸怩地低著頭，用手撫弄自己的衣服。這時候南三復突然覺得曹女和竇女的神情十分相像，他心裡很彆扭，又不敢明說。很快，曹女早早地上床，將床上的被子蒙在頭上。新人通常害羞，這是理所當然的事。南三復看到了也沒有多想。

天色已黑，曹家的賓客還沒有到。南三復有些懷疑，便掀開新人的被子準備問問是怎麼回事。可是新人渾身冰涼早已死去。南三復驚恐不已，連忙派人去曹家送信，結果曹家說根本沒有送女兒過來。這件怪事很快就被人們傳開了。

---

❷【訂親】又稱「送柬」或「換帖」，是男女雙方初步落實婚姻意圖的一種書面形式。一般需要經過雙方家長的同意，同時男方要向女方贈送聘禮。

那時候有個姓姚的舉人，自家的女兒剛剛下葬。只隔了一個晚上，姚女的墳墓就被盜墓人掘開，棺木被毀，屍體也不翼而飛。南家的奇聞傳到姚舉人耳裡，他連忙去南家查看，結果南家的死新娘果真是姚舉人的女兒。姚舉人揭開被子，發現女兒赤身裸體，頓時大怒，立即將這件事告到了官府。南三復的卑劣行徑早就遭到官府的厭惡，這一次官府判他犯了挖墳偷屍罪，將他判處了死罪。

# 第二十七回　劉姓

山東臨淄[1]有一個姓劉的人，此人凶神惡煞，就像披著人皮的老虎一樣。後來他離開臨淄，搬到了沂縣，但仍保留著種種惡行，周圍的鄰里對他又厭惡又害怕。

劉家與苗家有好幾畝地是緊鄰的。苗家人勤勞儉樸，在自家田邊種了很多桃樹。苗家的小兒子在桃子成熟的時候，去自家的桃樹上摘桃。姓劉的看到之後十分生氣，他非說桃樹是自己的，把苗家的兒子趕走了。

苗家兒子哭著跑回家告訴了父親。苗父正在納悶，姓劉的卻已到他們家門口開始罵人了，並揚言要到縣衙去告他們。苗家父親趕緊上前賠笑臉道歉，但姓劉的卻照樣黑著臉，直到離開怒氣也未消。

李翠石和姓劉的是同鄉，當時正在沂縣縣城開當鋪。姓劉的拿著寫好的狀子進城的時

---

❶【臨淄】位於今山東省淄博市。

候，正好遇到了這位老鄉。因為是熟悉的老鄉，李翠石見到他之後就問：「你這是要幹什麼去啊？」姓劉的也沒有隱瞞，告訴他說自己要去官府告狀。李翠石哈哈一笑，說：「大家都知道您的名聲怎麼樣，我很久前也認識姓苗的那個人，那是個老實人，怎麼可能霸佔你的桃樹呢？你是在說反話吧？」說完，他撕掉姓劉的狀子，帶他來到自己的鋪子裡打算說和一下。但姓劉的覺得嚥不下這口氣，趁李翠石不注意，拿當鋪的筆又偷偷寫了一張訴狀藏起來，鐵了心要去告狀。

沒過多久，姓苗的也來了。他碰見李翠石，就把事情的詳細經過都告訴了他，並請李翠石幫忙調解一下，讓姓劉的別去告狀了。他說：「我不過是個種地的農民，活了半輩子也沒見過縣老爺。只要能不打官司，那幾棵桃樹我不要也行啊。」

李翠石約出姓劉的，和他說苗家人願意退讓，可以把桃樹給他。但姓劉的依然十分生氣，對著姓苗的破口大罵。而姓苗的卻沒有還嘴，一直在那兒賠著笑臉道歉。

四五天之後，李翠石聽人說姓劉的已經死了，他感到十分驚訝，感歎了一番。一天，李翠石出門辦事，看見路上有個拄拐杖的人正走過來，到近處一看，正是姓劉的。姓劉的對他十分熱情，邀請他到家裡敘敘舊。李翠石有點害怕，結結巴巴地說：「前幾天聽說你去世了，現在人怎麼能這麼胡說八道啊？」姓劉的卻並沒有接話，而是直接把他拉到家裡。直到酒菜上桌才對他說：「之前的傳言並不假。前兩天，我在外邊遇到兩個人，非要把我帶到官

苗家父親趕緊上前賠笑臉道歉，但姓劉的卻照樣黑著臉，直到離開怒氣也未消。

府。我問他們我犯了什麼罪，他們卻說自己也不知道。我在官衙內外闖蕩了幾十年，並不害怕見官，就跟他們走了。到衙門之後，一個滿臉怒氣的官老爺對我說：『你就是那個姓劉的吧？你作惡多端又不知悔改，還搶佔別人的東西。你這樣凶惡的人就應該嘗嘗下油鍋的滋味！』然後有一個小衙役，拿出一個簿子翻了翻說：『這個人曾經也做過一兩件好事，不應該死啊。』那位官老爺拿過簿子看過之後，臉色稍微好了些，說道：『那先把他送回去吧。』然後好幾十個人一起大聲趕我走。我說：『請你們告訴我，為什麼抓我過來，又為什麼放我走啊？』其中一個小衙役就拿著簿子走過來，讓我看簿子上的一條，上面寫道：崇禎十三年，用三百文錢救了一對夫妻。小衙役對我說：『要不是因為有這件事，你今天早就死了，然後轉世成為牲口。』聽到這兒，我特別害怕，趕緊跟在把我抓進去的那兩人後面跑了出來。出來後那兩個人竟然向我要錢。我生氣地對他們說：『我在衙門進出二十多年，專門向別人勒索錢財，你們不知道嗎？你們哪來的膽子，敢向老虎要肉吃？』這兩人聽了就不說話了。一直走到村裡，他們對我一拱手，說道：『這趟差跑得真苦，連水都沒喝到一杯。』說完這兩人就走了，我也醒過來了。這才知道自己已經死了兩天了。」

李翠石對他做的那件好事十分好奇，姓劉的就告訴了他。崇禎十三年，發生了大災荒，百姓沒有飯吃，有些地方甚至出現了人吃人的慘劇。當時姓劉的在臨淄縣衙裡當捕快。他在街上走時，看到一對男女抱頭痛哭，就過去詢問原因。對方告訴他說：「我們是一對結婚只有一年多的夫妻，如今災荒嚴重，夫妻二人沒辦法都活下來，所以心裡難受。」沒過多久，他在油坊門口又遇到了這對夫妻。他們看上去像在爭吵。他又過去詢問，油坊的馬掌櫃說：「這對夫妻馬上要餓死了，打算把老婆賣給我。但是我家裡已經買了十幾個人了，根本不著急買人。價錢足夠便宜我才會買，否則沒門兒。哪有像他這樣可笑的人，纏著別人賣老婆呢？」那個丈夫聽後說：「現在糧食這麼貴，如果沒有三百文錢就不夠我逃荒用。我賣老婆只是想讓兩個人都能活下來，如果賣了老婆我還是得死，這麼做還有什麼用呢？我也並不是非要您高價，但實在沒有辦法。您就發發善心，做件好事吧。」

姓劉的覺得這對夫妻很可憐，就問馬掌櫃：「那您肯出多少錢呢？」馬掌櫃道：「這年頭，一個女人最多值一百文錢。」姓劉的說：「您出三百文以上，我替您出一半的錢如何？」馬掌櫃還是不同意。

當時姓劉的俠氣頓生，對那個丈夫說：「這個掌櫃是個小氣鬼，你不用求他。我送你們三百文錢，你們一起去逃荒，夫妻不離不散，這樣多好。」說完，他就從口袋裡拿出三百文錢交給那對夫妻。那對夫妻十分感激，哭著向姓劉的磕頭道謝，然後一起上路逃荒去了。

聽姓劉的把這事說完，李翠石也對他嘖嘖稱讚。自從還魂之後，姓劉的就像變了個人一樣，把之前的惡行都改了。後來他活到七十歲了都還十分健康。

去年，李翠石又到周村去，正好趕上姓劉的又在和人吵架，大家怎麼勸都不管用。李翠石哈哈笑著說道：「難道又是因為桃樹的事想告狀嗎？」姓劉的一聽就愣住了，怒氣也一下消了，老老實實地走開了。

# 第二十八回　鞏仙

一天，一個姓鞏的道士去拜見魯王，但看門的人卻不肯給他通報。正在這時，裡面出來了一個太監，鞏道士趕忙請太監去幫他通報一聲。太監看他穿著落魄，不像個有身分的人，便讓人把他趕走。但沒過多久，鞏道士又回來了。

太監看到後十分生氣，就派人追著打他。當鞏道士被追到一個無人的角落時，他突然拿出兩百兩黃金，對那個追打他的人說：「請你告訴那位太監，我並不是想見王爺，只不過是聽說王府後花園的亭臺花草都是世間少有的，這輩子我要是能去看一圈，也就算沒白活了。」說完他又送給了追打他的人許多銀兩。追打他的人十分高興，就把這些話告訴了太監。

聽說這事之後，太監也很高興，從王府後門把鞏道士帶了進去，在後花園看風景。太監還領著他上了樓。當太監走到窗子前面的時候，鞏道士突然將太監推了下去。太監一下子就覺得身子飄到了樓外，只有一根細細的藤條纏著自己的腰。懸在半空的太監低頭一看，差點昏過去，這裡離地面太高了，掉下去肯定會摔死。這時候藤條又發出聲音，聽起來就像是要

斷了。太監十分害怕，趕緊喊人救命。不一會兒工夫，過來好幾個太監，都被嚇壞了。他們跑到樓上，發現藤條的一邊就繫在窗櫺上。由於害怕藤條斷裂，他們雖然想解開，卻又不敢解，再找鞏道士，卻哪兒也不見他的蹤影。大家沒了主意，只有請魯王想辦法。

看到這一情況，魯王也十分驚訝。他命人在樓下墊上茅草和棉絮，然後再割斷藤條。結果剛把茅草和棉絮墊好，藤條就自己斷了，太監掉到了地上。不過那太監什麼事都沒有，再一看，原來那裡離地面只有一尺。

魯王命人查出鞏道士住在什麼地方。手下稟報說道士住在尚秀才家，魯王便派人去問鞏道士是否已經出遊歸來了。派去的差使正好在回來的路上碰到了鞏道士，就把他請去見魯王。

魯王趕忙為鞏道士擺下酒席，並請鞏道士展示一下自己的法力。鞏道士說：「我只是一介草民，沒什麼本事。不過既然受到王爺如此款待，那我就斗膽表演一齣戲來為王爺祝壽。」說完，鞏道士就從衣服的袖子裡拿出一個美女，放在了地上。美女先給魯王行了禮，鞏道士就讓她演一齣《瑤池宴》來給魯王祝壽。接著鞏道士又陸續從袖子裡拿出王母娘娘、董雙成、許飛瓊等仙女。最後出場的是織女，織女還拿出一件閃閃發光的天衣，整個屋子都被其光芒照亮。

魯王以為那些唱歌演戲的女子都是仙女，但仔細一看，發現只是自己宮中的歌妓。他覺得她們原本並不會這些曲子，詢問過後，她們果真一點兒都不記得了。鞏道士又把那件天衣用火燒了一下，然後放回自己袖子裡。這時再掀開他的袖子，裡面已經什麼都沒有了。

魯王因此十分敬重鞏道士，請他住在王府中。但鞏道士說：「我是山野草民的脾氣，對我來說這個宮殿和籠子沒什麼區別。我還是覺得住在秀才家裡更舒服。」每天半夜，他肯定會回到秀才家睡覺。有時候魯王挽留太堅決的話，鞏道士也會住在王府，在酒席上給大家表演一些戲法。

有一名歌妓名叫惠哥，她曾是尚秀才的相好，兩個人私定了終身。惠哥不僅歌唱得好還精通樂器，魯王聽說後就把她召到王府來伺候自己。這樣尚秀才就無法見到惠哥了。

尚秀才十分想念惠哥，但沒有人知道惠哥的消息，他十分焦急。有一天，尚秀才問鞏道士：「你見到過惠哥嗎？」鞏道士回道：「王府的歌妓我倒是都見過，但不知道惠哥是哪一位。」於是尚秀才描述了一下惠哥的長相、年齡，想讓鞏道士幫自己帶話，卻被他拒絕了。尚秀才不肯甘休，不停地求鞏道士。於是鞏道士打開衣袖，說：「如果你非要見惠哥的話，就進到我的袖子裡來吧。」尚秀才朝他的袖子裡望去，發現裡面竟然有屋子那麼大，於是就鑽了進去。到裡面一看，就像房子一樣寬敞明亮，而且各種家具都有，在裡面住著就像在家裡住著一樣舒服。

鞏道士進了王府之後，開始和魯王下棋，看到惠哥過來後，就裝作拂拭塵土，袖子一揮，惠哥就也進了袖子裡，周圍的人都沒發現。

尚秀才正一個人坐著，突然從房簷上掉下來一位美女，近前一看，竟然是惠哥。兩個人又驚又喜，溫存之後，尚秀才拿起筆，在牆上題詩一句「侯門似海久無蹤」，惠哥續了一句「誰識蕭郎今又逢」。尚秀才再寫「袖裡乾坤真個大」，惠哥再續「離人思婦盡包容」。剛寫完，屋子裡闖進來五個陌生人，都穿著淡紅色的衣服，戴著八角帽，不由分說就抓走了惠哥，將茫然不知所措的尚秀才一人留在那裡。

回到尚秀才家後，鞏道士把尚秀才從袖子裡放出來，問他與惠哥相會的事。尚秀才並沒有全講出來，而是隱瞞了一些。鞏道士微微一笑，把道袍脫下來，把袖子翻出來給尚秀才看。袖子裡似乎有字跡，原來正是他和惠哥在牆上寫的詩句。

後來尚秀才又在鞏道士的袖子裡與惠哥相會了三次。一天，惠哥對尚秀才說：「現在我肚子裡的孩子已經開始動了，我沒有辦法，只能拿帶子把腰勒緊一點。王府裡人多嘴雜，如果我將來生孩子，孩子一哭，那該怎麼辦啊？你快去求求鞏仙人，讓他救我。」尚秀才答應了他。回家之後，尚秀才趕忙給鞏道士跪下，求他幫助。鞏道士將尚秀才扶起來說：「我聽到了你們的談話。你倆不用擔心，你們家就靠這個孩子傳宗接代呢，我一定會盡力幫忙的。不過我原本就不打算在兒女私情上報答你，所以你以後不要再到袖子裡見她了。」

尚秀才有一位非常賢淑的妻子，已經快三十歲了，她生過好幾個孩子，但只有一個兒子活了下來。最近又生一女兒，但孩子還沒過滿月就死了。妻子聽說尚秀才有個兒子，十分驚喜，趕緊從屋子裡走出來。只見鞏道士從袖子裡拿出一個還在熟睡的嬰兒，再一看，臍帶都還沒有剪斷呢。尚秀才的妻子把孩子接過去，孩子才開始哇哇地哭起來。

鞏道士脫下道袍，說道：「道家最忌諱道袍上沾上生孩子的血。如今為了你，我這穿了二十年的道袍也不能要了。」尚秀才趕忙拿出一件衣服給鞏道士換上。鞏道士對他說：「我的舊道袍你千萬別扔掉，只要將其中的一小塊燒成灰然後服下，就可以治療難產。」於是尚秀才聽了鞏道士的話，把道袍收了起來。

又過了很久，一天，鞏道士突然對尚秀才說：「你收起來的道袍不要都給別人，要給自己留一點。即使我死了，這件事也絕不能忘。」尚秀才說：「你不要說這麼不吉利的話。」但鞏道士沒說什麼就走開了。

鞏道士並沒有去別處，而是到了王府裡。鞏道士對魯王說：「貧道馬上就要死了。」魯王聽後十分驚訝：「怎麼會呢？」鞏道士說：「這不過是命中注定，沒什麼好說的。」但魯王不相信，一定要鞏道士在王府中留宿。兩個人就坐下開始下棋，剛下完一盤，鞏道士卻突然站起來要走。魯王仍然攔著，不讓鞏道士離開。鞏道士請求魯王讓自己到外面的屋子去，魯王只好答應他。鞏道士剛走到外面的屋子裡，就直接倒在了地上。魯王走進去一看，鞏道士果真已經死了。於是魯王命人厚葬了鞏道士。尚秀才知道後十分難過，也跑到鞏道士的墳

妻子聽說尚秀才有個兒子，十分驚喜，趕緊從屋子裡走出來。只見鞏道士從袖子裡拿出一個還在熟睡的嬰兒。

前哭泣。他這時才明白過來，原來翟道士之前的話正是他的遺言。

翟道士留下來的道袍對催生有奇效，無數的人來到尚秀才家中求藥。尚秀才開始以為只有帶血的位置有效，後來發現衣襟、領子等地方也都有效果。尚秀才想起翟道士之前的話，擔心妻子將來可能會難產，所以就從道袍上剪下了一塊帶血的部分偷偷藏了起來。正好一位魯王寵幸的妃子難產，三天都沒能生下來。魯王十分著急，但醫生們都沒有辦法。這時有人向魯王報告了尚秀才的事情。魯王聽後，立即召尚秀才進宮。那位妃子吃了一次袍灰，孩子立刻就順利生下來了。魯王特別高興，立即賞給尚秀才許多銀子和綾羅綢緞。但尚秀才推辭不要。魯王很納悶，便問秀才究竟要什麼，一定滿足他。尚秀才跪在地上說：「希望王爺開恩，把從前的歌妓惠哥賞賜給我。」魯王立即讓人將惠哥叫來，問她：「你今年多大了？」惠哥答道：「奴婢進入王府時剛好十八歲，如今已經在王府待了十四年。」魯王想惠哥已經年老色衰，於是把王府中所有歌妓叫來，對尚秀才說：「你可隨意挑選。」但尚秀才一個都不喜歡，只想要惠哥。魯王被尚秀才的堅貞所感動，為他們備下車馬，把尚秀才原本推辭的銀兩和綾羅綢緞當做惠哥的嫁妝，送他們二人回家。

當時惠哥的兒子已經十一歲了，取名為秀生，也就是「袖生」的意思。為了感謝翟道士的恩德，每年的清明節尚秀才都給翟道士上墳掃墓。

有一天，有位常住在四川的人在路上遇到了翟道士。翟道士拿出一本書，對他說：「這本是魯王府裡的書，但我當時走得匆忙，沒來得及去還，麻煩你給捎回去。」這個人回來之後，聽聞鞏道士早就死了就害怕了，不敢向魯王稟報此事。尚秀才知道這事之後，就幫他報告給了魯王。魯王拿過那本書一看，果真是鞏道士曾借走的書。於是魯王懷疑鞏道士不是真的死了，讓人將鞏道士的棺材打開，一看裡面果真空空如也。

後來，尚秀才的大兒子很年輕的時候就死了，幸好還有秀生可以傳宗接代。尚秀才想到鞏道士曾經說過的話，更加相信鞏道士可以預測未來了。

# 第二十九回　二商

莒縣❶有商姓兄弟兩家隔牆而居。哥哥很有錢，但弟弟家卻很貧窮。

有一年發生了饑荒，商老二家連飯都吃不飽了。商老二的妻子便對丈夫說：「你去求求你哥哥吧，讓他借咱們點兒米。」商老二答道：「他不會借的。他要是可憐咱們窮，早就過來幫咱們了。」妻子執意讓他去找哥哥，他沒辦法，只好讓兒子去了。

一會兒的工夫，兒子空著手回來了。商老二和妻子趕忙問兒子怎麼回事。兒子答道：「伯父十分猶豫，一直看著伯母。伯母對我說，兄弟已經分了家，自己管自己，誰能管得了別人呢？」商老二夫妻聽了，只能哀歎一聲，將家裡的家具拿出去賣了，換一些秕糠（ㄅㄧˇ ㄎㄤ）❷勉強活命。

村子裡有三四個流氓，他們貪圖商老大的錢財，在晚上偷偷進了商老大的院子。商老大夫妻睡覺的時候聽到有動靜，發現有人翻牆，趕緊敲打著盆喊人求助。但由於他們平時十分驕橫，村裡沒有人來幫助他們。他們實在沒辦法了，就喊商老二來幫忙。

商老二聽到呼喊後，本打算立刻就過去。但是他的妻子卻攔著他，不讓他去，並且大聲地對嫂子喊道：「兄弟已經分了家，自己管自己，誰能管得了別人呢？」沒過多久，那幾個流氓就衝進了老大家的門，把他們夫妻綁了起來，折磨他們，想讓他們交代財物藏在了哪兒。

商老二對妻子說：「雖然他們無情無義，但我當弟弟的，怎麼能看著哥哥去死呢？」說完，帶著兒子跳過牆去幫忙，並大聲喊人。商老二父子本來就是勇武的人，那幾個流氓又害怕別人來幫忙，於是就逃走了。商老二進屋一看，哥哥和嫂子的腿都被烙鐵燙焦了。他把哥哥嫂子扶到床上，又去外面把丫鬟僕人都喊了回來。直到哥哥嫂子都有人照顧，商老二才回到自己家裡。

雖然商老大夫妻受了傷，但並沒有損失什麼錢財。商老大對自己妻子說：「要是沒有弟弟，這些錢就都沒了，應當分一部分給他。」他妻子卻說：「要是你弟弟那麼好，你會受傷嗎？」商老大也就不吭聲了。

沒幾天，商老二家又沒有糧食吃了。商老二心想，剛救了大哥家一命，大哥肯定會有所表示。但過了好久都不見有人來。商老二的妻子等不下去，又讓兒子帶著口袋去跟商老大借

❶【莒（ㄐㄩˇ）縣】位於今山東省日照市。

❷【秕糠】秕，子實不飽滿；糠，稻穀子實所脫落的殼、皮。此處指極爲粗劣的糧食。

糧食。一會兒，兒子回來了，但只帶回一斗小米。商老二妻子氣壞了，讓兒子給他們送回去。商老二勸了半天，妻子才作罷。

又過了兩個月，商老二家實在支撐不住了。商老二說：「現在要想活著，也沒有別的辦法，只能把房子賣給哥哥。如果哥哥不想咱們離開，或許會不要這房子而給咱們一點兒資助。即使他要了房子，咱們也能有十幾兩銀子，起碼不會被餓死了。」妻子想了想，認為也只能這樣了。於是就讓兒子帶著房契去找商老大。

商老大又找妻子商量。他說：「即便他再不好，畢竟也是我的親弟弟。他要是走了，我們就孤立無援了啊。要不我們別要他的房契，送他們點兒銀兩，幫他們度日吧。」商老大的妻子卻說：「你說得不對。他說要走，不過是威脅咱們，要是按照你說的辦就上當了。難道那些沒有兄弟的人都死了嗎？只要咱們把院牆修得高一點，就不會被搶了。還是收了他們的房契，把咱們的院子擴大一下吧。至於他們，愛去哪兒去哪兒吧。」商老大夫妻這麼商量好了，商老二也在房契上簽字畫押。於是商老二一家拿著賣房子的錢，搬到了隔壁村。

商老二搬走的消息很快就傳到了那些流氓的耳朵裡。他們再次闖進商老大家裡，老大只好把所有的錢都給了強盜，求他們饒自己一命。強盜們要走的時候，還打開商老大家的糧倉，讓村裡的窮人隨便拿。村民都很久沒吃過飽飯了，所以一會兒的工夫，糧倉就被搶空了。

第二天，商老二聽說了這件事，趕緊跑到哥哥家裡，趕到時發現哥哥早就斷了氣。

強盜們要走的時候，還打開商老大家的糧倉，讓村裡的窮人隨便拿。

哥哥死了，商老二十分傷心，也十分生氣，就到縣衙去告狀。但強盜們搶了錢之後，都已經不知道跑到哪兒了，官府也抓不到。而搶糧食的都是村裡的災民，官府也拿他們沒辦法。這事只能作罷。

商老大的兒子只有五歲，卻不願意在家裡，總是去叔叔家玩，有時住好幾天都不願意回家。一說讓他回家，他就開始哭。商老二的妻子對這個侄子很不滿意，經常不給他好臉色。商老二對她說：「他爸爸確實不夠義氣，但與這孩子有什麼關係呢？」說完，自己買了幾個蒸餅送給孩子，把他送回家裡去了。看到嫂子生活也不好，他又背著妻子，偷偷送了一斗米給嫂子，讓她好好照顧兒子。後來，他時不時就去送些東西。

幾年之後，商老大家賣了所有土地和房子，家裡又有了點錢，足夠維持生計了，商老二這才不偷偷送東西過去。又過去幾年，遇上了災荒，路上常常有人餓死。不過商老二家也有好幾口人需要養活，也沒辦法顧別人。這時候商老大的兒子已經十五歲了，但他身體虛弱，沒辦法幹體力活，只能跟著商老二的兒子在大街上賣燒餅，勉強度日。

突然有一天晚上，商老二夢見了自己的哥哥。在夢裡，商老大滿面愁容地對他說：「我聽你嫂子的話，不講兄弟義氣。但你卻不記我的仇，我真是沒臉見你。那個賣掉的老房子現在還沒人住，你趕緊把它租下來。然後你到屋子後面的草叢裡挖一挖，那裡埋著一些銀兩，足夠你們衣食無憂了。我兒子沒什麼本事，以後就讓他跟著你吧。我那個長舌的老婆太招人恨，你就別管她了。」商老二醒來之後覺得很奇怪，就租下原來的房子搬了進去。按照夢裡的指示，果然從那裡挖出了五百兩銀子。

有了這五百兩銀子，商老二就不讓兒子和侄子再去街上賣燒餅了，自己開了一家店鋪。商老二侄子的頭腦很好，算帳特別精細，從來不出差錯，而且老實本分，即使是一文錢的帳也一定會報告叔叔。商老二對這個侄子十分喜愛。

有一天，侄子跑到商老二面前痛哭，請叔叔救助他母親一些米。商老二的妻子想起之前的仇怨，本不打算給。但是商老二覺得這個孩子如此孝順是好事，就每個月都送給嫂子一些銀兩和糧食，讓她維持生活。

幾年之後，商老大的妻子生病死了。商老二家越來越富裕，老二知道自己能過上這樣的日子全拜哥哥所賜，於是他把侄子叫過來，把家產的一半分給了侄子，讓侄子自立門戶去了。

# 第三十回　梅女

有一位叫封雲亭的太行人，偶然間到郡城辦事，找好客棧之後就在房間裡休息。他年紀輕輕妻子就去世了，所以難免感覺孤單，不知不覺就開始胡思亂想。他正對著牆壁發呆，卻看到牆上似乎有個女人的身影，就像是掛在牆上的畫一樣。

封雲亭以為是自己的幻覺，但過了一會兒，發現那裡真有一幅畫像。封雲亭覺得很奇怪，走到跟前一看，果真是一位少女。她眉頭緊鎖，伸長舌頭，漂亮的脖子上套著一根繩子。封雲亭大吃一驚，依然盯著這個少女，突然感覺這個少女像要從牆上走下來，但由於是白天，封雲亭也不太害怕。他知道這少女肯定是個吊死鬼，便對少女說：「姑娘要是有什麼冤屈的話，我可以盡力幫助你。」牆上的那個身影果真走下來了，並對他說：「我們不過是萍水相逢，怎麼敢隨便讓你承擔這麼重的責任呢？不過現在我地下的屍骸舌頭不能縮回去，脖子上的繩子也不能解下來。如果你能幫我把這間房子的梁木弄斷然後燒掉，對我來說就是像泰山一樣高的恩德了。」

封雲亭答應她之後，這個少女就立即消失了。封雲亭趕緊叫來店主，把剛才發生的事情都告訴了他，並問他這是怎麼回事。店主答道：「十多年前，這房子本是一戶梅姓人家的宅院。有一天晚上，小偷來這家偷東西，正好被梅家抓住了，就送到官府處置。但負責的典史❶收了小偷三百文錢的賄賂，反而誣陷梅家的女兒和小偷通姦，還要上堂提審。梅家的女兒聽說之後，氣憤難當，就上吊自殺了。梅家夫婦後來也都死了，這院子後來就被我改成旅店。在這裡住的客人常常會看到些怪事，但一直也除不掉，只能這樣。」

封雲亭把鬼的話告訴了店主，建議拆掉房子，換掉房梁。但店主覺得這樣花費太多，不是很願意。封雲亭就自己掏錢幫店主重新改建了這個房子，燒掉了房梁。新房建成之後，封雲亭依然住在裡面。

晚上，梅女再次出現了。她向封雲亭道了謝，臉上神采飛揚，容姿嬌豔。封雲亭動了心，想同梅女同床共寢，梅女慚愧地說：「我身上都是陰慘之氣，和你結合的話，對你十分不好。而且如果和你這樣的話，那我就不能洗清我生前所遭受的侮辱了。注定會有你我結合的那一天，但是現在時機還不成熟。」封雲亭又問：「那什麼時候合適呢？」梅女笑了笑，並沒有回答。封雲亭一時有些尷尬，便提議兩人玩遊戲。梅女說：「我這輩子玩的遊戲裡只

❶【典史】官名，是知縣下面掌管逮捕和監獄的小吏。

封雲亭大吃一驚，依然盯著這個少女，突然感覺這個少女像要從牆上走下來。

對打馬[2]比較熟悉。但兩個人玩太少了，現在也太晚，玩不了多久。但是夜如此漫長，不如我們倆玩翻繩的遊戲吧。」

封雲亭接受了梅女的建議，於是兩人膝蓋頂著膝蓋，開始翹起手指撐著線。兩人不停地翻，花樣不斷翻新，封雲亭簡直都看傻了。封雲亭笑道：「你這可真是一項絕活啊。」梅女說：「這些都是我自己想出來的。只要兩根線就可以變出無窮的樣式，只是人們都不知道罷了。」

夜很快就深了，兩個人都很疲乏。封雲亭想強迫梅女和他同睡，但梅女說：「我們陰間的人不用睡覺，你自己休息就可以了。我稍微會一些按摩的手法，希望能靠我的本事讓你睡個安穩覺。」封雲亭答應了她。梅女將兩隻手疊在一起，從頭到腳慢慢給他按摩。封雲亭覺得她的手所經過的地方，連骨頭都舒服得像喝醉了一樣。然後梅女又輕輕握住手指捶打，封雲亭感覺就像被棉花敲打一樣，渾身異常舒服。捶打到腰的時候，他的眼睛就不想睜開了，捶打到腿的時候，他已經睡得很香了。

封雲亭一覺睡醒，發現已經快到中午了。他覺得渾身十分舒暢，對梅女就更加喜歡了。可一直到了晚上，梅女才出現。封雲亭說：「你住在哪裡啊，我到處喊你都不出來？」梅女說：「鬼基本都住在地下，沒有固定的地方。」封雲亭又問：「難道地下有可以容得下身子的縫隙？」梅女又答：「鬼就像魚一樣，魚看不到水，鬼也看不到地。」封雲忽然握住梅女的手腕，對她說：「要是你能復活，我就是傾家蕩產也肯定會把你買來。」梅女笑著說：「用不著傾家蕩產的。」

就這樣，兩個人歡笑著又到了半夜。封雲亭又使勁哀求她同宿。梅女對他說：「你不要纏著我。我住的北邊剛來了一個叫愛卿的浙江妓女，長得風姿綽約。明天晚上我把她帶過來，讓她代替我陪你，好不好？」封雲亭就答應了梅女。

第二天晚上，梅女果真帶了一位少婦過來。這位少婦看著差不多快三十歲，眼神之中暗

❷【打馬】古代博戲名，以棋子當作「馬」，按照一定的規則和圖譜，雙方用馬來決定輸贏。相傳麻將就由此而來。

藏著風騷。三個人十分親密地坐到一起開始玩打馬。玩完一局之後，梅女起身說：「我先回去休息了。」封雲亭剛想挽留她一下，她就不見了蹤影。

封雲亭於是和愛卿上床同寢。封雲亭問到愛卿的身世，愛卿卻支支吾吾不願提及，只是對封雲亭說：「您如果想見我，只要在北面的牆上用手指輕輕彈兩下，同時小聲說『壺盧子』，我就會馬上出現。如果喊了三聲我依然沒有出現，就是我沒有閒暇的時間，就不要再喊了。」等到天亮的時候，愛卿就順著北面牆的縫隙飄走了。

第二天，梅女回來之後，封雲亭問她愛卿去哪裡了。梅女說：「她被高公子請過去喝酒，所以不能過來了。」然後他們二人就在燈下聊天。有好幾次梅女都一副欲言又止的樣子。封雲亭一再追問，梅女卻只是低頭歎氣。直到過了四更天❸，梅女才離開。在這之後，梅女和愛卿經常去同封雲亭幽會。由於他們常常在夜裡歡笑，所以城裡的人慢慢都知道了這件事。

官府中有一位典史，也是浙江的世家子弟。由於自己的妻子和僕人通姦，就把妻子休了，又娶了一位顧氏做妻子。他和顧氏的感情十分融洽，然而好景不長，顧氏過門一個月就死了。典史常常思念顧氏，聽說封雲亭家中有能夠顯靈的鬼，就想讓他幫忙問問看自己能不能和顧氏的鬼魂再續前緣。所以典史就去拜訪封雲亭。

起初封雲亭並不想答應，但典史不斷地求他，出於無奈，他只好應承下來。他讓典史擺好酒席，等到日暮時分，封雲亭就敲了敲北面的牆，還沒喊到第三聲，愛卿就出現了。但愛卿一看到典史，臉色大變，轉身就要走。封雲亭趕忙擋住她的路。典史看到愛卿之後，也十分生氣，拿起一個碗就朝愛卿砸了過去。愛卿一下子就無影無蹤了。

封雲亭正納悶，剛想問是怎麼回事，卻忽然看到暗處走出來一個老太太。看到典史之後，老太太破口大罵：「你這個無恥的賊人！壞了我的搖錢樹，快出三十貫錢來賠我！」說著就用手杖去打典史，一下子就打在了典史的頭上。典史抱著頭說道：「這女人是我的妻子顧氏，她年紀輕輕就去世了，我一直感到十分悲痛，沒想到她變成鬼之後卻仍不守貞潔。我管束自己的老婆，和您老有什麼關係呢？」老太太聽後，勃然大怒道：「你不過是浙江的一個地痞無賴，買了個芝麻官之後就自以為了不起了！你當官分得清黑白嗎？你已經惹得人神共憤，死期不遠了。你的父母替你向閻王求情，願意把你最喜歡的妻子送到妓院裡來替你還債，你還不知道嗎？」說完又拿手杖打他。典史疼得嗷嗷直叫。封雲亭驚得呆住了，不知道怎麼救他。

正在這時，梅女從房間裡走了出來，瞪著眼睛，伸著舌頭，臉色變得十分怪異。她走到典史身後，用長簪子插進了典史的耳朵裡。封雲亭驚訝無比，只好用自己的身子擋著典

---

❸【四更天】凌晨一點到三點。

史。梅女十分生氣，封雲亭勸她說：「就算他罪該萬死，一旦死在我這裡，我也沒辦法脫罪啊。」梅女聽後，趕緊拉住老太太說：「為了照顧封公子，暫時先給他留一口氣吧。」典史趕緊奪路而逃，到家之後，忽然感到頭疼不止，到半夜時分就死掉了。

第二天晚上，梅女出來之後哈哈大笑，說道：「真痛快！終於出了我這口惡氣！」封雲亭問她：「你跟他到底有什麼仇怨？」梅女回答說：「之前我就和你說過，典史收受賄賂，污衊我通姦，我懷恨已久。經常想讓你為我報仇，但又因對你沒有半點恩德而慚愧，所以每次想要說的時候都說不出口。剛才聽到你屋裡有吵鬧的聲音，沒想到正是我的仇人。」封雲亭十分驚訝地問道：「他就是誣陷你的那個人嗎？」梅女答道：「這個人已經在這裡做了十八年的典史，而我也已經被冤死十六年了。」封雲亭又問：「那個老太婆又是誰呢？」梅女回答：「她是一個老妓女。」封雲亭又問：「愛卿怎麼樣了？」梅女回答：「她生病了而已。」梅女忽然嬌柔地笑著說：「我說過，一定會有咱們雙宿雙飛的日子，現在距那一天真的不遠了。你曾經說為了娶我願意傾家蕩產。你現在還記得嗎？」封雲亭回答說：「直到現在我還是這麼想。」梅女說：「對你說實話吧。我死之後，已經轉世投胎到延安的展孝廉家中了。只是我的冤屈沒能洗清，所以才拖到現在。你用新的綢布做一個裝鬼的布袋，我就可以跟著你一起去了。你到展家求婚，他們一定會答應你的請求。」

封雲亭擔心自己與展家地位差距太大，梅女卻說：「你放心去吧。去的路上，你千萬不要叫我。等到成婚的那天晚上，你用這個布袋套在新娘的頭上，然後大聲地喊『勿忘勿忘』就行了。」封雲亭記下了梅女的話。做好布袋之後，封雲亭剛一打開，梅女就跳了進去。

封雲亭帶著這個布袋來到了延安，四處探訪之後，發現城中果然有一位展孝廉。他有一個女兒生得十分美麗，但患有癡呆，常常像熱天喘氣的狗一樣把舌頭伸到嘴外邊來。如今她已經十六歲，該出嫁了，但由於這個病一直沒有人上門提親，展家父母都快愁出病來了。封雲亭到了展家把自己的家世詳細地講了。從展家一出來，封雲亭就找媒人前去提親。展家看到終於有人要娶自己的女兒，對方的條件也還不錯，十分開心，就把封雲亭招為上門女婿。

很快，兩個人就拜堂成親。展家女兒癡呆得嚴重，根本不知道禮節。兩個丫鬟把她扶入房內，丫鬟們走後，展家女兒就解開衣服，袒胸露乳，對著封雲亭傻傻地笑。封雲亭拿出布袋，套在她的頭上，然後喊道：「勿忘、勿忘。」之後拿掉布袋，展家女兒的眼睛不再亂看，盯著封雲亭仔細打量，似乎在想著什麼事情。封雲亭笑著問她：「難道你不認識我了嗎？」說著，他拿起布袋在她面前晃了晃。展家女兒一下子明白過來。她這才發現自己袒胸露乳，趕緊把衣服穿好，兩個人開心地抱在了一起。

第二天一早，封雲亭就過去給岳父行禮。展孝廉安慰他說：「我這個傻女兒什麼都不知道，既然你看得上她，我也不會虧待你。我家裡聰明的丫鬟很多，如果你想要的話儘管開口，我不會吝嗇的。」封雲亭告訴岳父，其實展家女兒並不癡呆，展孝廉感到十分不解。沒過多久，展家女兒從房內走出來，言談舉止都十分得體，展孝廉見狀驚訝萬分。展家女兒只是捂住嘴偷偷地笑。展孝廉仔細地追問女兒，展家女兒卻欲言又止，不好意思說出口。於是封雲亭將事情的經過大致說了。展孝廉聽後十分高興，更加疼愛自己的女兒，並讓兒子展大成和女婿一起讀書，生活無憂無慮。

一年多以後，展大成開始對封雲亭有些厭煩，郎舅二人逐漸不和，甚至僕人們也都開始說封雲亭的閒話。聽了太多關於封雲亭的閒言碎語，展孝廉對封雲亭的禮數也越來越懈怠。展家女兒感覺到了家人的變化，就對封雲亭說：「岳父家裡不是長久居住的地方。那些久住岳父家的都是無能的人。現在趁著大家還沒有鬧翻，我們最好趕緊回家去。」封雲亭覺得很有道理，就向展孝廉告別。展孝廉想讓女兒留下，女兒卻不同意。這下展家父子都十分生氣，不肯為他們準備出行的車馬。展家女兒用自己的首飾錢買了車馬，隨丈夫一起離開了展家。

後來，展孝廉寫信讓女兒回去住，但展家女兒堅決拒絕了。直到後來封雲亭被推舉為孝廉，兩家才開始重新來往。

# 第三十一回　阿英

甘玉，字璧人，廬陵[1]人。他父母很早就去世了，還留下一個弟弟名叫甘鈺，字雙璧。甘鈺從五歲開始就由哥哥養育。甘玉很有仁愛之心，就像對待自己的孩子一樣撫養著弟弟。甘鈺逐漸長大，不僅儀表堂堂，而且非常聰明。甘玉越發喜歡自己這個弟弟。他常對別人說：「我弟弟如此優秀，一定會找個好媳婦。」不過因為甘玉太過挑剔，甘鈺一直也沒能成婚。

有一天，甘玉在匡山上的寺院裡讀書。到了晚上，他剛剛躺下準備睡覺，卻聽到窗戶外面有女人說話的聲音。甘玉很好奇，於是起身偷偷地看，只見外面有三四個女子鋪了席子坐在地上，旁邊有幾個丫鬟在擺放酒菜，沒有一個不是絕色美女。

一個女子說道：「秦姑娘，為什麼阿英還沒過來？」坐在下面的女子回答說：「她昨天

---

[1]【廬陵】位於今江西省吉安市。

從函谷關回來，結果被壞人傷到了右臂，所以不能出來和大家玩。她現在還在鬱悶呢！」又有一個女子說：「我昨天晚上做了一個噩夢，現在想起來，依然嚇得渾身冒汗。」坐下面位置的那個女子趕緊搖著手說：「別講，別講！今天，我們姐妹幾個聚會多開心啊，千萬別說那些嚇人的事。」那個女子笑著說：「你這膽子怎麼這麼小啊？還能出來野獸把你吃了啊？如果不想讓我說，那你就必須唱一首歌來為姐妹們助酒。」於是坐在下面的那個女子便輕聲唱道：「閒階桃花取次開，昨日踏青小約未應乖。付囑東鄰女伴少待莫相催，著得鳳頭鞋子即當來。」一曲唱完，在座的所有人都不斷地喝采。

一幫人正開心地談笑，突然從外面進來一個高大的男人。他十分強壯，眼睛就像鷹一樣冒著光，長相醜陋得嚇人。大家嚇得大喊：「妖怪來了！」然後就像鳥獸一樣四處逃亡。但唱歌的女子身體較弱，沒有逃脫，被那個怪男人抓住。她不停地哭泣，拼命掙扎。那個怪男人忽然狂吼一聲，一下子就把她的手指咬斷了，然後嚼著吃。那個女子一下就昏倒在地上。

甘玉十分可憐這位女子，又難忍心中的怒火，於是拔出寶劍衝了出去，一下砍中了那個怪人的大腿。怪人斷了腿，帶著傷逃走了。甘玉趕忙將那位女子扶進屋子裡，當時這位女子面如土灰，衣服上全都是血，右手的拇指也斷了。甘玉扯了一塊布幫她把傷口包紮好。這時女子醒來呻吟著說：「您對我有救命之恩，我怎麼才能報答您呢？」從看到這些女子開始，甘玉的心裡就一直在想弟弟的婚事，所以就告訴了她自己的想法。女子回答說：「我已經受了這種傷害，以後沒辦法再做家務了。應當為您的弟弟再找個人。」甘玉問她姓什麼，她回答說：「姓秦。」甘玉為她鋪好被褥，讓她先休息，自己換了個地方去睡。

等到早晨，甘玉再去看她，床上已經空了，心想她一定已經走了。甘玉在附近的村莊詢問，卻根本沒有姓秦的人家。後來他又託親戚朋友打探消息仍一無所獲。回家和弟弟說起這件事，甘玉茫然若失，十分懊喪。

有一天，甘鈺偶然在野外遊玩，路上碰見了一位十六歲的姑娘。姑娘相貌出眾，看著甘鈺微笑，走到跟前之後，姑娘用那似水的眸子掃視了一下周圍，然後對他說：「你是不是甘家的二郎？」甘鈺回答：「正是在下。」姑娘又說：「你的父親曾經與我有約，讓我嫁給你，為什麼現在違背之前的約定，重新找秦家呢？」甘鈺回答：「我從小就是孤兒，從來沒有聽說過這件事。請你講明你的家世，我回去問問我大哥。」那個姑娘又說：「不用問得那麼仔細，只要你一句話，我就會跟你到家裡。」但甘鈺說自己還沒有將此事告知兄長，所以推辭掉了。那位姑娘笑著說：「你真是個傻子！為何要這麼怕你哥哥？我姓陸，住在東山望村中。三天之內希望得到你的回覆。」說完，姑娘告別甘鈺，自己走了。

甘鈺回到家之後將這件事情告訴了哥嫂。甘玉說：「這完全是胡說八道！父親去世時我已經二十多歲了。如果有那種事情的話，我怎麼可能不知道呢？」當他聽說那個姑娘自己在荒野裡行走，主動和男子交談，便更加鄙視她。甘玉又問那個姑娘的容貌如何，甘鈺面紅耳赤說不出話來。嫂子哈哈大笑說：「看來肯定是個美女。」甘玉卻說：「小孩子會看什麼美醜？即使是美女也不可能比秦姑娘更漂亮。如果秦姑娘那件事辦不成，再想這件事也不算晚。」甘鈺聽後什麼都沒有說，自己就回去了。

又過了幾天，甘玉正在趕路，碰見一個姑娘一邊走一邊哭。甘玉於是停下馬看了一眼，見這個姑娘的容貌真是天下無雙。甘玉派僕從過去詢問她為何而哭，姑娘回答說：「我曾經許配給了甘家的二郎，但是因為家裡窮，所以搬到很遠的地方，兩家也沒有了往來。最近我剛回到這裡，聽說甘家不守信譽，違背了之前的約定。我正要過去詢問一下大哥甘璧人，看他要怎麼處置我呢？」甘玉驚喜地回答：「甘璧人就是我呀！我實在是不知道長輩們定下的婚約啊。這裡離我家很近，到家裡再一起商量這事吧。」說完甘玉就從馬上下來，讓姑娘騎上馬，然後甘玉親自拉著馬回到家。

到家之後，姑娘自己說道：「我小名叫阿英，家裡並沒有兄弟姐妹，只有表姐秦氏和我住在一起。」這時甘玉忽然明白，原來甘鈺之前所說的美女就是這個人。甘玉想將婚事通報給阿英的父母，但阿英堅持拒絕。想到弟弟能得到這麼一個漂亮媳婦，甘玉心裡很開心，但也害怕阿英太輕浮，會讓人說閒話。過了一段時間，甘玉發現阿英不僅十分矜持莊重，而且嬌柔知禮。她像對待母親一樣來伺候嫂子，嫂子也十分喜愛阿英。於是甘玉就給弟弟和阿英辦了婚事。

中秋佳節，甘玨夫妻二人正在家中，這時嫂嫂派人過來招呼阿英過去。甘玨不想讓妻子離開，於是阿英讓僕從先回去，說自己隨後就到。阿英在家和甘玨談笑，一直不肯離開。甘玨怕嫂子等太久了生氣，所以催了阿英好幾次。但阿英只是笑笑，卻一直沒有去。

第二天，阿英早晨的妝還沒有化完，嫂子就親自過來問阿英：「昨天晚上見面，你怎麼看上去不怎麼開心呢？」阿英只是微微一笑，但甘玨卻感覺不對，於是又問嫂子昨天的事情，發現兩個人所說的事情對不上。嫂子大吃一驚：「難道是妖精在作怪？」甘玉也覺得害怕，於是隔著門簾對阿英說：「我們家世代積德行善，從來沒有什麼仇家。如果你真的是妖怪的話，請你快走吧，千萬不要傷害我弟弟。」

說完甘玉就從馬上下來，讓姑娘騎上馬，然後甘玉親自拉著馬回到家。

阿英十分羞愧，說道：「我原本並不是人，只是因為公公定下了婚約，所以秦家姐姐也勸我來成親。我知道自己沒有辦法給甘家生養後代，也多次想過離開這裡。但因為哥哥嫂子對我太好，所以實在捨不得。既然現在你們已經猜疑我了，那今天就告辭吧。」說完阿英變成了一隻鸚鵡，輕盈地飛到了天空之中。

原來甘家父親在世的時候曾經養了一隻十分聰明的鸚鵡。甘家父親十分喜愛這隻鸚鵡，都是親自餵食。甘鈺四五歲的時候曾經問父親：「為什麼養鳥啊？」父親和他開玩笑說：「將來給你當媳婦啊。」有時候鸚鵡缺食了，父親還會喊甘鈺：「快去餵食啊，你媳婦都快被餓死了。」家裡人也經常開這種玩笑。後來鳥籠的鎖壞了，鸚鵡飛走了。

甘玉這才明白，原來過去的約定指的就是這個。甘鈺明明知道阿英不是人，卻仍然無時無刻不思念著她。嫂子則更加想念阿英，整天哭泣。甘玉這時也覺得後悔了，卻不知如何是好。

兩年之後，甘玉又為弟弟提親，娶了一位姜家的姑娘，但甘鈺始終不是很滿意。甘玉有個表哥在廣東做司理。因為許久未見，甘玉就到那邊去拜訪他，很長時間也沒有回家。其間正好趕上有賊人作亂，附近一半的村子都被燒成了廢墟。甘鈺特別害怕，就帶著家人逃到山谷裡去避難。

山谷裡避難的人群混雜，大家相互都不認識。忽然甘鈺聽到有個女子說話，聽起來特別像阿英。甘鈺走過去一看，果真就是阿英。甘鈺高興極了，抓著阿英的胳膊，說什麼也不放手。阿英只好和同伴們說：「姐姐們先走，我先去看看嫂子，一會兒去追你們。」

到了嫂子面前，嫂子一看就痛哭不止。阿英一直安慰她，又對她說：「這裡可不是什麼好地方啊。」阿英極力勸他們回家去。大家都害怕盜賊會到村中燒殺，不敢回去。阿英卻說：「不會有事的。」於是大家又都回到了家裡。

阿英捏了一把土擋住了大門，叮囑大家安心在家生活，千萬不要出門。阿英坐下之後，沒說幾句話就打算離開。嫂子趕忙抓住阿英的手腕，又讓兩個丫鬟按住阿英的兩隻腳。阿英實在沒有辦法，只能不走了。嫂嫂經常對阿英說甘鈺不滿意新的妻子，阿英就早早地起來為姜氏梳理化妝。阿英為姜氏梳完頭，又把粉磨細為姜氏抹上。人們看到化完妝之後的姜氏，都說要比以前漂亮好幾倍。就這樣，反覆三天。三天之後，姜氏居然變漂亮了許多。

嫂子知道後十分驚奇，就對阿英說：「我沒有生養兒子，所以打算買一個小妾，不過現在沒有時間。不知道這些丫鬟之中哪個能打扮得漂亮點呢？」阿英回答說：「任何人的相貌都能變化，只不過天資好的人容易一點罷了。」於是把所有的丫鬟都看了一遍，但只有一個又醜又黑的丫鬟有生兒子的面相。於是阿英把她喊過來，為她洗淨身體，然後用厚重的脂粉和藥末混合，塗抹在她身上。這樣反覆三天，三天之後，她的臉色逐漸開始轉黃。七天之後，胭脂的光澤進入了皮膚深層，她竟然變得很好看了。全家人整天只是在院子裡歡笑，從不考慮外面戰亂的事情。

一天夜裡，盜賊忽然又來燒殺搶掠。強盜們成群結隊，四處搜索，所有在河邊山洞裡藏著的百姓都被抓走或殺害了。所以大家更加感念阿英的品德，都把她當神仙看待。忽然，阿英對嫂子說道：「我這次來只是因為沒辦法忘記嫂子對我的情誼，稍微為你分擔一點離別戰亂的憂愁而已。大哥馬上就要回來了，我暫時先走，如果有時間的話，我會再回來看你。」嫂子問阿英：「你大哥趕路不會出什麼事情吧？」阿英說：「路途中間應當會有大難，不過和別人沒什麼關係。秦家姐姐曾受到大哥的救命之恩，肯定會報答他，所以不會有事的。」嫂子又挽留阿英住了一晚。天還沒亮，阿英就悄悄地離開了。

甘玉在從廣東回來的路上，聽說家鄉發生了戰亂，很是擔心，於是日夜兼程地趕路。結果在路上遇到了強盜，只能與僕人將馬匹扔掉，把銀兩綁在各自的腰上，然後在荊棘叢裡藏起來。忽然天上飛過來一隻秦吉了鳥❷，落在了荊棘叢上，張開翅膀將他們遮住。甘玉看到鳥的爪子缺了一個腳趾，心中十分納悶。不一會兒，強盜們過來了，繞著樹叢從頭到尾地搜索了一遍，這主僕二人嚇得大氣都不敢出。等到強盜們走後，秦吉了鳥才飛走。等到回家之後，大家互相敘述了這段時間的經歷，甘玉才知道秦吉了鳥就是之前自己救過的美女。

後來只要甘玉外出不回來，阿英晚上就會出現。算好甘玉馬上要到家了，阿英就早一步出門。有時候甘鈺也會在嫂子的房間見到阿英，有時候也會約她到自己房間。阿英每次都答應他，卻從來不赴約。

有一天晚上，甘玉又出門去了。甘鈺知道阿英肯定會來，就藏起來等著她。沒過多久，阿英果真來了。甘鈺突然出現，擋著阿英的路，帶她去了自己的臥室。阿英說：「我與你的緣分已經到頭了，如果強行結合的話，老天就會發怒的。如果稍微保留餘地，咱們偶爾還可以見一次面，這樣不好麼？」但甘鈺死活不肯答應，阿英只好從了他。天亮的時候，阿英去拜見嫂子，嫂子責問她昨天去哪兒了。阿英笑著說：「昨晚我在半路遇到了強盜，被強盜給抓走了。勞煩嫂子掛念了。」阿英說了幾句話就走了。

沒過多久，一天嫂子正在洗頭髮，忽然看到一隻大貓叼著一隻鸚鵡從臥室門口經過。嫂子大吃一驚，懷疑這個鸚鵡就是阿英，趕緊停下來大聲呼喊。大家一起鼓譟追打，才把鸚鵡救了下來。只見鸚鵡左翅膀上帶著血跡，只剩下了一口氣。於是嫂子把它放在自己的膝蓋上，摩挲了好久，鸚鵡才慢慢甦醒。又過了一會兒，鸚鵡自己用嘴整理了一下自己的翅膀，然後飛到屋子裡喊道：「嫂嫂，我走了！我怨恨甘鈺啊！」說完鸚鵡撲扇著翅膀飛走了。從此以後，阿英再也不曾回來過。

❷【秦吉了鳥】即八哥，一種可學人說話的鳥類。

# 第三十二回　青娥

山西有個人叫霍桓，字匡九。他父親曾經是縣尉❶，但很早就去世了。霍桓是家中最小的兒子，他從小就十分聰明，十一歲的時候被縣裡人當作神童，進入縣學讀書。不過他的母親對他過於溺愛，不讓他走出家門半步，以至於霍桓到了十三歲的時候還不知道誰是叔叔、誰是伯伯。

武評事是霍桓的老鄉。他這個人喜歡鑽研道術，後來進山專門修煉道術，再也不進家門。他有個女兒叫青娥，當時已經十四歲了，長得異常美麗。受父親的影響，青娥小時候看了很多父親的道家書籍，十分敬佩何仙姑。所以父親進山修煉之後，青娥也立下志願，表示終生不再婚嫁，母親怎麼勸說也無濟於事。

有一天，霍桓在門口偶然看到了青娥，一下子就被青娥迷住了，回家後就讓母親找人提親。霍母知道青娥立願的事情，但為了讓兒子開心，只能託認識武家的人提親試試看。問了之後果真不同意。霍桓始終沒有忘記這件事，卻也沒有辦法。

有一天，一位雲遊的道士經過霍桓門前。道士手裡拿著一把一尺多長的小鑱子，霍桓問道士：「這把鑱子是幹什麼的？」道士說：「這是挖藥材用的。你別看這把鑱子很小，但是不管多硬的石頭它都能挖得動。」霍桓說：「我不相信。」於是道士就拿著小鑱子砍牆上的石頭。那些石頭就像是爛木頭一樣，一下就被砍掉了。霍桓十分吃驚，越玩這個小鑱子越喜歡。道士看到後笑著說：「既然公子這麼喜歡這個鑱子，我就把它送給你吧。」霍桓聽後十分高興，想給道士錢來報答一下，但道士什麼都不要就走了。

霍桓把鑱子帶了回去，自己又試了好幾次，用它鑱石頭依舊十分輕鬆。忽然，霍桓想到一個主意，要是用這個鑱子挖出一個到武家的隧道，不就可以見到青娥了嗎？

晚上打更之後，霍桓就帶著鑱子跳牆出門。他走到武家牆外，用鑱子挖通兩面牆壁，進入了武家的院子。霍桓看到小廂房中還沒有滅燈，就偷偷過去看了一眼，發現正是青娥的房間。青娥正在屋子裡卸妝，準備睡覺。不一會兒，房間的燈滅了，青娥也睡著了。

霍桓用鑱子挖開牆，進入了青娥的閨房之中。他小心翼翼地將鞋脫掉，輕輕地上了青娥的床。霍桓悄悄地在青娥的旁邊躺下，他忽然感覺十分疲倦，不知不覺竟睡了過去。

青娥半夜醒來，感覺身邊有呼吸的聲音，還覺得牆上有洞，有光透過來。青娥嚇了一

---

❶【縣尉】官名，位次在知縣或是縣令之下，負責縣內治安。

跳，趕忙小心地從床上爬起來，離開房間，把外面的老僕人叫醒。老僕人們舉著火把，拿著棍棒進入青娥的房間，看到竟有一個少年躺在青娥的床上熟睡。靠近一看，有人認出少年正是霍桓。

霍桓被驚醒後，大家紛紛指責他，罵他是賊。霍桓哭著對大家說：「我不是賊，沒有偷東西。只是因為喜歡青娥小姐才來到這裡，希望可以親近她。」大家又開始懷疑，一個小孩子怎麼可能自己將這麼多堵牆打通，必定會有同夥。於是霍桓拿出小鑱子，告訴大家這把鑱子的神奇。眾人看到這小鑱子果真削石如泥，都驚呆了，認為定是神仙送給霍桓的寶貝。

大家打算將這件事稟報夫人，卻見青娥面露難色。人們看出了青娥的心思，就說：「這孩子的名聲和家世完全配得上我們小姐，不如把他放走，讓他找個媒人來提親。早晨的時候，就騙夫人說是家裡來了賊，小姐覺得怎麼樣？」青娥聽後點頭默認了。

於是大家都催促霍桓離開，霍桓看了一下枕頭邊，發現有一根青娥的鳳釵，就把它偷偷放到了袖子裡。有個丫鬟看見了，但青娥什麼都沒說，也沒生氣。一個老婦人拍著霍桓的脖子說：「千萬別說他傻啊，其實他是絕頂聰明啊！」說完就拉著霍桓又從洞裡出去了。

霍桓回到家中不敢告訴母親實情，只是跟母親說讓她再請媒人去提親。他母親不忍心當面拒絕他，只好四處找媒人趕緊為霍桓找別家的好姑娘。青娥知道這件事後，心裡急得要命，就偷偷派了個丫鬟去給霍母透露風聲。霍母知道後十分開心，立即讓媒人過去提親。

霍桓看到小廂房中還沒有滅燈，就偷偷過去看了一眼，發現正是青娥的房間。青娥正在屋子裡卸妝，準備睡覺。不一會兒，房間的燈滅了，青娥也睡著了。

但這時候，武家的一個小丫鬟不小心洩露了之前發生的事情，武夫人得知後認為受到了侮辱，氣憤極了。霍家的媒人到了武家之後，武夫人更加生氣。她用拐杖在地上亂點，大罵霍桓和霍母。媒人只能狼狽而逃，將那裡的情況都告訴了霍母。霍母聽後也十分生氣，說：「我對這個逆子的所作所為毫不知情，為什麼對我這樣無禮！發現他們在一起時，怎麼沒把他們一塊兒殺了呢？」霍母四處說這件事，鬧得盡人皆知。

青娥聽說之後，羞愧得要死。武夫人後來也特別後悔，但沒辦法讓霍母閉上嘴。青娥只好又偷偷派人告訴霍母事情的經過，並發誓絕不嫁給他人。霍母看到青娥說得確實很可憐，也就不再對別人說了，但兩個孩子訂婚的事情也就耽擱了。

當時，陝西的歐大人來到這個縣，看到了霍桓的文章，十分喜歡，因此特別器重霍桓，經常帶他到自己的家中。有一天，歐大人忽然問霍桓：「你成親了沒？」霍桓回答：「還沒有。」歐大人又接著追問，霍桓回答說：「我曾經與去世的武評事的女兒定下婚約，但後來發生了一些小誤會，導致中途耽擱了。」歐大人又問：「那你現在還願不願意娶她呢？」霍桓羞澀，沒有說話。歐大人哈哈大笑說：「這件事，我肯定替你辦成。」說完歐大人立即派縣尉和教諭❷給武家送去彩禮。武家夫人十分開心，婚事就這樣定了下來。一年多以後，青娥被霍桓娶進了家門。

青娥到了霍家之後，就將那把鑵子扔到地上，說：「這是小偷用的東西，現在可以扔了。」霍桓笑著說：「千萬不能忘了媒人啊。」霍桓仍把它當作寶貝一樣帶著，始終不離身。

青娥為人溫順賢良，又沉默寡言。每天除了三次拜見霍母之外，只是關上門靜坐，也不太關心家中的事務。但當霍母因為婚喪嫁娶的事情出門的話，她也能事無巨細地管理家務，所有事務都被她處理得井井有條。

一年多以後，青娥生了一個兒子，取名孟仙。她讓奶媽負責所有照看孩子的事情，自己不怎麼關心。又過了四五年，青娥突然對霍桓說：「咱們倆已經度過了八年夫妻恩愛的時日，現在離別的日子就要變長，相聚的日子就要變短了。我又能怎麼辦呢？」霍桓驚訝地問她何出此言，青娥卻什麼也沒說。霍桓追到房間裡想詢問是怎麼回事，卻發現青娥仰躺在床上已經死了。霍母和霍桓都十分傷心，買了上好的棺材將她安葬了。

霍母已經年老體弱，抱著孫子的時候經常思念孩子的母親。由於經常悲傷過度，霍母逐漸落下了病，虛弱得無法從床上起來。霍母不思飲食，只是想吃魚羹。但附近並沒有魚，要到百里以外的地方才能買得到。當時家裡的僕人和馬都被派出去辦事，霍桓本性十分孝順，焦急不已，就自己拿著錢出門了。他日夜兼程，這時兩隻腳也都磨破了，只能一小步一小步地走。

忽然過來一個老頭，問他：「腳上是不是起了水泡？」霍桓說是。於是老頭就拉著霍桓

❷【教諭】縣裡負責教導訓誡的學官。

坐在路邊，敲石頭取出火種，用紙包住藥，點著之後熏霍桓的兩隻腳。熏完之後，老頭讓霍桓試著走走。霍桓發現不僅疼痛停止了，還比之前更加有力了。霍桓萬般感激，再三道謝。老頭問：「你這麼著急是為什麼啊？」霍桓告訴老頭自己母親的病，並將這些事情的原委都講了一遍。老頭就問：「那你為什麼不再娶一個呢？」霍桓回答說：「沒有找到好的人啊。」老頭指著遠處的山村說：「那個地方有一個美女，如果你能跟我去的話，我就幫你做媒。」霍桓推辭說母親生病，正等著吃魚，所以暫時沒有時間。老頭對著霍桓拱了拱手，約他改天去村子裡，只要打聽一下王老頭就行，說完就告辭走了。

霍桓回到家裡，把買到的魚做成魚羹端給母親。母親稍微吃了一點兒，沒過幾天病就都好了。之後霍桓帶著僕人騎馬去找老頭，到了之前到過的地方卻迷了路，找不到要找的村子。正在猶豫間，太陽也逐漸落山了，山谷之中又十分雜亂，更加難以辨認。霍桓便和僕人一起登上山頂，想看看四周是否有村落。山路崎嶇，已經沒有辦法再騎馬，他們只好步行。當時天色暗淡，煙霧瀰漫，從山頂往四處看更是什麼也看不見。霍桓在荒野之中亂闖，一不留神竟失足掉下了懸崖。幸好幾尺以下就有一個石台，霍桓掉在上面並沒有大礙。這個石台只能放下身子，往下一看只見漆黑一片，看不到底。霍桓嚇壞了，趴在上面一動也不敢動。不過幸運的是，懸崖邊長了好多小樹，它們相互交雜，就像是欄杆一樣。

沒多久，霍桓突然看見腳旁邊有個小洞口，於是背靠石頭，弓著身子爬進洞裡。霍桓的心裡稍微踏實了一些，心裡想著等到天亮之後就可以喊人救命了。過了一會兒，又發現深處有星星一樣的光傳過來。霍桓就朝那個方向走去，走了一會兒，竟看到了房間的走廊。雖然裡面並沒有點蠟燭，卻像白天一樣明亮。

這時從房間裡出來了一個美女，霍桓一看正是青娥。青娥看到霍桓也十分吃驚，問：「你怎麼到了這裡？」霍桓一時說不出話來，只是抱著青娥哭泣。青娥勸他不要哭了，詢問他母親與孩子的情況。霍桓將家裡的情況全都告訴了青娥，青娥聽後也覺得很難受。霍桓又說：「你都死了一年多了，這裡是不是就是陰間啊？」青娥說：「不是，這裡是仙人的洞府。過去我並沒有死，你們安葬的也只是一根竹子而已。今天相公你來了，也算是有仙緣啊。」

青娥就帶著霍桓拜見自己的父親。霍桓看到屋中坐著一個長鬍子的老頭，便趕緊過去行禮。青娥對老頭說：「霍郎來了。」岳父十分吃驚，趕緊起身，握著霍桓的手閒談了幾句家常。他對霍桓說：「女婿來得正好，不如就留在這裡吧。」霍桓推辭說母親在家掛念，所以無法住太長時間。老頭說：「這我也知道，但是晚回去個三天五天的，也不會有事。」於是備好酒菜，讓丫鬟在西邊屋子裡鋪床，放上絲綢的被褥。

吃完飯後，霍桓回到房間，想找青娥和她同床睡。青娥卻拒絕說：「這是什麼地方啊？怎麼能做男女苟且之事呢？」霍桓抓著青娥的胳膊，說什麼也不放開。窗戶外面的丫鬟們都開始譏笑他們，青娥也越發羞愧。兩人正在拉扯的時候，岳父進來大罵道：「你這個凡人真是玷污我的洞府！趕緊滾開！」霍桓頓時羞愧難當，也板著臉說：「正常人都免不了有兒女私情。當長輩的怎麼能偷看呢？你不難為我，我就會離開，只要你讓青娥跟我走就行。」

岳父一下也沒話可說，叫女兒跟著自己，把後門打開，將霍桓送出門去。霍桓剛一出門，父女就把門關上了。霍桓回頭一看，全都是懸崖峭壁，一點縫隙都沒有，只剩自己孤身一人。他又看看天上，正是月朗星稀。他猶豫許久，心裡的悲傷轉化為遺憾，便對著峭壁呼喊，卻始終沒有人回答他。他憤怒極了，就從腰裡拿出鑱子，開始往裡挖石頭，一會兒的工夫就挖進去了三四尺。他隱隱約約聽到有人說：「真是孽障啊！」霍桓聽了更加生氣，也就更用力地往裡挖。忽然，洞裡開了兩扇門，岳父將青娥推出來說：「你帶走吧！你帶走吧！」石壁又隨即復原。

青娥埋怨霍桓說：「你既然喜歡我，娶我為妻，又怎麼能那樣對待我的父親呢？」霍桓得到了青娥，心裡已經如願，所以也不反駁，只是說路途艱難，恐怕回家不易。只見青娥從旁邊的小樹上折了兩根樹枝，樹枝立即變成了馬。兩個人每人騎上一匹，一會兒的工夫就到了家中。當時距霍桓出門已經有一個星期了。

原來霍桓和僕人走散之後，兩個人都找不到對方。僕人只好先回家，將此事稟報霍母。霍母立即派人到山谷搜尋，但整個山谷都找遍了，也沒能發現霍桓的蹤影。霍母正在家裡發愁擔心，忽然聽說兒子自己回來了，就高興地出門迎接，結果卻看見青娥，嚇得臉色煞白。

霍桓趕緊把事情的經過向母親簡單講了一下，母親聽後才放心了。青娥認為別人知道自己的事後肯定害怕，所以請求霍桓遷往外地，霍母也覺得有理，就答應了她。霍家在別的郡也有產業，所以他們選好日子搬了過去。附近的人並不知情。

霍桓和青娥又一起生活了十八年，還生了一個女兒，嫁給了本縣的李家。後來霍母也去世了。青娥對霍桓說：「我們家有塊荒地，那塊地很適合安葬，你們父子倆可以扶靈回去將母親安葬在那裡。兒子已經長大了，最好就留在祖宗的基業那裡，別讓他回來了。」霍桓聽了她的話，把母親安葬後，讓兒子孟仙留在那裡，自己一個人回來了。

一個多月以後，孟仙前去拜見父母，卻找不到父母了。問家裡的老僕人，老僕人回答說：「去安葬老夫人了，一直沒有回來。」孟仙雖然心裡知道這事不尋常，但也無計可施。

孟仙的文筆才氣十分有名，卻始終科舉不順，到了四十歲也沒能考中。後來他以拔貢❸的身分參加了順天鄉試。在考試的地方，孟仙遇到了一個十七八歲的少年與他是同一個考場的考生，長得俊朗有神。孟仙十分欣賞他，看了看他的試卷，上面寫著順天廩生❹孟仲仙。孟仙目瞪口呆，就向仲仙介紹了自己的姓名。仲仙聽了也覺得很驚奇，便問孟仙的老家是哪

---

❸【拔貢】科舉制度的一種，由地方選入國子監的學生，其中成績優秀者可以擔任官員。
❹【廩（ㄌㄧㄣˇ）生】古代秀才分為三等，成績最好的一等稱為廩生，由國家發給食祿。

裡，孟仙如實相告。仲仙聽後十分高興，說：「小弟來京城考試時，父親就叮囑過我，假如在考場上遇到山西霍姓人，那就是我的家人，應當好好相待。今天發現果真如此。但我們的名字為什麼如此一致呢？」孟仙又追問仲仙高祖父、曾祖父以及父母的姓名。仲仙說了之後，孟仙吃驚地說道：「這正是我的父母啊！」但仲仙懷疑年齡並不一致。孟仙又說：「我的父母都是神仙，怎麼能根據相貌猜測他們的年齡呢？」孟仙又向仲仙說了很多之前的事情，仲仙才開始相信。

考完之後，兩個人也沒有休息，直接坐著馬車一同回家了。剛到門口，家裡僕人就迎上來通報，說昨天晚上找不到老爺和夫人了。兩個人十分吃驚。仲仙連忙進屋問自己的妻子。妻子說：「昨天晚上我們還一起喝酒。母親對我說：『你們夫妻年少不懂事，明天你們大哥來了，我就沒什麼可擔心的了。』我今天早晨到父母房間請安，卻發現人都不見了。」兩兄弟聽到這些難過得直跺腳。仲仙還打算去找一下，但孟仙覺得無濟於事。仲仙想了一下認為確實如此，於是也就放棄了。

這次考試，仲仙名列榜首。由於祖宗的墳墓都在山西，所以仲仙就跟著大哥回山西去了。兄弟二人都希望父母依然在世上生活，他們經常四處尋找，卻始終都沒有找到。

# 第三十三回　胡四娘

程孝思是劍南❶人，從小就聰明好學，文采出眾。但是他雙親都去世得早，家裡一貧如洗。為了謀生，他請求給銀台司❷的胡大人當秘書。胡大人讓他寫篇文章來測試他。胡大人看完他的文章之後，十分高興，說：「這個孩子以後一定會有所作為，可以將女兒嫁給他。」

胡大人有三個兒子、四個女兒。除了最小的四女兒之外，其餘從小就和名門望族定了親。小女兒是小妾所生，母親很早就去世了，所以到十六歲也沒人來提親。胡大人就將她許

❶【劍南】古代地名，因在劍門關以南而得名。轄區包括現在的四川大部，以及雲南、貴州、甘肅的少許地區。

❷【銀台司】古代樞密院下屬機構，但兼管門下省駁回大臣錯誤奏章，將皇帝發出的不當政令封還處置的職責。

配給了程孝思，讓他做了上門女婿。

當時胡大人的行為受到很多人的非議和嘲笑，認為胡大人是老糊塗了才做出這樣的決定。但胡大人卻不為所動。他安排了房間給程孝思夫婦居住，還給他們很豐厚的供給。胡家的公子們都鄙視程孝思，不願意和他同桌吃飯，甚至連丫鬟僕人們也都在背後偷偷嘲笑他。

程孝思對此都視而不見，他什麼也不說，只是每天用功苦讀，即使旁邊有人嘲弄他也不屑一顧。人們拿著東西在他旁邊敲打，他就拿著書去房間裡讀。

最初，四姑娘還沒有定親的時候，城中有一位巫婆能預知人的未來，她將胡家的公子小姐都看了一遍，沒有說一句讚美的話。看到四姑娘後，巫婆卻說：「這才是真的貴人啊！」等到四姑娘嫁給程孝思之後，姐妹們就都喊四姑娘「貴人」來嘲笑她，但四姑娘卻依然端莊少言，就當沒聽見一樣。時間一長，丫鬟老媽子們也都這麼叫了。

四姑娘有個叫做桂兒的丫鬟，很看不過去，大聲責問她們說：「你們怎麼知道我們家姑爺將來就做不了大官呢？」四姑娘的二姐嘲笑地說：「如果程孝思將來做了大官，你就把我的眼睛挖出來吧！」桂兒生氣地說：「別等到時候，你捨不得自己的眼睛。」這時二姐的丫鬟春香說：「如果二姑娘說話不算數，那就挖我的眼睛。」桂兒更生氣了，她和春香擊掌發誓：「肯定要讓你變成瞎子。」二姐覺得桂兒的話冒犯了自己，打了桂兒。桂兒號啕大哭，鬧著把這事告訴了四姑娘。當時四姑娘正在紡線，聽後不發一言，只是繼續紡線。

等到四姑娘嫁給程孝思之後，姐妹們就都喊四姑娘「貴人」來嘲笑她，但四姑娘卻依然端莊少言，就當沒聽見一樣。

後來胡大人過生日，幾位女婿都來祝壽，院子裡擺滿壽禮。大嫂嘲笑四姑娘說：「你們家送什麼壽禮啊？」二嫂接著說：「只帶著兩個肩膀扛著一張嘴吧！」四姑娘依然面不改色，沒有一點羞愧的意思。人們看到四姑娘在各種事情上都像個傻子一樣毫無反應，於是更加欺負她了。但胡大人所寵愛的小妾李氏卻一直對四姑娘禮貌周到，經常幫助她。李氏是三姑娘的母親，她時常對三姑娘說：「四姑娘外表樸實，但內心聰慧，聰明卻不外露。她寬恕下人，下人們卻不知好歹。何況程公子從早到晚刻苦讀書，難道能一直是身分低下的人？你千萬別和那些人學，應該好好對待四姑娘。這樣將來見面才不用不好意思。」

不久，靠著胡大人的幫助，程孝思進入了縣學。第二年，縣學讓他參加科考，但胡大人卻在那時去世了。程孝思為胡大人披麻戴孝，沒有去參加考試。等到守孝期滿，四姑娘為程孝思準備好盤纏去參加考試。四姑娘叮囑他說：「以前咱們長期住在這裡，只是因為家裡的老父親在。而現在父親去世了，還想住在這裡是不可能了。如果你能爭口氣，等你回來時，咱們也許就能有個家。」臨走的時候，李氏和三姑娘又送了不少錢財給程孝思做盤纏。

程孝思全力赴考，最終卻沒有考中。他心裡十分鬱悶，不好意思回家，幸好身上的銀兩還算充裕，就帶著書本進入了京城。由於妻子家的朋友很多在京城當官，程孝思擔心會受到這些人的嘲笑，所以改了名字，編了假戶籍，希望能夠在一個大官人家謀個差事。

東海的李御史❸見到程孝思之後十分器重他，讓他做自己府中的幕僚，發給他生活費用，還為他捐錢買了個貢生❹的身分，使他得以參加順天府的考試。程孝思最後獲得了庶吉士❺的身分。於是程孝思將實情告訴了李御史。李御史借給他一千兩銀子，派僕人前往劍南為他置辦宅院。正巧胡家大兒子因為手頭緊，在賣一處不錯的宅子，僕人便買了下來。這件事情辦成之後，僕人又買了車馬去接四姑娘。

程孝思考中之後差人到胡家報喜，人們都不相信，加上程孝思用的是假名字，胡家的人就把差人罵走了。一天，胡家三公子結婚，親戚們都被請來喝喜酒，所有的姐妹都在，只有四姑娘一個人沒有被邀請。忽然一個人騎馬過來，帶來一封程孝思寫給四姑娘的信。兄弟們打開一看，全都傻了眼。

這時候，喝喜酒的親戚才請四姑娘出來見面。姐妹們都十分擔心，生怕四姑娘心懷怨恨

---

❸【御史】明清時期，負責監察的官員。

❹【貢生】科舉考試中，從各個府、州、縣中挑選出成績或資格優異的考生進入京城的國子監讀書，成爲天子的學生，這樣的人被稱爲貢生。

❺【庶吉士】明清兩朝在翰林院中的短期職位。庶吉士均由科舉考試中名列前茅的人擔任，在翰林院學習考察期間可調任他處任職。擔任庶吉士之後，仕途通常會十分順利。明朝諸多內閣首輔均爲庶吉士出身。

不肯出來，但沒過多久，四姑娘就邁著輕盈的步子來了。整個屋子一下熱鬧起來，有人來向四姑娘道賀，有人拉著四姑娘入坐，有人陪著閒聊。大家耳朵裡聽的是四姑娘，眼睛裡看的也是四姑娘，嘴裡說的還是四姑娘。但四姑娘依然像過去一樣端莊，並沒有埋怨之語。眾人心裡也就稍微安穩了，都爭著與四姑娘喝酒。

正在宴飲談笑，門外卻傳來了哭喊之聲，眾人正奇怪間，就見春香跑了進來，滿臉都是血跡。大家忙上前詢問，春香哭著說：「桂兒逼著要我的眼睛，要不是我逃脫，就被她挖掉了！」二姑娘聽說後慚愧極了，臉上的脂粉和著汗水一起往下流。四姑娘依然像什麼都沒發生一樣端坐在那裡。宴席上的人們也都沉默不語，紛紛起身告辭。四姑娘十分精心地打扮了自己，只對李夫人與三姐行了禮，就出門坐上車走了。大家這才知道，原來正是程孝思買了胡家那座宅院。

剛搬進宅院的時候，常用的家具都不齊全，胡家老夫人與幾個哥哥送了很多丫鬟僕人和家具過來，四姑娘卻什麼都沒有收。但李夫人送來了一個丫鬟，四姑娘收下了。不久之後，程孝思請假回家，身後跟隨著大量的車馬。到了岳父家裡，程孝思給岳父的靈柩行了禮，然後又去拜見了李夫人。等到胡家的公子們穿好禮服來見他的時候，他早就坐上馬車走了。

胡大人死後，胡家公子長期爭奪家產，根本不管父親的靈柩。幾年之後，停放靈柩的靈堂漏雨嚴重，本來漂亮的屋子慢慢變得衰敗不堪，幾乎變成了真正的墳墓。程孝思看到後十分難過，沒和幾位公子商量，就選好日期將胡大人安葬了。等到出殯的那天，來弔唁的官員接連不斷，家鄉人都齊聲讚美程孝思。

程孝思當官十幾年都以清廉著稱，只要遇到同鄉有危難就會盡力幫助。當時胡家二公子因為命案被抓，主管的官員是程孝思的同科同學，是個十分剛正的人。胡家大公子讓岳父王觀察❻給他寫信，結果一點回音都沒有，胡家人就更害怕了。大公子又去求妹妹幫忙，但覺得自己沒臉見妹妹，就請求李夫人幫忙寫了封信去找妹妹。

到了京城之後，大公子不敢隨便進入程家，而是趁著程孝思上朝之後，偷偷去求見妹妹，希望妹妹能夠顧及兄妹之情，盡棄前嫌。門人通報之後，一位老婦人帶著大公子進入廳堂之中，屋子裡已經準備了酒菜。等到大公子吃完飯，四姑娘才出來。她和顏悅色地問：「大哥是大人物，有那麼多事情要忙，現在怎麼有工夫不遠萬里來看我呢？」大公子趴在地上，哭著訴說了來由。四姑娘扶他起來，笑著說：「大哥是好漢，這算是什麼大事，值得讓你這樣？妹妹不過是個弱女子，也沒有在人前號啕大哭過。」大公子於是拿出了李夫人的書信。四姑娘又說：「哥哥們的妻子都是能人，回家求嫂子們的父親哥哥幫忙不就得了，用得著跑到這裡嗎？」

---

❻【觀察】清朝對道員的一種尊稱。一般為從三品或正四品。

大公子啞口無言，只是一直請求她幫忙。四姑娘臉色一變，說道：「我以為哥哥跑這麼遠是來看望妹妹，原來不過是求貴人幫忙啊！」說完，四姑娘袖子一甩，就回屋去了。大公子又慚愧又氣憤，只好離開了程家。

回家之後，大公子把事情的經過詳細講了一遍，家中所有人都破口大罵，連李夫人都說四姑娘太狠心了。過了幾天，二公子忽然被釋放回家，大家都十分高興，轉而嘲笑四姑娘不過白白遭人怨恨罷了。不久，四姑娘派人來問候李夫人。李夫人讓他進來之後，僕人拿出銀兩說道：「我家夫人為了二舅爺的事情讓我盡快來，沒有時間寫信。所以只好稍微送一點銀兩來表示一下，用來代替書信。」大家這才知道，原來正是靠程孝思的幫助，二公子才能被放回來。

後來三姑娘家逐漸衰落，又因為李夫人沒有兒子，程孝思就把她接過去，像侍奉母親一樣侍奉她。

# 第三十四回　牛癀

陳華封是蒙山人。有一天正值盛夏，天氣十分炎熱，他來到一棵樹下躺著乘涼。這時有一個頭上戴著圍領的人急匆匆地跑到樹陰下，搬起一塊石頭坐下，不停扇動扇子，臉上汗流不止。陳華封坐起來，笑著對他說：「如果把圍領摘了，不用扇扇子都會涼快的。」來客說：「脫下來容易，再戴上就難了。」

就這樣，兩個人攀談起來。來客說：「現在若是能得到冰鎮的好酒，一道清冷的芬芳直入五臟六腑，這酷熱的暑氣就能消減一半了。」陳華封笑著說：「這個容易。寒舍就在附近，請賞光隨我來。」

到家後，陳華封從石洞裡拿出藏酒，酒冰涼震牙。來客十分高興，一口氣喝了十多杯。這時太陽快落山了，下起了雨，陳華封便在家裡點上燈。來客也解下圍巾，與陳華封痛快豪飲。說話間，陳華封看見來客的後腦時不時有燈光閃爍，心中很是疑惑。

沒過一會兒，來客酩酊大醉，睡倒在床上。陳華封把燈拿過來偷偷察看，看見來客耳

朵後方有一個酒杯大小的洞，裡面有好幾道厚厚的膜像窗櫺一樣間隔；窗櫺外部有軟皮垂蓋，中間好像是空空的。陳華封害怕極了，偷偷從頭上拔下了髮簪撥開厚膜察看，裡面有一個像小牛一樣的東西，突然就飛出來衝破窗紙飛走了。陳華封更加害怕，不敢再撥動了。陳華封正準備轉身離開，來客忽然醒了，吃驚地說：「你把牛癀放了出去，這可怎麼辦呢？」陳華封拜問緣故，來客說：「如今都已經這樣了，還有什麼可隱瞞的啊！實話告訴你，我是掌管六畜的瘟神，剛剛你放走的是牛癀，恐怕方圓百里之內的牛就要全死

陳華封害怕極了，偷偷從頭上拔下了髮簪撥開厚膜察看，裡面有一個像小牛一樣的東西，突然就飛出來衝破窗紙飛走了。

了。」陳華封本來就是以養牛為生的，聽到這話特別驚恐，向來客拜求解決的辦法。來客說：「我都免不了被懲罰，哪還有什麼解決的辦法？只有苦參散最有用了，要讓這個方子廣為流傳，一定不能存有私念，這樣就行了。」說完後拜別陳華封，告辭出門了。又捧了一把土進來，堆在牆壁的龕中，說：「每次用一點兒就有效。」來客拱拱手就不見了。

沒過多久，牛果然病了，瘟疫流行開來。陳華封想要讓自己獲利，把治瘟疫的方子藏起來，不肯告訴別人，只告訴了他的弟弟。弟弟試了之後很是靈驗，但是陳華封自己按照方子給牛吃藥卻一點效果都沒有。他本來有四十頭牛，已經快死光了，只剩四五頭奄奄一息的老母牛。陳華封心中很是懊惱，卻絲毫沒有辦法。他忽然想起來龕中的那捧土，覺得不一定有效果，姑且試試吧。過了一夜，牛又都好起來了。他這才恍然大悟方子為什麼不靈了，原來是神靈在懲罰他的私心。

過了幾年之後，母牛慢慢繁育，陳華封家裡又富裕了起來。

# 第三十五回　宦娘

溫如春是陝西名門之後，從小喜歡彈琴，即使出門在外，琴也片刻不離身。

有一次，他去山西辦事路過一座古寺，就把馬拴在門外，打算進去休息一會兒。他進去後發現一個身著粗布的道士正在裡面打坐，靠著牆放著他的手杖，還有一個花布的口袋裝著琴。溫如春一下就來了興致，問道：「你也會彈琴嗎？」道士回答說：「彈得不夠好，正希望找個高手學習一下呢。」說完就把琴從口袋裡拿出來遞給了溫如春。溫如春仔細察看這把琴，木料紋理出眾，稍微一彈，聲音十分悅耳。溫如春高興不已，就為他彈了一首短的曲子。道士聽了，只是微微一笑，好像並不怎麼認可。於是溫如春就拿出自己的看家本領又彈了一首。道士笑著說：「還不錯，還不錯。不過想當貧道的老師，水準還不夠。」

溫如春覺得道士吹牛，就請道士也彈一曲。道士把琴放在膝蓋上，剛一彈，溫如春立刻就感到有暖風吹過，又過了一會兒，鳥成群飛來，院子裡的樹上都站滿了。溫如春十分吃驚，趕緊給道士行禮，請他傳授琴技。道士又彈了三遍，溫如春就在旁邊仔細傾聽，稍微領悟了一

道士把琴放在膝蓋上，剛一彈，溫如春立刻就感到有暖風吹過，又過了一會兒，鳥成群飛來，院子裡的樹上都站滿了。

些節奏。道士又讓溫如春試著彈一彈，然後指點了溫如春一些技法。隨後他對溫如春說：「現在你的琴技在人間已經無人能比了。」溫如春從此以後專心苦練，琴藝越來越高超。

一次溫如春在回家的路上，距離家還有幾十里路遠，但天色已晚又遇上暴雨，沒地方躲雨。溫如春見路旁有一個小村子，趕緊跑過去，看到一扇門就急忙跑了進去。進了客廳一看，一個人也沒有。一會兒，一個十七八歲的少女出來了，相貌像仙女一樣美麗。她抬頭看見客人，大吃一驚，連忙回了屋子。當時溫如春尚未婚配，一下子就動了心。

一會兒，從屋子裡出來一位老太婆詢問溫如春。溫如春告訴了老太婆自己的姓名，同時請求在此借宿一晚。老太婆說道：「借宿倒沒什麼，但是這裡沒有多餘的床。如果你不嫌委屈的話，就枕些柴火睡吧。」

過了一會兒，老太婆又拿著蠟燭過來，把稻草鋪在地上，對溫如春十分熱情。溫如春問老太婆的姓氏，老太婆回答說：「姓趙。」他又問：「姑娘是什麼人啊？」老太婆回答說：「她叫宦娘，是我的侄女。」溫如春又說：「如果你不嫌棄我寒酸的話，我想與您侄女定親，你覺得怎麼樣？」老太婆聽了，眉頭緊鎖，顯得很為難。溫如春追問老太婆原因，老太婆始終不肯說，溫如春只好鬱悶地放棄了。

老太婆離開後，溫如春看到稻草腐爛又很潮濕，根本沒辦法睡，就端坐在屋裡彈琴消磨時間。後來雨停了，溫如春就連夜回家了。

縣城中有一位退隱的官員葛大人，他喜歡結交文人雅士。一次溫如春去拜訪他，受邀給大家彈琴。門簾之內隱約可以看到有女眷在偷聽。忽然一陣風吹來，簾子一下被吹開了。溫如春看到一位少女，十分貌美。

原來葛大人有一個女兒，小名叫良工，擅長詩賦，以美貌聞名。溫如春心裡十分喜愛，回家之後就對母親說了。溫母讓媒人去提親，但葛大人認為溫家家境不好而沒有答應。

但良工自從聽了溫如春的琴聲之後，心裡偷偷喜歡上了溫如春，常常希望能夠再聽溫如春彈琴。可是溫如春因婚事被拒絕，心情很低落，再也沒有去過葛家。

有一天，良工在園子裡撿到了一個紙團，打開來只見上面寫著一首《惜餘春詞》：

因恨成癡，轉思作想，日日為情顛倒。海棠帶醉，楊柳傷春，同是一般懷抱。甚得新愁舊愁，剗（ㄔㄢˇ）盡還生，便如青草。自別離，只在奈何天裡，度將昏曉。

今日個蹙（ㄘㄨˋ）損春山，望穿秋水，道棄已拼棄了。芳衾妒夢，玉漏驚魂，要睡何能睡好？漫說長宵似年，儂視一年，比更猶少。過三更已是三年，更有何人不老！

良工讀了幾遍，心裡十分喜歡，並認真抄寫了一遍。過了一會兒，卻發現那張紙怎麼都找不到了，心想應該是被風颳走了。

正好葛大人從閨房門口經過，撿到了這張紙。他看出是良工筆跡，但是覺得詞句輕浮，心裡十分生氣。他忍著怒氣，沒有發作，只是將那張紙燒掉了，同時趕緊為女兒找婆家。

正好臨縣劉布政使❶的公子過來提親，葛大人心裡很高興，說要見見劉公子本人。於是劉公子穿上十分華美的衣服來到了葛家。葛大人看到劉公子相貌出眾，十分高興，盛情款待了他。等劉公子告別之後，葛大人卻在他的座位下發現了一隻女人的鞋，於是覺得這個人太輕薄，心下非常討厭，把媒人叫過來說了這件事。劉公子極力辯解自己是被誣陷的，可葛大人就是不相信，最終還是拒絕了他。

之前，葛家有綠菊的種子，葛家人十分愛惜，不傳給別人。良工自己在閨房之中種了一些，而溫家的菊花忽然也有一兩株變成了綠色。朋友們聽說之後，全都去溫家觀賞，溫如春也拿它當作寶貝。

有一天快要天亮的時候，溫如春在菊花旁邊見到一張紙，上面寫著《惜餘春詞》，反覆看了好幾遍，但不知道它是從哪裡來的。因為自己的名字就帶著「春」字，溫如春就更加迷惑了。所以他立刻在書桌上仔細地評點，指出其中用詞不夠穩重的地方。

正好葛大人也聽說溫家的菊花變綠了，十分驚奇，就親自到溫家觀賞，無意間見到桌上的詩箋，就拿過來看。溫如春覺得評語有些輕浮，讓葛大人看見不好，就把紙搶過來揉成了一團。葛大人只看到了一兩句，但已經知道就是在女兒閨房門口撿到的那首詞，心裡充滿懷疑。看到綠菊之後，又猜測是良工送的種子。

葛大人回去之後，將這些事告訴了葛夫人，讓她追問良工。良工痛哭流涕，覺得非常委屈。而這件事又沒人看見，也無法證實。葛夫人害怕這件事情傳出去，覺得還是讓女兒嫁給溫如春為好。和葛大人商量之後，葛大人也同意了，於是就讓人給溫如春帶了個話。溫如春聽到之後，開心極了，當天就召集客人舉辦了綠菊宴。他點了香燭，自己又給大家彈琴，直到半夜才散。

溫如春回屋睡覺之後，書童聽到琴自己發出了聲音，最開始以為是朋友或者僕人們鬧著玩，但後來發現並沒有人，就告訴了溫如春。溫如春過去一看，發現琴果真自己在響，而且聽起來十分滯澀，就像是想模仿自己而沒模仿好似的。他點著燈衝進去，卻什麼都沒看見。

溫如春將琴帶走，結果一晚上都沒有發出什麼聲音。由此溫如春猜測應該是狐狸精在作怪，想要向自己拜師。於是他每天晚上為它彈奏一曲，並將琴弦調好，隨便它學著彈，自己則每天晚上都偷偷聽。到第六七天晚上的時候，琴竟然奏出了完整的曲子，足夠讓雅士們喜歡了。

溫如春把良工娶過門之後，兩個人聊天時說到了以前的那首詞，這才知道他們能夠結為

---

❶【布政使】清代負責一省行政事務的官員之一。

夫妻的原因，但他們始終不知道那首詞是從何而來的。良工聽說琴自己發聲的怪事之後，也過去聽了。她說：「這並不是狐狸精，琴聲淒涼痛苦，應該是有冤屈的鬼魂。」溫如春卻不怎麼相信。

良工又說，自己家中有一面古鏡，可以照出妖精。於是第二天她就派人把鏡子取了過來，等到琴聲再次響起的時候，就拿著鏡子衝進去。用鏡子一照，果然有一個女人在屋裡。那個女子慌忙逃竄到屋子的角落，只是沒辦法再隱身。溫如春仔細一看，原來這女人就是趙家的宦娘。溫如春大吃一驚，趕忙追問她是怎麼回事。宦娘哭著說：「我為你們做媒人，可以說對你們有恩，為什麼要這樣苦苦相逼呢？」於是溫如春和宦娘商量，讓良工把鏡子拿開，但宦娘同時不要躲藏，她同意了。

宦娘坐著說道：「我本是太守[2]的女兒，至今已經死了一百年了。我從小就喜歡彈琴彈箏。彈箏已經很熟練，但琴卻一直沒人教我，在陰間仍覺得很遺憾。您那天來我家時，我聽了您彈琴，心裡十分喜歡。但因為我是鬼魂，不能與您結婚，於是我就偷偷為您找到好的妻子，來報答您的眷顧之情。劉公子身子下的女鞋以及《惜春餘》這首俗詞都是我做的。為了報答您，可以算是很辛苦了。」溫如春夫妻聽了，連連向宦娘行禮拜謝。

宦娘又說：「您的技藝我已經學了一半了，卻沒辦法學到精髓。請您再為我彈奏演示一下吧。」溫如春答應了她的請求，再次彈奏了曲子，並講解了演奏的手法。宦娘聽後十分開心，說道：「我現在懂了。」於是她站起來就要走。良工以前就擅長彈箏，聽說宦娘也很擅長，就希望聽宦娘演奏一曲。宦娘並沒有推辭，隨即開始演奏。無論彈奏的音調和樂譜都是人間少有的。良工拍案叫絕，於是請求宦娘傳授她彈箏的技藝。宦娘拿出筆為良工寫下了十八章樂譜，然後再次起身告別。

溫如春夫妻又苦苦地挽留宦娘，但宦娘傷感地說：「你們夫妻感情和睦，互相又是知音。我這個薄命的人怎麼會有這種福氣呢？如果有緣的話，我們來世會再次相見的。」她又拿出一張畫像遞給溫如春，說：「這是我的畫像。如果您沒有忘記媒人的話，就把它掛在臥室。高興的時候就點一炷香，對著它彈一首曲子，就像我親耳聽到了一樣。」說完，宦娘走出門，消失無蹤了。

---

❷【太守】秦朝設立郡守，爲一郡的最高行政長官，到西漢時郡守改稱太守，後歷代多次變革，到明清時代指地方行政區域「府」的最高長官知府。

# 第三十六回　阿繡

劉子固是海州[1]人，他十五歲時到蓋縣[2]去看望自己的舅舅，在一家賣雜貨的小店裡看到了一位少女，相貌美麗非凡。劉子固對她一見傾心。

於是劉子固偷偷跑到小店裡，假裝說自己要買扇子。少女就把自己的父親喊了出來。少女的父親出來了，劉子固很沮喪，故意殺價很低，卻什麼都沒買就走了。一會兒，劉子固遠遠地看到少女的父親去了別的地方，就又回到雜貨店。少女要找自己的父親，劉子固攔著她說：「不用問了，你只要說個價錢，我不會計較的。」少女聽了這話，就故意抬高價錢。劉子固也不砍價，如數都給了姑娘，拿起扇子就走了。

第二天，劉子固又去雜貨店裡買扇子，還像昨天那樣。他剛走出店門幾步，少女就追了出來，並且喊道：「你回來！剛才我是亂說的，價錢高太多了。」說完，她就把一半的錢退還給劉子固。劉子固覺得這個姑娘十分誠實，心裡更加喜歡，只要一有空閒就往雜貨店跑。天長日久，兩個人也越來越熟悉。

一天，少女問：「公子住在哪裡？」劉子固將實話告訴了少女，然後又問少女姓氏。少女說：「我是姚氏之女。」要走的時候，少女把他所買的東西都用紙包好，然後用舌頭舔紙，將紙弄濕，好黏在一起。劉子固把東西抱回家之後，擔心把姑娘的舌痕弄掉，就一直沒動這個包裹。

半個多月後，僕人看到劉子固的舉動，偷偷稟報了劉子固的舅舅。舅舅知道後逼著劉子固回家。劉子固心裡十分懊惱，但也沒有辦法。回家後，他把買的手帕、胭脂等物都偷偷放在一個小箱子裡，等到周圍沒有人的時候，就關上門欣賞一遍，一邊看著這些東西，一邊懷念那個少女。

第二年，劉子固又來到蓋縣。行李剛放下就往少女的小店跑。結果發現店鋪關著門，就失望地回去了。劉子固猜想，少女可能是偶然外出沒有回來，於是第二天早晨又去了，但店門依舊關著。劉子固去詢問周圍的鄰居，這才知道姚家原來是廣寧人，因為做生意賺不到太多錢就回老家去了，而且也沒人知道他們什麼時候會再回來。劉子固非常沮喪，住沒幾天就落寞地回家去了。

---

❶【海州】位於今遼寧省阜新市海州區。

❷【蓋縣】位於今遼寧省營口市蓋州市。

劉母為劉子固商量婚事，劉子固一直不肯同意，搞得劉母很是惱火。這時僕人偷偷把以前的事情告訴了劉母，劉母更加防範劉子固，不讓他有空閒，從此再也沒讓他去過蓋縣。慢慢地，劉子固的睡眠越來越差，吃飯也越來越少。劉母擔心兒子，又沒有別的辦法，心想不如滿足兒子的願望，就選好日期讓劉子固收拾行李去蓋縣，請舅舅去找媒人提親。

舅舅去找姚家提親，但過了很久才回來。回來之後，舅舅對劉子固說：「不行啊，那姚家的阿繡已經嫁給廣寧人了。」聽了這話，劉子固垂著頭，十分鬱悶，心裡已經絕望了。回家之後，他抱著那個小箱子哭泣不止，每天走路都在想，希望天底下能再有一個和阿繡相似的人。

這時正好又有媒人來提親，說復州黃家有個女兒十分美麗。劉子固擔心媒人說得不準，就命人帶路，親自到復州去看。進了復州城西門之後，看到有一家大門朝北，兩扇門半開著，裡面有一個少女長得十分像阿繡。劉子固再仔細一看，確實就是阿繡。劉子固十分激動，就租下了東邊的房子，挨著阿繡的家住下來。劉子固又仔細打聽了那家人，知道那家人姓李。

劉子固在那裡住了好幾天也沒有機會和少女見面，只能每天看著李家的大門，希望阿繡會出門。一天，太陽剛剛下山，少女果然要出門。少女忽然看見劉子固，立即轉身往回走。她用手指了指自己後面，又用手掌拍了下額頭，就回屋了。劉子固高興死了，但又不知道阿繡的手勢是什麼意思。他想了許久也想不出來，就在屋子後面隨便亂走。劉子固看到屋子後面有一個空曠的廢棄園子，西邊有一道矮牆，只有肩膀高。劉子固一下明白過來了，於是就在草叢裡藏了起來。

過了很長時間，有人從牆上探出頭來，小聲說道：「來了沒有？」劉子固起身一看，果真是阿繡。劉子固十分激動，以至於痛哭不止。少女隔著牆把身子探過來，用手帕為劉子固擦去眼淚，溫柔地安慰他。

劉子固說：「我以為這輩子都見不到你了，你是怎麼到了這裡呢？」少女說：「這裡是我表叔家。」劉子固請少女翻牆過來。少女說：「公子先回去，讓僕人去別處住，我馬上就到。」劉子固聽了她的話，遣散僕人後就坐在屋裡等。

沒過多久，少女就悄悄地進來了，身上穿的還是過去的衣服。劉子固拉著少女坐下，把自己尋找她的經歷都講了一遍，然後又問少女：「你不是已經嫁人了嗎？為什麼現在還沒有過門呢？」少女說：「那不是真的，我父親認為咱們兩家路途遙遠，不願意答應公子的求婚，就讓你舅舅編謊話來斷了你的念頭。」說完，兩個人就睡在了一起。到四更天的時候，少女突然起床，翻到牆對面去了。從此劉子固更加不關注黃家的女兒了，在這裡一連住了一個月都沒有回家。

一天晚上，劉子固的僕人半夜起來餵馬，看到屋裡依然亮著燈，就偷偷過去看了一眼，竟發現阿繡在裡面，心裡十分驚訝。第二天一早就到左鄰右舍去打聽。之後他問劉子固：「昨天晚上與您在一起的是什麼人啊？」劉子固開始還想瞞，但僕人接著說：「這間屋子太過冷清，正是鬼狐聚集之地，公子應當潔身自好。如果那是姚家女兒，為什麼會到這個地方來？」劉子固這才靦腆地回答：「西邊鄰居是她的表叔家，這不是很正常麼？」僕人又說：「我已經仔細打聽了，東邊的鄰居是老太婆自己，而西邊的鄰居只有一個還很小的兒子，除此之外根本沒有什麼親戚。你遇到的一定是鬼怪，要不然怎麼會有人現在還穿著好幾年前的衣服呢？而且那個人臉色蒼白，臉頰又太瘦，笑的時候沒有一點酒窩，根本沒有阿繡漂亮。」劉子固反覆想了想，發現確實如此。他害怕起來，問：「那現在我該怎麼辦？」僕人認為只有等她來了之後把她除掉才行。

等到晚上的時候，少女又來了。她對劉子固說：「我知道公子已經懷疑我了，但我也沒有別的意思，不過是想了卻你我之前的緣分罷了。」話還沒說完，僕人就衝了進來。少女訓斥道：「休得無禮！快去準備酒菜，我這就與你家主人道別。」僕人頓時像中了邪一樣，連忙住了手。劉子固害怕了，勉強擺放好酒菜。但少女還是像以前一樣說話歡笑，舉著手對劉子固說：「公子心裡想的事情我全都知道，我正打算為你盡些微薄之力，你怎麼能猜疑我呢？我雖然不是阿繡，但我自認為不亞於她。公子覺得我現在是不是比過去漂亮呢？」這時候，劉子固嚇得全身的汗毛都豎起來了，什麼話也說不出來。少女端起酒杯，把酒一口喝完，站起來說：「我暫時離開，等你洞房花燭之後，再和你的新娘子比比誰更漂亮。」說完，少女一轉身就沒了蹤影。

之後劉子固去了蓋縣，他埋怨舅舅騙自己，就沒有在舅舅家住，而是住在姚家附近。他還自己找了媒人去提親，承諾給對方豐厚的酬勞。但姚家妻子說：「我家小叔子為阿繡在廣寧找了一個女婿，她父親也是因為這事才出去的。不過現在還不知道事情能不能成，只能等幾天再說了。」劉子固聽了之後，內心十分彷徨，常常心神不寧，但也只能守在那裡等阿繡的父親回來。

十幾天之後，劉子固忽然聽說要打仗了，但懷疑是人們的謠傳。時間長了，消息越來越緊急，他也只好收拾行李回家，但路上與僕人走散了，結果被亂兵抓了去。劉子固比較文弱，所以看守並沒有看得太緊，劉子固趁機偷了一匹馬逃跑了。

劉子固逃到海州地界，他看到路上有一個蓬頭垢面的少女，走起路來跌跌撞撞，看上去快要昏倒了。劉子固騎馬從她身邊經過的時候，少女忽然大喊：「騎馬的人是不是劉公子？」劉子固趕緊停下來仔細地看，發現這少女正是阿繡。但他懷疑這少女是狐狸精，就問道：「你是真的阿繡嗎？」少女問：「公子何出此言？」劉子固就把之前的遭遇和少女講了一遍。少女說：「我真的是阿繡。我父親帶著我從廣寧回來，卻被亂兵抓住。他給了我一匹馬，但我總是從馬上掉下來。忽然有一個女子抓住我的手腕，讓我快點逃命，我就在亂軍之中四處亂跑，卻沒有人盤問我。那個女子跑起來就像是飛一樣，我實在是跟不上她。過了很長時間，聽到兵馬的聲音越來越遠了，她才放手對我說：『前面都是平坦的道路，你可以慢慢走了。喜歡你的人馬上就要到了，你跟他一起回去吧。』」劉子固知道那個女子定是那狐狸精，心裡很感激她。他又把自己留在蓋縣的原因對阿繡說了。阿繡說自己的叔叔挑了方家做自己的丈夫，但還沒有下聘禮，戰亂就開始了。這時候劉子固才知道舅舅並沒有騙自己。於是他把阿繡拉上馬，一起回家了。

回到家之後，劉子固就把之前的事情都講給母親聽。母親聽完十分高興，幫著阿繡梳洗。等阿繡化完妝出來一看，果真是容光煥發，美豔無比。母親拍著手說：「難怪我那傻兒子做夢都想著你啊！」劉母準備好被褥，讓阿繡跟著自己睡，又派人去蓋縣給姚家送去書信。沒過幾天，姚氏夫婦都來了。他們找了個良辰吉日，給兩人辦完婚事就回去了。

劉子固拿出藏東西的小箱子，裡面的紙包還未啟封，有一包脂粉，打開之後，發現已經變成了紅色的土。劉子固十分奇怪，卻見阿繡捂著嘴笑。她說道：「好幾年前的惡作劇，你今天才發現。那天看見你讓我隨便包裹，也不看看真假，就用這個跟你開了個玩笑。」

兩個人正在嬉戲歡笑的時候，有一個人掀開簾子進來說：「你們這麼快樂，是不是應該謝謝媒人啊？」劉子固一看，也是「阿繡」，就趕緊把母親叫來。母親和家裡的僕人全都到了，可沒一個人能分辨出這兩個人來。劉子固轉過頭一看也迷惑了，專心看了半天，才對其中一個行了禮，並向她道謝。那個女子要了鏡子照了照自己，就害羞地跑出去了。大家再去尋找，卻怎麼都找不到。劉子固夫妻為她的恩情所感動，便在屋子裡為她立了一個牌位，經常燒香祭祀。

一天晚上，劉子固喝醉酒回家，剛點著燈就看到阿繡過來了。阿繡忽然對他說：「你看我和狐狸姐姐誰更漂亮？」劉子固回答說：「當然是你更漂亮。」說完之後，就關上了門。

過了一會兒，忽然聽到有人敲門。阿繡站起來，笑著對他說：「原來你也是個只會看外表的人啊。」劉子固十分疑惑，過去一開門，阿繡就走進來了，劉子固大吃一驚。這時他才明白原來剛才屋裡的是狐狸精。狐狸精說：「阿繡前世是我的妹妹，但遭遇不幸而去世。她活著的時候和我一起跟隨母親到天宮去拜見西王母。我們心裡都偷偷喜歡西王母的樣貌，回去就努力模仿西王母。妹妹比我聰明，一個月的時間就已經神似了。而我學了三個月之後才成功，但始終沒辦法趕上妹妹。如今已經隔了一代人，我自己覺得已經超過了妹妹，沒想到還是和過去一樣。我為你們夫妻的真心而感動，所以將來還會來看你們。不過現在我該走了。」說完之後，就再也沒有說話。

從此以後，狐狸精每過三五天就來一次，家裡的任何疑難問題她都可以解決。遇到阿繡回家探親的時候，她就會在這裡住幾天。家裡的人都很害怕她，全都躲著。一旦家裡丟了什麼東西，狐狸精就化好妝端坐起來，頭上插著好幾寸長的簪子，對家裡的僕人嚴肅地說：

「你們偷的東西要在晚上送回原處。否則就會立即頭疼，到時候後悔都來不及。」第二天天一亮，丟的東西果真就送回來了。

三年之後，狐狸精再也不來了。家裡偶然又丟了東西的時候，阿繡就模仿狐狸的裝扮來嚇唬僕人，也經常奏效。

阿繡前世是我的妹妹，但遭遇不幸而去世。

# 第三十七回　細柳

京城有一位讀書人家的女兒腰身非常細，所以很多人開玩笑地叫她「細柳」。

細柳從小十分聰明，喜歡分析文字，愛讀相學方面的書籍，但一直不愛說話，從來不在背後議論他人。如果有人來她家裡求親，她一定會自己偷偷地看一下那個人，但看了很多之後也沒一個中意的。等她長到十九歲時，父母十分生氣地說：「難道天底下就沒有配得上你的人嗎？你打算當一個老姑娘嗎？」細柳說：「我本來想靠自己而不是上天來支配命運，所以才這麼長時間沒有找到人選。看來這就是我的命了。從今以後我就聽從父母的安排了。」

當時有一位姓高的書生，是名門望族之後，聽說細柳的事情之後，就派人來求親。細柳答應了。成親之後，夫婦二人的感情非常好。

高生的前妻留下一個孤兒，小名叫做長福，當時只有五歲。細柳對他照顧得十分周到。細柳回娘家探親，長福也都跟著。一年多之後，細柳也生了一個兒子，取名叫長怙（ㄏㄨˋ）。高生問她這名字有什麼含義。她只是回答說：「沒什麼，只是希望他能一直在我身邊罷了。」

細柳對針線活很生疏，自己也不怎麼在意，但對田地的位置，租稅的多少卻按照帳本查對，生怕不周詳。時間長了，細柳就對高生說：「家中的事情你就別管了，讓我自己處理，不知道我能不能當這個家呢？」高生便答應了她。半年之後，她把家裡的事情處理得井井有條，高生連連稱讚她賢能。

有一天，高生到鄰村喝酒，正好有追討稅賦的人來，又是砸門又是大罵。細柳派僕人過去勸說，但他們怎麼都不肯走。細柳沒有辦法，只好派門童把高生叫了回來。高生回來之後把催稅的人打發走了，然後和妻子開玩笑說：「細柳，現在你知道女人再聰明也比不上男人了吧？」細柳聽了這話，低下頭痛哭不止。高生連忙安慰，細柳卻始終開心不起來。

高生不忍心讓細柳為家事操勞，打算還是由自己處理，但細柳不同意。之後她每天很早就起床，直到半夜才睡覺，整天都在忙碌。一年之前就把第二年的賦稅準備好了，所以到年終歲末的時候再也沒有催租的人上門了。她還算計穿衣吃飯，所以手頭也越發寬裕起來。高生也因此十分高興。他曾經和細柳開玩笑說：「細柳哪裡細呢？眉毛細、腰細、腳細，但最讓人喜歡的是心思更細。」細柳就對高生說：「高生也真高啊。不僅品位高、志氣高、文采高，更希望你壽命更高。」

村裡有一個人要賣一口精美的棺材，細柳不惜重金去買。家裡的錢不夠，甚至還四處去借。高生覺得這東西並不急需，就使勁兒勸她不要買，但細柳卻始終不聽。買了之後一年多，有一位富戶家裡有人去世了，到細柳家表示要出多一倍的錢來買這口棺材。高生覺得利潤豐厚就去和細柳商量，細柳卻不答應。高生問細柳原因，細柳不說話，再一追問，細柳眼淚就要流出來了。高生心裡很納悶，但也不忍心讓細柳不開心，就不再多問了。

又過了一年，高生已經二十五歲了，細柳不讓他出遠門。只要回來得稍微有點晚，細柳就立即讓僕人一個接一個地去外面喊他回家，因此朋友們都笑話高生。一天，高生和朋友一塊兒喝酒，但感覺身體不太舒服，結果在回家的路上從馬上掉下來摔死了。當時正是夏天最熱的時候，幸虧入殮用的物品都準備好了才沒出亂子。這時鄉親們都開始驚訝細柳能預知未來事。

長福十歲的時候才開始讀書。父親去世後，他十分任性不願意再讀書，經常跑去和放牧的孩子一起玩。無論家裡人怎樣打罵他依然如此。細柳沒辦法，把他叫過來對他說：「你既然不想讀書，我也不強迫你。但貧苦的人家裡可不能養沒用的人，你這就去換衣服，以後和下人們一起幹活吧，用鞭子抽你也不許後悔。」長福只得穿上破棉絮縫的衣服去放豬。回家之後，細柳讓他自己拿著陶器的碗，和下人們一起吃下等的飯菜。

幾天之後，長福受不了苦，哭著跪在院子裡，表示還想讀書。細柳背過身去對著牆，就當沒看見一樣。長福沒有辦法，只好拿著鞭子哭著走了。當時秋天已經快過完了，長福身上沒有厚衣服，腳上也沒有鞋，被冷雨一淋，縮著腦袋，就像是乞丐一樣。鄉親們看到長福，全都覺得他可憐。娶了老婆的人也都拿細柳當例子，讓她們引以為戒，難聽話很多。細柳多少也聽到了流言，卻並不在意。

長福受不了苦，扔下豬自己跑了。細柳依然隨他去，也沒有去找他。幾個月之後，長福骨瘦如柴地回來了。他不敢立即回家，請求鄰居家的老婦人去和細柳說情。細柳說：「要是他能承受一百棍棒就讓他回來。受不了就永遠也別回來！」

長福聽到這話，急忙跑回家中，哭著說願意接受棍棒的懲罰。細柳問他：「你現在知道悔改了嗎？」長福說：「知道了。」細柳又說：「既然你知道悔改了，那就不用打了，你自己放豬就行。但如果再犯，我絕不饒你。」長福大哭著說：「我願意挨一百棍子，讓我再讀書吧。」細柳沒有答應他。鄰居老婦人使勁地勸說，她才答應下來。

於是細柳讓長福清洗了身子，又給他新的衣服，讓他和弟弟長怙一起學習。長福十分勤奮，善於思考，與以往大不一樣，三年之後就考中了秀才。中丞❶楊大人看到長福的文章之後十分賞識，每個月都給他發放銀兩，資助他學習。

長怙十分愚鈍，讀書好幾年都還不會寫自己的名字。細柳就不再讓他讀書，讓他去幹農活。但長怙遊手好閒又害怕吃苦。細柳十分生氣，對他說：「你既不能讀書寫字，又不會種地，注定要在路邊餓死。」說完就讓人用棍子打了長怙一頓。

從此下人們帶著長怙耕種，只要有一天起晚了，就在後面追著責罵他。不管是衣服還是吃喝，細柳都把好的留給哥哥。長怙雖然不敢明說，心裡卻很不滿意。

農活忙完之後，細柳又出錢給長怙，讓他學習做買賣。長怙好賭，錢一到手就立刻被他敗光了。回家之後，他撒謊說遇到了強盜，想要欺騙母親。細柳很快就發現長怙說謊，差點讓人把他打死。長福跪著苦苦哀求，表示自己願意替弟弟受罰，細柳的怒氣才稍微消了一點。從此之後，只要長怙一出門，細柳就派人跟著他。這樣長怙的行為才稍微收斂了一點。

一天，長怙請求母親，讓自己跟著商人們去洛陽。實際上長怙不過是想借這個名義去遠處遊玩，逍遙快活罷了。長怙十分擔心，生怕母親不答應。沒想到細柳聽長怙說完，一點都沒有懷疑，立刻就拿出三十兩銀子，並為他收拾行李。最後她還給了長怙一錠金子，對他說：「這是你祖上當官時留下來的，千萬不能花掉，把它用來壓箱底，同時還能防備急需。你剛開始學習做買賣，也不奢求太高的利潤，只要這三十兩銀子別賠就行了。」臨走之前，細柳又囑託了長怙一遍。長怙答應著就出了家門，心裡洋洋得意。

到了洛陽，長怙離開同伴，住到了當時的名妓李姬家裡。十幾個晚上之後，碎銀子逐漸花光了。長怙自以為行李中還有一塊兒大金子，並不擔心缺錢，但等到把金子拿出來才發現那原來是一塊假金子。長怙大吃一驚，臉色瞬間就變了。李姬的老鴇看到這種情況，開始對

❶【中丞】御史中丞的簡稱，是古代文官的最高位次。明清時也用來稱呼巡撫。

說著，細柳的眼淚就不
停地往下掉。長福站在
旁邊恭敬地聽著。

長怙冷言冷語。長怙心裡十分不安，如今已經沒有錢了，也沒有地方可去，只希望李姬能念及舊情，不要立刻趕他走。

沒過多久，有兩個人拿著繩子來找長怙，不由分說就用繩子勒住長怙的脖子。長怙嚇壞了，完全不知道怎麼回事，就哀求著告知原因。原來李姬已經把假金子偷走，上交官府並告他行騙。到了官府之後，長怙也無法辯解，差點就被打死。長怙被收押到監牢之後，沒有錢給獄中的看守行賄，被看守折磨得很慘。

當初長怙走的時候，細柳就對長福說道：「你要記得二十天之後，提醒我讓你去洛陽。我事情太多，怕自己會忘記。」長福不知道細柳說的是何事，但是看細柳很難過，也就沒敢再問。二十多天之後，長福問起細柳此事，細柳歎了口氣說：「現在你弟弟遊手好閒，就和你當年荒廢學業一樣。要不是我忍著壞名聲，你怎麼會有今天呢？人們都說我太狠心，但誰知道我晚上把枕頭都哭濕了呢？」說著，細柳的眼淚就不停地往下掉。長福站在旁邊恭敬地聽著。

等細柳哭完了，她才說：「你弟弟依然不思悔改，我才故意給他假金子讓他受些磨難。估計現在已經被抓進監牢了。中丞大人對你不薄，你可以去求他，讓他放了你弟弟，這樣他也就知道悔悟了。」聽了這話，長福立即就出發了。

等長福到了洛陽，弟弟已經被抓進去三天了。長福馬上到監牢裡去看望弟弟，只見長怙蓬頭垢面，面黃肌瘦。長怙看到哥哥之後，大哭不止。長福看到弟弟這樣也十分心疼。由於當時中丞十分看重長福，縣令得知長怙是長福的弟弟之後，就開恩把長怙放了。

長怙回到家裡，擔心母親會生氣，跪著走到母親身前賠罪。細柳看著他說：「你這下滿意了嗎？」長怙不敢說話，只是不停地哭。長福也陪著弟弟跪下，細柳這才讓他們起來。

從此以後，長怙真的悔改了。家裡的大小事情他全都勤快地去做，即使偶爾有點兒懶惰，細柳也不再罵他了。幾個月過去了，細柳再也沒和他說起做生意的事，長怙想請求母親又不敢去，只好把自己的想法告訴了哥哥。長福轉告母親之後，細柳十分開心，又借了許多錢交給長怙。半年之後，他就獲得數倍的利潤。

又一年秋天，長福參加科舉考中舉人。三年之後，又考中了進士。弟弟長怙做生意也積累了數萬家產。

他們縣中有到洛陽去辦事的人，看到了細柳，那時她已經四十多歲了，但看起來依然像三十歲。她衣著很樸素，就像一個普通婦人一樣。

# 第三十八回　褚生

順天府有一個姓陳的舉人，他十六七歲的時候跟著私塾裡的老師在寺廟裡讀書學習。當時的學生很多，其中有一個姓褚（ㄔㄨˇ）的書生，說自己是山東人。他每天刻苦讀書，很少休息，當時他借住在廟裡，幾乎沒有人見他回過家。

陳舉人和他關係最好，於是就問起褚生家中之事。褚生回答說：「我家裡很窮，給老師的學費都很難湊齊。即使我做不到珍惜每時每刻，如果加上半夜的時間，那麼我的兩天也能當作別人的三天來用了。」陳舉人對褚生說的話感觸很深，便想搬過來和他一起住。褚生阻止他說：「不必如此，我看這裡的教書先生知識淺薄，做不了我們的老師。在阜成門有一位呂先生，雖然八十多歲了，但可以教我們。我希望你能和我一道轉學到那裡去。」京都裡教書先生的學費大多數是按月份計算的。每月結束可以自主決定要不要留下來繼續讀書。

當月結束後，陳舉人和褚生就到呂先生那裡求學了。呂先生本是江浙一帶有名的才子，因窮困失意不能回家就開始教授學生。這本不是呂先生的志向，不過收了這兩個學生之後，

呂先生很是高興。褚生特別聰明，看一遍文章就能理解文章的深意，因此呂先生更加器重他。陳舉人和褚生兩人交情日益深厚，白天同用一個書桌，晚上同睡一個床鋪。

一個月快要結束的時候，褚生突然請假回家，過了十多天也沒有回來，大家都很疑惑。有一天，陳舉人因為有事到天寧寺去，在廟裡的迴廊下見到了褚生。他正在那裡劈開縈麻，浸泡硫磺，做取火的用具。褚生看見陳舉人，顯得十分羞愧。陳舉人上前問他：「為什麼突然不讀書了呢？」褚生握著他的手，請求避開陳舉人的隨從，滿臉愁苦地對陳舉人說道：「我付不起給先生的學費，不得不做點小買賣，做半個月才能掙到讀一個月書的錢。」陳舉人聽了之後，十分感慨，說道：「你只管讀書好了，我會盡力幫你的。」於是陳舉人讓隨從把褚生的行李收拾一下，一塊回到了私塾。

褚生告訴陳舉人不要跟別人說他外出的事，但是可以找一個機會告訴呂先生。陳舉人的父親是個開店鋪的商人，靠囤積貨物掙錢，陳舉人就去偷父親的錢，代替褚生交學費。他父親因為丟了錢而責罵陳舉人，陳舉人就把實話告訴了父親。父親覺得他太傻了，就不讓他再去讀書了。褚生得知後感到很愧疚，想告別老師到別的地方去學習。

呂先生得知後，責備他說：「既然你家裡很窮，為什麼不早點告訴我呢？」就把他收褚生的學費全部還給陳舉人的父親，並讓褚生住下來，還和他一起吃飯，對待他像兒子一樣。陳舉人雖然不再到私塾讀書，卻常邀請褚生喝酒。褚生每次都推辭不去。但是陳舉人一再邀請，褚生不忍心再拒絕，就又和陳舉人親密無間地交往起來。

過了兩年，陳舉人的父親死了，陳舉人請求呂先生讓他回來讀書。呂先生被他的誠意打動，就讓他回來了。但是陳舉人的學業已經荒廢了很長時間，和褚生一比，差距很大。過了半年，呂先生的大兒子從江浙一帶一路要飯過來，找到了父親並求呂先生回鄉。呂先生的弟子們湊了錢幫他置辦行李。

呂老先生臨走時，囑咐陳舉人把褚生當作老師相待。陳舉人聽了呂先生的話，在自己家裡設學堂讓褚生教書。沒過多久，陳舉人就進縣學做了秀才，又通過補錄考試，得到了參加鄉試的資格。但陳舉人擔心自己不能完成全篇八股文，褚生就說自己願意代替他去考試。臨近科考的日子，褚生帶來了一個人，說是他的表兄，叫劉天若。褚生囑咐陳舉人暫時先跟著劉天若走。

劉天若領著陳舉人到他家，把陳舉人安排在內室住下。住了幾天，就到了中秋節。劉天若說：「今天李皇親家裡的園子會有很多人遊玩，我們去那裡散散心，順便送您回去。」

劉天若吩咐僕人挑著茶壺和酒器一塊去。他們見河邊的集市和梅亭十分嘈雜，人根本進不去，便轉過一條路，看到水邊的那棵老柳樹下漂著一條畫船。他們就一起上了船。

喝了一些酒後，劉天若回頭對家僕說：「在梅花館附近有一個新來的歌妓，不知道她在家麼？」家僕去了沒多久，就帶著那個新來的歌妓一起來了，原來是妓院裡的李遏雲。李遏雲本來是京城著名的歌妓，不僅會唱歌還能寫詩，陳舉人曾和朋友在她家中喝過酒，所以認識她。

大家見面之後，稍稍聊了幾句。李遏雲面露哀傷之色。劉天若讓她唱歌，她便唱了一支《蒿里》❶。陳舉人很不高興，說：「就算你對這裡的主人和客人有看法，也不至於對著大活人唱給死人送葬的歌啊！」李遏雲立即起身道歉，勉強裝出愉快的樣子，又唱了一些俗豔的歌曲。陳舉人很高興，拉住李遏雲的手說道：「你以前把《浣溪沙》❷這支曲子讀過很多遍，今天是忘了嗎？」

李遏雲於是吟誦道：「淚眼盈盈對鏡臺，開簾忽見小姑來，低頭轉側看弓鞋。強解綠蛾開笑面，頻將紅袖拭香腮，小心猶恐被人猜。」

陳舉人跟著反覆唱了三四遍。過了一會兒船路過長廊，大家看見牆壁上有很多人題寫的詩詞，陳舉人就拿起筆來把這首《浣溪沙》寫在了牆上。天已接近黃昏，劉天若說道：「替你考試的褚生快要回來了。」

於是兩人一起回陳舉人家。一進家門，劉天若就不見了。陳舉人看到屋子裡很黑，一個人都沒有，愣了一會兒，就看見褚生走進了屋門。陳舉人仔細一看，又覺得不是褚生。他還在疑惑，那人突然往前一傾就倒在了地上。家裡僕人說：「公子可真是累了。」陳舉人和僕人一起把他拉起來。這時陳舉人才發現倒在地上的不是別人，正是他自己。他從地上站起來，看見褚生就在他旁邊，恍恍惚惚就像在做夢一樣。

褚生說：「我告訴你之後，你千萬不要害怕。其實我是個鬼魂，本來早就應該去投胎了，拖到現在是因為捨不得你這個朋友，所以我附在你的身上，替你去參加考試。三天的考試已經結束，我的這個心願也算了了。」陳舉人又請求褚生幫忙去參加明年春天的科考。褚生說：「你前輩的福氣很弱，承受不了朝廷的封贈。」說完，褚生就向陳舉人告別離去了。

陳舉人對遇見的事情覺得奇怪，天一亮就去拜訪李遏雲，想要問她那天泛舟遊覽的事情，可是他卻聽說李遏雲已經死了好幾天了。他又到皇親家的花園查看，看見上次題寫的詞句還在，只是墨跡暈染，已經看不太清楚了。這才明白題寫這詩的是他自己的靈魂。

到了晚上，褚生高高興興地來了，對陳舉人說：「很幸運，我想辦的事辦好了，現在不得不跟你告別了。」褚生把兩隻手伸出來，讓陳舉人在手掌上寫了「褚」字作記號。陳舉人要準備酒宴給褚生送行，褚生搖著頭說道：「算了吧，如果你沒有忘記老朋友，等放榜之後，不要怕路途遙遠，到江浙的呂先生家來看看我行了。」陳舉人哭著為褚生送行，看見一個人在門外等著褚生。褚生還在依依惜別，只見那個人用手按住褚生的脖子，他一用力，褚生就被按扁了。那人將

---

❶【《蒿（ㄏㄠ）里》】漢代詩歌，全詩爲「蒿里誰家地？聚斂魂魄無賢愚。鬼伯一何相催促？人命不得少踟躕（ㄔˊ ㄔㄨˊ）。」寫的是對人的生死的思索。

❷【浣溪沙】唐朝曲名，又名「浣溪紗」、「小庭花」等，得名於美女西施溪邊浣紗的故事，後成爲固定格式的詞牌。音節明快，句式整齊，易於上口，常被婉約、豪放兩派詞人使用。

褚生放進口袋裡，背著就走了。過了幾天，陳舉人果然在鄉試裡高中。於是陳舉人收拾好行裝準備到江浙去。

呂先生的妻子幾十年來一直不能生育，五十多歲的時候卻突然生了一個兒子。這個孩子兩隻手緊緊攥住不能分開。陳舉人來了之後，說孩子手掌裡應當有一個「褚」字。呂先生並不相信，可那個孩子一見到陳舉人，自己就把兩隻手攤開了。大家一看確實有個「褚」字。呂先生很是驚奇，陳舉人就把過去的事情都告訴了呂先生。陳舉人獻上賀禮，之後就回家去了。

後來，呂先生憑著貢生的資格，直接到京都去參加廷試，在京都時就住在陳舉人的家裡。那個時候，呂先生的兒子已經十三歲了，並且考中了秀才。

大家見面之後，稍稍聊了幾句。李遏雲面露哀傷之色。劉天若讓她唱歌，她便唱了一支《蒿里》。

# 第三十九回　司文郎

平陽的王平子去參加科舉考試，租住在報國寺。寺裡之前已經住了一個餘杭來的書生，與王平子的房間相鄰。王平子遞了名帖過去，但那位餘杭的書生卻沒有回應。早晨兩人相遇，他也沒什麼禮貌。王平子見餘杭書生這樣狂妄很生氣，便打消了跟他來往的念頭。一天，一位少年來到寺中遊玩。他穿著白色的衣服，戴著白色的帽子，身材很魁梧。王平子走過去和他交談，發現這個人言語詼諧，妙趣橫生，心裡十分欣賞他。王平子詢問少年的籍貫和家世，他說：「我是登州宋家人。」王平子讓僕人設座，兩個人相對談笑。

餘杭書生正好從這裡經過，他們二人一起起身謙讓座位。餘杭書生竟然毫不推辭，直接坐在了上座，然後又突然問宋公子：「你也是來參加科舉考試的嗎？」宋公子回答說：「不是。我才能低下，早就沒有飛黃騰達的志氣了。」餘杭書生接著問：「你是哪個省的？」宋公子如實相告。餘杭書生說道：「你不求進取，看來還有點自知之明。山東、山西兩個省都沒有一個認識字的。」宋公子回答說：「北方人認識字的當然少，不過不認字的未必是我。」

南方人識字的人當然多，但識字的也不見得是你。」說完之後，自己就拍手。王平子也跟著拍起手來，兩個人因此哄堂大笑。

餘杭書生惱羞成怒，瞪著眼睛，挽起袖子大聲說道：「你敢和我當面命題，比試才學嗎？」宋公子沒有正眼瞧他，笑道：「有什麼不敢的？」說完，就從房間裡拿出書來遞給王平子。王平子隨手一翻，指著其中一句說：「闕黨童子將命❶。」餘杭書生起身，想找筆墨紙硯。宋公子拉住他說：「用嘴說就好了。我的破題❷已經寫好了：與賓客往來之地，而見一無所知之人焉❸。」王平子聽了捧腹大笑。餘杭書生十分生氣地說：「你根本不會寫文章，只會罵人罷了，這算什麼本事？」王平子努力勸解，說再重新出一道題。於是他再次翻書，說道：「殷有三仁焉❹。」宋公子立刻就回答道：「三子者不同道❺，其趨一也。夫一者何也？曰：仁也。君子亦仁而已矣，何必同？」餘杭書生聽了之後就不作聲了，起身說道：「你這個人也算有些才氣。」說完就走了。

從此以後，王平子更加敬重宋公子。他請宋公子到自己的房間，兩人促膝長談，並把自己的文章都拿出來向宋公子請教。宋公子看文章非常快，轉眼之間就看完了一百篇。隨後他對王平子說：「你寫的文章很不錯。但你考試的時候千萬不要心存考中的念頭。如果你有希望考中的想法，那文章肯定就是下等的。」宋公子拿起剛才看過的文章，一篇一篇給王平子講解。王平子十分高興，就像對待老師一樣對待宋公子。他讓廚子用蔗糖包成水餃。宋公子吃了之後覺得很甜，說：「我這輩子還沒吃過這樣甜美的東西，麻煩你改天再做一次吧。」從此之後，兩個人的關係更好了。宋公子三五天就過來一次，而每次來，王平子都會用水餃來招待他。

餘杭書生有時也會遇到宋公子，雖然還是不怎麼說話，但他已經沒有以前那麼狂傲了。有一天，餘杭書生也請宋公子看自己的文章。宋公子見上面圈圈點點，還有不少讚美詞，只掃了一眼便扔在桌邊，什麼都沒說。餘杭書生懷疑他根本看不明白，宋公子說：「這有什麼看不明白的？只不過是寫得不好罷了。」餘杭書生說：「你就看了一眼，怎麼知道寫得不好？」於是宋公子開始背誦餘杭書生的文章，就像是以前讀過一樣，而且一邊背誦一邊點評。餘杭書生十分尷尬，什麼都沒說就走了。

---

❶【闕黨童子將命】出自《論語．憲問》，意思是說少年不懂得禮節。

❷【破題】明清時科舉考試內容爲八股文，要求對四書五經中的句子進行論述。在自己文章的最開頭一兩句話必須闡明自己文章的主旨，稱爲破題。

❸【與賓客往來之地，而見一無所知之人焉】在賓客來來往往的地方，卻看到一個無知的人。

❹【殷有三仁焉】出自《論語．微子》，意思是商朝有三個仁義之人。三個人指微子、箕子、比干。

❺【三子者不同道】意思是這三位賢人選擇的方式不同，但目的卻是一樣的。他們一樣的目的又是什麼呢？仁。君子只要能夠做到仁就可以了，何必採取相同的方式呢？

過了一會兒，宋公子離去，餘杭書生又進來了，一定要看王平子的文章。王平子拒絕了，但餘杭書生強行搜到一篇。他看到文章上已經被圈點了很多，就笑著說：「這麼大的圈好像水餃。」王平子一向不善言辭，覺得很尷尬。

第二天，王平子把事情都告訴了宋公子。宋公子生氣地說：「這傢伙真是無禮，有機會一定要教訓教訓他。」王平子勸宋公子不要意氣用事。宋公子對王平子的品行感到十分敬佩。

科舉考試之後，王平子拿出自己的文章給宋公子看，宋公子十分讚賞。兩人偶然在寺院中行走，看到一個盲眼和尚坐在走廊裡行醫賣藥。宋公子十分驚訝，說：「這是個奇人啊！他最懂文章，一定要過去請教。」於是他讓王平子回屋去拿自己的文章，王平子半路遇到餘杭書生，就一起過來了。

王平子稱呼盲眼和尚為老師，並向他行禮。和尚以為是請他看病的人，就問他有什麼病症。王平子說自己是向他請教如何寫文章的。和尚哈哈大笑，說道：「是誰那麼多嘴，我眼睛看不見，怎麼可能會評論文章呢？」王平子請他用耳朵聽。和尚又說：「三篇文章就有兩千多字，誰有耐心聽那麼久？不如把文章燒了，我拿鼻子聞聞就行了。」王平子照著做了。

每燒一篇文章，和尚就聞一聞，點著頭說：「你剛剛開始模仿大師的手筆，雖然還沒有一模一樣，但也很像了。我的脾臟正好可以接受它。」王平子問和尚：「我能考中嗎？」和尚回答說：「可以考中。」

餘杭書生看了之後，卻不怎麼相信，就先燒了一篇古代名家的文章。和尚又聞了聞說：「太好了！這篇文章被我的心接受了。要不是歸有光、胡友信❻，誰能寫出這種文章？」餘杭書生大吃一驚，就開始燒自己的文章。和尚說：「怎麼忽然又換了一個人呢？」餘杭書生撒謊說：「那篇是我朋友的文章，這篇是晚輩的作品。」和尚聞了聞紙灰，咳嗽了幾聲，說道：「別再燒了！我聞得快要吐出來了。」餘杭書生聽了，十分羞愧地走了。

幾天之後，科舉放榜了。但餘杭書生竟然考中，王平子卻名落孫山。宋公子與王平子跑到和尚那裡，將此事告訴他。和尚歎了口氣，說：「我的眼睛雖然瞎了，但鼻子卻是好的。主考官的眼睛鼻子都不好使啊。」一會兒，餘杭書生也到了，十分得意地說：「瞎和尚，你是不是也吃了人家的水餃啊？現在你覺得怎麼樣呢？」和尚說：「我所評論的只是文章罷了，並不是命運。你把各位考官的文章拿過來，將每個人的文章都燒一篇，我就能知道誰是喜歡你的考官。」餘杭書生就和王平子一起去搜集，最後找到了八九個人的文章。

餘杭書生說：「要是你猜錯了，怎麼處罰你呢？」和尚生氣地說：「猜錯了就把我的瞎眼睛剜掉吧！」餘杭書生就開始燒文章，每燒一篇，和尚都說不是。燒到第六篇的時候，和尚忽然對著牆壁嘔吐不止，同時還像打雷一樣放屁。大家哈哈大笑。和尚擦了擦眼睛，對

---

❻【歸有光、胡友信】二者都是明朝時期的古文大家。

餘杭書生說：「這可真是你的老師啊！剛開始我不知道，突然聞了一下，肚子根本無法接受，直接從下面排出去了！」餘杭書生十分生氣地離開了，說道：「明天就知道結果了，你可千萬別後悔！」

隔了兩三天之後，餘杭書生也沒有來。到他住的地方一看，發現他已經搬走了。這才知道，他正是那位考官的學生。

宋公子安慰王平子說：「我們讀書人不應該怨天尤人，應該多要求自己。不抱怨別人，自己的道德就會更高尚；多要求自己，自己的學業也會更進步。現在這麼落魄，雖然是命運不濟，但平心而論，你

每燒一篇文章，和尚就聞一聞，點著頭說：「你剛剛開始模仿大師的手筆，雖然還沒有一模一樣，但也很像了。」

的文章沒有達到最優秀的程度。你應該更加發奮，世上肯定會有識才的人。」王平子聽了這番話，對宋公子肅然起敬，又聽說第二年還要再舉行鄉試，就決定不回家了，留下來繼續學習。

宋公子說：「京城裡生活用品消費很高，不過你不用擔心錢的問題。你房間後面有一罐銀子，你可以挖出來用。」說完，便告訴王平子銀子埋藏的位置。王平子卻拒絕了，說：「歷史上竇儀、范仲淹都十分貧窮，但能保持廉潔，我現在還足以維持，怎麼能玷污自己的名聲呢？」

一天，王平子喝醉了，說出了銀子的事。他的僕從和廚師趁機偷偷地把銀子挖了出來。王平子忽然睡醒，聽到屋子後面有聲音，出門一看，發現了地上的銀兩。僕從和廚師見了，只好一起向王平子求饒。王平子正責罵他們，卻發現銀兩中有一個刻著字的金酒杯。王平子拿過去仔細一看，發現都是祖父的名字。原來王平子的祖父曾經當過南京六部的官員，來京城時也曾住在這裡，由於得了暴病死在這裡，銀兩正是他留下的。王平子十分高興，稱了一下，足有八百多兩。

第二天，王平子把事情告訴了宋公子，並把那個酒杯給宋公子看，想和他平分這些錢，但被宋公子拒絕了。王平子又帶著一百兩銀子想送給瞎和尚，發現和尚也已經走了。

連續幾個月，王平子都更加刻苦讀書。等到考試的時候，宋公子對他說：「這次如果還考不中，才真的是命啊！」誰知，王平子因為違反規定竟被取消考試資格。王平子還沒說什麼，宋公子卻大哭不止。王平子反而安慰起他來。

宋公子說：「我被老天所憎惡，一輩子都十分落魄，沒想到現在還連累朋友。這就是我的命啊！」王平子說：「世間的事情當然是命中注定。但你無意謀取功名，與命運無關。」

宋公子擦乾眼淚，說道：「我很早就想告訴你，但擔心你會害怕。我並不是活著的人，而是一個四處漂泊的遊魂。我年輕時才華出眾，很有名氣，但科舉考試卻始終不如意。我來到京城假裝狂放，希望有一個懂我的人把我的作品傳到後世。沒想到甲申年我死於戰亂，到現在一直漂泊不定。幸虧遇到你，能夠理解我、欣賞我。我努力想幫你提高學業，實際上也是想藉你這個朋友來幫助我完成我沒能完成的志向。但沒想到你科考的運氣也這麼差，我怎麼能不難過呢！」

王平子聽後也哭了，問他：「那你為什麼留在這裡不走呢？」宋公子說：「去年天帝降下命令，讓孔聖人和閻羅王一起考察鬼魂。上等的鬼魂留著當陰間的徭役，剩下的就轉世投胎。我已經被錄取了，之所以沒去報到，只是想見到你飛黃騰達。現在也只能與你告別了。」王平子又問：「你要擔任什麼官職呢？」宋公子說：「陰間缺一個司文郎，現在暫時讓一個耳聾的僕人掌管，所以才會讓文人才子的命運顛倒。如果我有幸得到這個職位，一定將聖人的教誨發揚光大。」

第二天，宋公子十分開心地來到王平子這裡，對他說：「我如願以償了！孔子讓我以《性道論》為題寫文章。他看了我的文章十分開心，說我可以當司文郎。閻王查了我的檔案，本來想以說話刻薄的罪名棄用我，但孔子卻向閻王爭取，我最終得到了這個職位。我跪下感謝完之後，孔子又把我叫到書桌前，囑咐我說：『今天我因為愛惜你的才華才提拔你。你最好盡忠職守，千萬不要犯以前的錯誤。』從中可以看出，在陰間品行比文才更加重要。你的修行肯定還不夠，不過只要積德行善，不要懈怠就行了。」

王平子說：「如果是真的，那餘杭書生的品行又怎麼樣呢？」宋公子回答：「我不清楚。陰間的獎賞和懲罰從來不會出差錯。那個瞎和尚也是一個鬼魂。他本是前朝的名家，但因為活著的時候扔了太多的紙張，所以被罰成為瞎子。他想行醫解除他人的痛苦，以彌補之前的過錯，所以才遊蕩在街市之中。」

王平子讓僕人準備酒席。宋公子說道：「不必了。這一年一直都打攪你，現在剩下的時間不多了。請你再給我做一次水餃，我就滿足了。」王平子十分感傷，吃不下飯，就坐在飯桌旁邊，讓宋公子自己吃。

一會兒的工夫，宋公子就吃了三大碗，他抱著肚子說：「吃了這頓飯，三天都不會餓。我這樣做是為了銘記你的德行。以前咱們吃的東西全都在房子後面，現在全都變成蘑菇了。你把那些蘑菇收藏起來，當作藥餌，可以讓孩子變得更聰明。」

王平子問宋公子何時能再次相見，宋公子說：「如今我既然有了官位，就應當避嫌啊。」王平子又問：「我到祠裡去祭祀，能見到你嗎？」宋公子回答說：「這樣沒什麼用處。仙界離這裡太遠了，只要你潔身自好，行善積德，陰間自然會有記錄，而我也肯定會知道。」宋公子向王平子道別後就不見了。

王平子來到屋子後面一看，果然有紫色的蘑菇，就採下收藏起來。旁邊有一個新的土堆，王平子走過去一看，發現自己做的水餃原來都在這裡。回去以後，王平子就更加嚴格要求自己。

一天晚上，王平子夢見宋公子坐著轎子來了，對他說：「你以前因為一點憤怒，誤殺了一名奴婢，所以在福祿簿上被剝奪了官位。現在你已將功折罪。但你命很薄，無法走上仕途。」這年王平子通過鄉試，第二年又通過了會試。但他聽從了宋公子的話沒有去當官。他有兩個兒子，其中一個十分愚鈍，王平子給他吃了收藏的蘑菇之後，就變得聰慧過人。

後來王平子到金陵去辦事，路上遇到了餘杭書生。餘杭書生非常熱情，並且特別謙虛，不過他看上去十分蒼老，連鬢角的頭髮都花白了。

# 第四十回　崔猛

崔猛，字勿猛，是建昌[1]的世家子弟，性情十分剛正。小時候在私塾裡，只要別的孩子稍微冒犯了他，他就會動手毆打，老師多次管教也不管用。他的名和字也都是私塾的老師給起的。

十六七歲的時候，崔猛武功已十分出眾，還能撐著長竿一下跳到屋頂。他喜歡打抱不平，鄉鄰們都十分敬佩他，每天來找他訴冤的人能站滿一屋子。

崔猛行俠仗義，不避仇怨。只要那些壞人稍微不順從他的意思，他就棒石相加，甚至把人打成殘疾。每當崔猛盛怒時，人們都不敢招惹他。但他對母親特別孝順，只要母親一到立刻就安靜下來。不管母親怎麼嚴厲責備他，他也只是點頭順從。可是一出家門，崔猛立刻將母親的訓誡拋在腦後。

[1]【建昌】位於今遼寧省葫蘆島市建昌縣。

崔猛的鄰居家有個特別凶悍的婦人，每天虐待她的婆婆。婆婆快要被餓死了，她兒子就偷偷送東西給她吃。婦人知道以後大罵不止，吵得四鄰不安。

崔猛得知後十分生氣，就跳過牆去把那悍婦殺了。崔母聽說後大吃一驚，趕忙把那婦人的丈夫叫過來竭力安撫，還把自家丫鬟許配給他，這件事才算了結。

崔母為了教訓兒子，以絕食來威脅。崔猛跪在地上請母親懲罰自己，並表示自己已經悔悟。但不管崔猛說什麼，崔母只是哭。崔猛的妻子周氏與崔猛一起下跪，崔母用木棒打了兒子一頓，並在崔猛手臂上刺上十字花紋，用朱砂塗在上面，這樣花紋就永遠不會消失。崔猛又誠心承認錯誤，母親這才肯吃飯。

崔母心地善良，喜歡對上門化緣的和尚道士施捨齋飯。有一天，一個道士來到崔家。道士看了看崔猛，說道：「公子身上凶橫之氣太多了，恐怕很難安穩度過一生。你們是長期行善的人家，不應當如此。」崔猛剛剛接受母親的訓誡，聽到道士的話，就起身對道士行禮說：「您說的我也知道，但我只要看到不平之事就難以控制自己。如果我努力改正，是不是能夠免除災禍呢？」道士笑著說：「公子先別問你能不能免災，還是先問問自己能不能改正吧。如果你肯努力改過，我就會告訴你免除橫死的辦法。」

崔猛一向不相信巫術，所以只是笑笑，沒有搭話。道士說：「我知道你不信。但是我說的話和巫術並不一樣。如果你按我說的辦，就會有很大的德行，即使沒有效果，也不會有什麼妨礙。」崔猛就向道士請教方法。道士說：「剛才門外邊有位年輕人，你好好與他結交，以後你就算犯了死罪，他也能救你活命。」說完把崔猛叫出去，指給他看。

道士所指的那個人是趙家的兒子，名叫僧哥。趙家本是南昌人，因為鬧災荒沒有飯吃，跑到建昌來暫住。從此崔猛就開始結交趙家，請趙家人來自己家中教書，並給予豐厚的酬勞。僧哥十二歲的時候，來到崔家拜過崔母，與崔猛兩個人成為結拜兄弟。第二年春天，趙家人都回了家鄉，雙方也就斷了聯繫。

後來崔母的弟弟去世了，崔猛跟隨母親去弔唁舅舅。路上遇到幾個人綁著一個男子，又打又罵。

崔猛問路人才知道，原來之前有個大地主家的兒子某甲橫行霸道，他看到李申的妻子十分漂亮就打算搶走，但找不到理由。後來某甲讓僕人誘惑李申賭博，並借給李申高利貸，要他把妻子當作抵押。結果李申一晚上就欠了好多錢，半年以後，李申無法還債，某甲帶著好幾個人強行把李申的妻子搶走了。李申整日在某甲家門前大哭大鬧，某甲很生氣，就把他綁到樹上百般毒打，還逼李申寫下了「無悔狀」。

崔猛聽了之後，怒不可遏，催馬向前，看樣子又要動手。崔母拉開車簾喊道：「你又想殺人嗎？」崔猛聽了母親的話，只好作罷。

等到弔唁回來，崔猛還在為路上的事生氣。妻子問他，他也不說話。

當天晚上，某甲被人殺死，李申的妻子也赤身裸體死在床下。官府懷疑案件是李申所為，就將他抓捕歸案。衙役對李申用盡酷刑，李申始終不肯承認。過了一年多，李申屈打成招，被處以死刑。

此時崔母正好去世了，安葬了母親之後，崔猛告訴妻子說：「其實某甲是我所殺，以前因為老母親還在，所以不敢說出去。但現在母親的後事已經辦完了，我怎麼能因自己的罪過連累別人呢？我要去官府自首，以命償命。」妻子拉著他死活不讓他去。但崔猛還是去官府自首了。

縣令給他戴上刑具，關進大牢，並釋放了李申。李申卻不出獄，堅持自己受死。縣令一時難以決斷，就把兩個人都收押在大牢裡。

人們都譏諷李申太傻，李申說：「崔公子所做的事情是我想做但做不到的。他已經替我做了，我能看著他去死嗎？要是崔公子沒出來自首就好了。」於是李申堅稱人是自己殺的，與崔猛爭著認罪。

時間長了，官府裡的人也都知道了真實情況，強行把李申趕出去，判崔猛死刑，並且馬上就要行刑。正好刑部的恤刑官趙大人來到這裡查閱罪犯，看到崔猛的名字，就摒退外人，把他叫進來。崔猛進去，往堂上一看，原來正是以前的僧哥。崔猛心中悲喜交加，將事情如實說了一遍。僧哥猶豫了半天，還是將崔猛抓捕入獄，叮囑獄卒一定要好好照顧他。不久之後，崔猛因為自首依律減刑，被發配去雲南充軍。李申知道後，也跟隨他去了雲南。不到一年的時間，崔猛就被赦免了，他們回到了家中。

回到家鄉後，李申一直追隨崔猛，不肯離開。崔猛對他也很講義氣，不僅給他娶了老婆，又幫他置辦了房產。崔猛經過此次變故後，痛改前非，每每看到手臂上的刺青，就不由自主地哭泣。鄉鄰們再有什麼不平之事，李申都代崔猛推辭掉，不再告訴崔猛。

當地有位姓王的監生，家中十分富有，各地的地痞無賴經常在他家出入。縣裡的富裕家庭大多被他們搶過。只要別人稍有違背，就會有性命之憂。王監生的兒子也同樣貪淫暴虐。王監生有一位守寡的嬸子，他們父子都對她百般欺辱。王監生的妻子仇氏多次勸阻王監生，王監生不但不聽，還將她勒死了。仇家的兄弟們將此事告到官府，王監生就向官員行賄，反而把告狀的人抓了起來。仇家兄弟的冤屈無處伸張，就跑到崔猛那裡哭訴。但李申拒絕了他們，他們哭著走了。

幾天之後，有客人來拜訪崔猛。僕人正好不在，崔猛就讓李申給客人倒茶。李申一言不發地出去，對別人說：「我和崔猛是朋友關係。我跟著他充軍走了幾萬里路，不能說不周到吧？他不僅從來沒給過我報酬，還把我當作僕人，我真受不了。」說完十分氣憤地走了。

有人把這件事告訴了崔猛，崔猛對他的轉變很驚訝，但也沒有太過在意。李申忽然向官府告狀，說崔猛三年間不曾給他工錢。崔猛十分奇怪，就親自和李申對簿公堂，李申生氣地和他爭論。官府認為李申無理取鬧，把他趕走了。

又過了幾天，李申忽然半夜闖入王家，將王家父子連同王監生的嬸子全都殺了，並在牆上貼了張紙條，寫下自己的姓名。等到官府去追捕他的時候，他早已經逃得無影無蹤了。王家懷疑這件事是崔猛主使的，但官府並不相信。這時候崔猛才恍然大悟，原來李申之前告他就是擔心他受到連累。

官府四處通緝李申，到處追捕他。當時正好李自成起義造反，事情也就不了了之了。等到明朝亡了之後，李申帶著家人回到了老家，與崔猛還像以前那樣要好。

當時天下大亂，賊寇蜂擁而起。王監生有一個侄子名叫王得仁，把當年追隨他叔叔的無賴之徒都聚集到了一起，佔據山林，做了強盜，他們經常到附近的村莊燒殺搶掠。

有一天晚上，他們傾巢而出，來到崔家要為王監生報仇。當時崔猛正好外出沒在家，強盜打開崔家大門後，李申才發覺，他急忙跳到牆外，躲在暗處。強盜們找不到崔猛和李申，就抓了崔猛的妻子，搶走了所有的財物。

李申回去以後，發現家中只剩下一個僕人了。他非常憤怒，就把繩子砍成數十段，把短的交給僕人，長的自己拿著。他讓僕人翻過強盜的山寨，一直爬到半山腰，用火把繩子點燃，分散掛到荊棘上，然後立即返回。僕人答應之後就走了。

李申偷偷看到強盜們的腰間都綁著紅布，帽子上繫著紅絹，自己就模仿他們的裝束。當時有一匹老母馬剛生了一個小馬駒，強盜們就把它們丟在門外。李申把小馬駒拴好，自己騎上母馬，直奔強盜的山寨。當時強盜們佔據了一個很大的村莊，李申把馬拴在村外，自己翻牆進去。只見強盜們亂哄哄的，手裡都還拿著武器。李申偷偷問其中一個強盜，得知崔猛的老婆在王得仁的房間。

不一會，有人傳令，讓大家都去休息，強盜們一哄而散。這時忽然有人報告說東邊的山上著了火，強盜們都出門觀望，果然見有火光。剛開始只有一兩處，隨後就像天上的星星一樣多了。李申假裝著急地大喊：「東邊山上有敵人！」王得仁大吃一驚，披掛整齊帶領人馬衝了出去。李申找機會從隊伍裡跑了出來，轉身又回到了村子裡。他看到有兩個強盜正守著王得仁的帳篷，就騙他們說：「王將軍忘記帶佩刀了。」兩個強盜聽完就一起去找。李申跟在他們後面，一刀砍倒一個，另一個回頭來看，也被李申殺死了。李申趕忙背著崔猛的妻子跳牆出來。

他把馬解開，把韁繩遞給崔猛的妻子，說：「你不知道路不要緊，只要讓馬自己跑就行了。」母馬思念著自己的小馬駒，就拼命往回跑，李申在後面緊緊跟隨。出了一個山口之後，李申把自己身上帶的繩子全部點燃，掛在四處，然後就回家了。

第二天，崔猛回家，認為受了奇恥大辱，簡直氣瘋了，想單身匹馬踏平賊窩。李申趕緊勸阻了他。他把全村人都召集到一起商量，但村民們都很膽小，不敢回應。再三勸說，才有

李申把奸細的耳
朵割掉並放了他
們。

二十多個人敢去，但又沒有兵器。

這時，正好在王得仁的親屬家裡抓獲了兩名奸細，崔猛打算殺了他們，但李申不同意。李申讓那二十幾個人手持白木棍排好隊，然後在他們跟前把奸細的耳朵割掉並放了他們。大家埋怨說：「我們就這麼點人，本來就害怕強盜知道底細，現在反而把底細透露給他們，要是他們全部出動，那我們全村都保不住了！」李申卻說：「我正打算讓他們都出來呢。」隨後李申讓人把窩藏奸細的人殺掉了。

李申又派人外出，各自借來許多弓箭和火銃，又向官府借了兩門大炮。等到太陽落山之後，李申親自帶著精壯的男子來到山口，把大炮安放在要道上，又讓兩個人帶著火種埋伏起來，吩咐他們看見強盜就點著開炮。李申隨後又來到山谷東邊出口，把樹砍倒堆在山坡上。隨後，李申與崔猛各自帶著十幾個人埋伏在山谷兩邊。

一更天快過去的時候，遠遠地聽到馬的嘶叫聲，強盜們果真全部出動，一個挨一個，簡直絡繹不絕。等他們全都進入山谷之後，李申命人把砍掉的樹木從山坡推下去，阻斷他們的退路。隨後火炮轟鳴，喊殺聲震動山谷。強盜們落荒而逃，自相踐踏，亂作一團。退到了山谷東邊的出口之後，道路被阻斷，逃不出去，人馬擠在一起，沒有縫隙。這時候兩邊的火銃弓箭齊發，就像暴風驟雨一樣，山谷中盡是斷頭折足的強盜。最後他們只剩下二十多人，都跪在地上求饒。李申就讓人把他們綁起來押送回去。隨後又帶人乘勝攻打強盜的山寨。看守山寨的強盜們聞風而逃，李申等人繳獲了山上的全部輜重，凱旋而歸。

崔猛非常高興，詢問李申當初營救自己妻子時安排火繩的計謀。李申告訴他說：「在東邊布火，是擔心他們向西追擊。用短繩子，是想讓火快點滅掉，恐怕強盜發現那裡沒有人。隨後又在谷口用長繩布火，因為那裡十分狹窄，一個人就可以守住，即使強盜追過來，看到火光也肯定會害怕。不過這些全都是一時情急想出來的下策。」

把強盜押過來審訊，果然他們追到山谷看到火光就害怕得撤退了。這二十多個強盜全都被割掉鼻子和耳朵後釋放了。從此以後李申威名遠播，各處逃避戰亂的人都過來追隨李申，他由此組建了三百多人的地方武裝。各處的強盜都不敢侵犯他們，這一帶也因此而得到安寧。

# 第四十一回　陳錫九

陳錫九是邳州❶人，他的父親名叫陳子言，是縣裡的名士。有一個富翁周某仰慕陳子言的名聲，就讓自己的女兒與陳家的兒子陳錫九定了親。

陳子言多次參加科舉都沒能考中，家業逐漸蕭條，他就跑去陝西遊歷，好幾年沒有消息。周某開始後悔，便將女兒改嫁給王孝廉做繼室。王孝廉送來豐厚的聘禮，僕人車馬都很完備。周某因此更加厭惡陳錫九。他去詢問女兒的意思，沒想到女兒堅決不同意悔婚。周某十分生氣，給女兒穿上破爛的衣服，把她嫁給了陳錫九。

陳錫九家有時窮得揭不開鍋，但周某從不給予一點幫助。有一天，周某讓一個僕婦給女兒送飯。進門之後，僕婦對陳母說：「我家老爺讓我來看看我家小姐餓死沒有。」周家女兒怕婆婆羞愧，強顏歡笑把話岔開了。周家女兒又把飯菜擺在婆婆面前，準備讓婆婆吃。但僕

❶【邳（ㄆㄟˊ）州】位於今江蘇省徐州市邳州市。

婦卻制止她說：「用不著這樣！自從小姐到了這戶人家之後，他家連一杯溫水都沒給過。我覺得這婆婆也沒臉吃我們周家的東西。」陳母聽後氣得臉色都變了。僕婦還不服軟，繼續說著難聽的話。正在吵鬧的時候，陳錫九從外面回來了。他知道這件事後十分生氣，揪住僕婦的頭髮打了她幾個耳光，把她趕了出去。

第二天，周某來接女兒，周家女兒卻不肯回去。過了一天，周某帶了一群人來強逼女兒回家。周家女兒只能哭著拜別陳母，上車走了。幾天之後，周某又讓人來逼著要休書，陳母強迫陳錫九寫給了他。母子一心盼著陳子言回家，然後再想其他的辦法。結果周家有人從西安回來，說陳子言已經死了。陳母聽了悲痛而死。

陳錫九在悲痛窘迫中依然盼著妻子能夠回家。時間長了，希望越來越渺茫，陳錫九更加傷心氣憤。他把家裡僅有的幾畝田地賣了，用來給母親置辦喪事。等到把母親安葬完，陳錫九就沿路乞討到陝西，希望能夠找到父親的屍骨。到了西安以後，他四處尋訪當地居民，打探父親的消息。有的人說幾年之前有個書生死在了旅店裡，被埋葬在城東的郊外，現在連墳都找不到了。陳錫九沒有辦法，只能白天在街市上乞討，晚上在破廟裡過夜，希望能夠遇到知情之人。

一天晚上，陳錫九經過亂墳崗，被幾個人攔住了去路，要陳錫九還飯錢。陳錫九說：「我是個外地人，在城裡以要飯為生，什麼時候欠過別人飯錢呢？」那幾個人十分生氣，把陳錫九按倒在地上，打了一頓然後離開了。

過了一會兒，有一隊車馬經過這裡。車上的人見有人躺在地上，問道：「地上躺著的是什麼人？」隨後幾個人把陳錫九扶到了車子旁邊。車中的人忽然說道：「這是我的兒子啊！那些孽鬼怎麼敢這樣對我兒子！你們把他們全都給我抓來，一個都不許放走。」

陳錫九感覺有人拿掉了他嘴裡塞的破棉絮，他仔細一看眼前竟是自己的父親。他不禁失聲痛哭，說道：「兒子為了尋找父親的屍骨受盡苦難！你現在還在人世嗎？」陳子言說：「我並不是人，現在是陰間的太行總管❷。這次到這裡也是為了你啊。」陳錫九聽完哭得更傷心了。父親一直安慰他。

陳錫九哭著把家中的慘狀都告訴了父親。父親對他說：「不用擔心，你的新媳婦就在你母親的住處。你母親十分想念你，你可以去看看她。」於是陳錫九上了父親的車。

過了一會兒，他們到達了一處官府。下車之後，又走過兩道門，看到母親正在裡面。陳錫九非常難過，但父親不讓他哭。陳錫九又看到妻子正在母親旁邊，問母親：「我媳婦也在這裡，莫非她也死了？」陳母說道：「她沒有死，是你父親接來的，等你回家的時候再送她

❷【太行總管】陰間的冥官。太行指太行山。太行山位於今河北、山西交界處。古代傳說中仙界、冥界官員很多以山爲地域劃分職位。

回去。」陳錫九說道：「兒子留在這裡照顧父母，不想回去了。」陳母說道：「你千辛萬苦來到這裡，不是為了尋找父親的屍骨嗎？更何況你的孝行已經被天帝知道了，賞賜給你萬兩白銀。你們夫妻可以長相廝守，怎麼能說不回去呢？」

陳錫九聽完之後，只是低頭哭泣。父親多次催他快走，陳錫九反而哭得更厲害，嗓子都啞了。父親生氣地說：

父親對他說：「不用擔心，你的新媳婦就在你母親的住處。你母親十分想念你，你可以去看看她。」於是陳錫九上了父親的車。

「你還不快走！」陳錫九這才停止了哭泣，問父親埋葬在哪裡。父親拉住陳錫九說：「你趕快動身吧，我告訴你：離亂墳崗一百多步遠的地方，有一大一小兩棵白榆樹的地方就是我的葬身之處。」一說著就拉起陳錫九往前走。

大門外有個僕人已經拉著馬等著他們。陳錫九上馬之後，父親叮囑他說：「你平日住的地方有少量的銀兩，你拿去趕快置辦些東西回家。到家之後，向你岳父索要媳婦，他要是不給，你不要甘休。」陳錫九答應了父親就走了。

那匹馬跑得飛快，天亮的時候就到了西安。僕人把陳錫九扶下馬，陳錫九剛想拜託僕人回去後向父母致謝，卻發現人和馬都已經不見了蹤影。陳錫九找到之前住的地方，靠著牆休息，等著天亮。他坐的地方有塊拳頭大的石頭，等到白天一看，竟然是塊銀子。陳錫九就去買了棺材又雇了車馬，再到兩棵榆樹下面找到父親的屍骨，就回家了。

陳錫九安葬了父母後就去索要妻子。他怕自己勢單力薄，便帶著同族的哥哥陳十九一起前去。到了周家大門，看門的人不許他進。陳十九開始大罵。周某派人勸陳錫九先回去，說自己願意將女兒送回去，陳錫九聽他這麼說就回家去了。

當初女兒回娘家的時候，周某當著女兒辱罵女婿和陳母。女兒什麼話都不說，只是對著牆默默地哭泣。陳母去世的消息，周某都沒告訴女兒。周某得到休書之後，扔給女兒說：「陳家已經把你休了。」周家女兒回答說：「我從來沒有違背過夫君，為什麼要休我？」周某不由分說就把女兒關了起來。

後來陳錫九去了西安，周某騙女兒說陳錫九死了，想以此斷了女兒的念想。此消息一出，就有一位杜中翰來提親，周某立即答應了他。成親的日子定下來之後，周家女兒才知道父親的決定。她天天哭泣，不肯吃飯，奄奄一息。

周某正手足無措，忽然聽說陳錫九來了，並出言不遜，心想女兒馬上就死了，便把女兒送回陳錫九家。

陳錫九回到家裡，送周家女兒的人早就到了，但由於擔心陳錫九看到周家女兒不肯收留，進門之後，他們扔下周家女兒就回去了。左鄰右舍都替陳錫九發愁，大家商量著把周家女兒送回去。但陳錫九卻把周家女兒扶到床上。不一會兒，他的妻子就斷了氣。

陳錫九悲痛不已，此時周某的兒子帶著好幾個人拿著兵器闖進了陳家，又打又砸。陳錫九趕緊逃跑藏了起來，周家兒子又四處搜尋他。村裡人都很為陳錫九抱不平。陳十九糾集了十幾個人為陳錫九挺身而出，周家的兒子和幫凶都被他們打傷，抱頭鼠竄地逃走了。周某怒不可遏，就向官府告狀，要求抓捕陳錫九和陳十九等人。

陳錫九臨走還讓鄰居家的老太婆看護妻子的屍體。老太婆摸著女子的身體還有微熱，到跟前一看，眼睛還在微微轉動。沒過多久，他妻子竟然醒了過來。老太婆向官府報告了此事。縣令得知周某誣陷之後十分生氣。周某也很害怕，通過向縣令賄賂才得以免罪。

陳錫九回家之後，夫妻重逢，一時悲喜交加。之前周家女兒絕食，在床上蓋著被子躺著的時候，已經下定了必死的決心。忽然有人把她抓起來說：「你是我們陳家的人，快點跟我走，這樣你們夫妻還能夠再見面，否則的話就來不及了。」不知不覺中，周家女兒發現自己已經出門了，兩個人坐上轎子。周家女兒到了官府，看到公公婆婆都在這裡。周家女兒問道：「這是什麼地方？」陳母回答：「你不用問，到時候自然會送你回去。」

一天，周家女兒看到陳錫九來了，很是開心。但剛一見面就又分別，心中感到十分納悶。公公也不知道有什麼事情，過了好幾天也沒回來。但有一天晚上他忽然回來，對周家女兒說：「我現在正在武夷山，恐怕要晚回去兩天，沒有辦法保護你了。應當趕緊讓你回去。」於是就派車馬將周家女兒送了回去。周家女兒看到家中大門，就像做夢醒了一般。

陳錫九和妻子一起訴說之前發生的事情，兩人又驚又喜。從此以後夫妻團聚，但短時間內還是無法維持生計。

陳錫九在村子裡開設了一個私塾，同時自己發奮苦讀。他私下常念叨：「父親說天帝賜給我黃金，但現在還是一無所有，難道教書能夠升官發財麼？」

有一天，陳錫九從私塾回家碰見兩個人。他們上前問話，知道是陳錫九本人後，立即拿出鐵鍊把他綁了起來。眾人圍攏過來一起詢問那兩個人，這才知道是受到郡裡強盜的牽連。大家可憐陳錫九便籌錢給兩名衙役，讓他們好好對待陳錫九。

到了郡府之後，陳錫九把自己的家世都告訴了知府。知府驚訝地說：「這是名士的兒子，溫文爾雅，怎麼可能當強盜呢？」知府就讓衙役解除他身上的枷鎖，又嚴加審問強盜。強盜這才招供說是周某賄賂他，讓他們誣告陳錫九，知府聽後立刻派人去捉拿周某。

這知府是以前邳州縣令韓大人的兒子，也是陳子言的學生。知府贈送給陳錫九幾百兩銀子，讓他當作學習的費用，又送給他兩匹騾子來代步，讓他能夠時常到郡裡去學習。隨後韓知府還在各位高官中宣揚陳錫九的孝行，總制以下的官員都向陳錫九贈送了財物。陳錫九騎著騾子，平安回到家中。

一天，陳錫九的岳母哭著來到陳家，看到女兒之後就跪在地上不起來。周家女兒十分驚訝，問了母親才知道周某已經被抓進大牢了。周家女兒痛哭不止，怪罪自己，甚至想要尋死。陳錫九沒有辦法，就到郡裡為周某說情。韓知府讓周某自己花錢贖自己，並罰了他一百石的穀子，並將這些東西全都送給了陳錫九。

周某被放出來之後，從糧倉裡拿出糧食摻上秕糠，運到陳錫九家。陳錫九對妻子說：「你父親用小人的心思去猜測君子，還費心地往裡面摻雜秕糠，他怎麼知道我會接受這些東西呢？」陳錫九笑著拒絕了。

陳錫九家裡雖然有了一些家產，但院牆都壞了。一天晚上，一幫盜賊闖了進來。僕人發現之後趕緊大喊，最後只丟了兩匹騾子。

半年多以後的一個晚上，陳錫九正在讀書，忽然聽到敲門的聲音，詢問之後卻沒人回答。於是陳錫九讓僕人過去看看，剛一開門，兩匹騾子就跳了進來，正是之前丟的那兩匹。兩匹騾子直接跑到了馬棚裡，不停地出汗喘氣。陳錫九點了蠟燭過去看，發現兩匹騾子都馱著皮袋子，解開一看，裡面竟全是銀子。陳錫九十分奇怪，不知道銀子從何而來。

後來陳錫九聽說當天晚上有強盜去搶劫周某，搶了很多東西，剛走出周家就遇到官兵追捕，扔下東西逃走了。騾子認識之前的主人家，就直接跑到了陳錫九家裡。

周某從大牢裡出來之後，身上受的傷還沒有好，又遇到了強盜搶劫，得了一場大病去世了。周家女兒半夜夢見父親像囚犯一樣被綁著，走到自己面前說：「我這輩子的所作所為，後悔也來不及了。現在受到了陰間的懲罰，只有你公公才能幫我免除。請你幫我求求我的女婿。」

周家女兒醒來之後就哭泣不止，並把夢中之事告訴了丈夫。陳錫九本來就打算去太行山拜謁一下，於是當天就出門了。到了太行山之後，陳錫九準備了祭祀用的牲畜等物品，自己露宿在那裡，希望能夠見到父親。但一晚上沒有任何特別的事情發生，他也只能回去了。

周某死後，周某的妻子和兒子們越來越窮，全靠二女婿王孝廉救濟。後來王孝廉通過考試，被補授為縣令，但由於犯了貪污罪，全家都被發配到瀋陽充軍。周家母子更沒有依靠了，只有陳錫九還時常幫助他們。

# 第四十二回　于去惡

北平人陶聖俞是個很有名氣的讀書人。順治年間，他參加科舉鄉試，寄住在城郊。有一天，他出門時見一個人背著書箱在街上徘徊，像是還沒找到住處。陶聖俞走過去與那人攀談起來，那人的言語之中很有名士風采。陶聖俞就邀請他和自己一起住。客人也十分高興，帶著行囊到了陶聖俞的住處。

客人自我介紹：「我是順天府人，姓于，字去惡。」陶聖俞年紀略大，于去惡就拿他當兄長對待。于去惡不喜歡外出遊玩，經常一人獨坐在屋裡，但書桌上並沒有放任何書。陶聖俞不和他交談的時候，他就自己安靜地躺著。陶聖俞開始懷疑他，偷偷看了他的箱子，發現裡面除了筆墨紙硯沒有任何東西。陶聖俞感到奇怪，就詢問于去惡。于去惡笑著回答說：「我們讀書之人，難道要覺得渴了才開始挖井嗎？」

有一天，于去惡向陶聖俞借了一本書，然後關上門飛快地抄寫，一天的時間就抄了五十多張紙，卻沒看到他把抄寫的書按卷排好。陶聖俞悄悄偷看，發現于去惡每寫完一篇，就把

它燒成灰吃掉。陶聖俞覺得更奇怪了，就詢問他原因。于去惡說：「我用這個辦法代替讀書罷了。」於是他背誦起自己所抄寫的書，一會兒就背了好幾篇，竟然一字不漏。

陶聖俞大驚，懇求于去惡傳授自己這種方法，但于去惡始終不肯，最後他說：「兄長真是太不體諒我了。我不想說，是因為我心裡有話不能說，如果我貿然說了，我擔心會嚇著你，我能怎麼辦呢？」陶聖俞卻堅持說：「沒關係，你說吧。」

于去惡這才說：「其實我是鬼。現在陰間正科舉選官，七月十四日的時候奉命考簾官❶，十五日的時候士人們進考場考試，月底的時候張榜公布成績。」陶聖俞問道：「為什麼要考簾官呢？」于去惡說：「這是天帝的旨意，無論大小官員都要參加考試。文采好的人當內簾官❷任用。陰間也有各種神仙，就像是陽間有郡守、縣令一樣。現在做官得志的那些人，再也不會看過去的經典。對他們來說，那些書籍不過是年輕時謀取功名的敲門磚。門開了之後，他們就立即將它拋棄了。如果再掌管十幾年公文簿籍，就算原來是文學名士，心裡恐怕也沒剩下幾個字了吧？陽間之所以沒有才學的人當權，而英雄人物卻失意，就是因為缺少這種考

❶【簾官】指科舉考試的考官。由於公堂上的門有簾子隔著，所以當時的考官又分爲內簾官和外簾官，二者都被稱爲簾官。

❷【內簾官】主考及同考官爲內簾官，主要職責爲審閱試卷。

試。」陶聖俞十分認同于去惡的說法，也更加敬畏他了。

有一天，于去惡從外面回來，流露出憂傷之色。他感歎道：「我生下來就貧窮又卑賤，自認為死後就不會如此了。沒想到這霉運一直跟著我到了陰間啊。」陶聖俞就詢問他怎麼回事。于去惡說：「文曲星奉命到都羅國封王了，簾官考試也就取消了，由那些在陰間遊蕩多年的凶神惡鬼來主持考試，我們怎麼會有希望呢？」陶聖俞問他：「這些凶神惡鬼都有誰呢？」于去惡答道：「我說出來你也不認識，我只舉出一兩個你大概認識的吧，比如樂正師曠❸、司庫和嶠❹。我不想聽任命運的擺布，但也不能依靠文才進取，又沒有別的出路，不如算了吧。」于去惡說完悶悶不樂，準備收拾東西離開。陶聖俞不斷安慰他，這才留下他。

中元節的晚上，于去惡對陶聖俞說：「我要去考試了，天剛亮的時候，麻煩你在東郊點燃香燭叫三聲『去惡』，我就回來了。」陶聖俞打好酒，做好新鮮的飯菜等著于去惡。天亮後，陶聖俞就按照于去惡所交代的做了。沒過多久，于去惡帶著一個年輕人過來了。陶聖俞問這是誰，于去惡說：「這是我的好朋友方子晉，剛才我倆在考場中遇到了。他聽過你的名聲，想和你認識一下。」三人一起回到住處。

這位年輕人亭亭而立，儀態姿勢謙虛溫婉。陶聖俞特別喜愛他，就說：「子晉的作品應當是大快人意的。」于去惡說；「說來可笑，考試有七道題，子晉已經做了一半多了，仔細看過主考官的姓名之後，他就收拾好筆墨紙硯逕直走了，真是個奇人。」陶聖俞扇著爐子，給二人送上酒，繼續問道：「考試都有什麼題？于兄考中了吧？」于去惡回答說：「書藝、經論各一道，這是人人都能答出來的。策問是：『自古以來奸邪的人事就很多，這樣的風氣一直延續，到今天各種奸邪的事更是多得叫不出名字，不是十八層地獄能收盡的，也不是十八層地獄能容下的。有什麼辦法呢？有的人說應

沒過多久，于去惡帶著一個年輕人過來了。

❸【樂正師曠】樂正，古代宮廷中負責管理音樂的官員；師曠，春秋時的著名樂師。

❹【司庫和嶠（ㄐㄧㄠˋ）】司庫，古代管理財務的官員；和嶠，西晉名士。

當增加一兩層地獄，但是這樣就違背了天帝的好生之心。那麼應不應該增加？或者有別的辦法可以改變這個狀況？你們可以提出建議，不要有所隱瞞。』我的策問雖然寫得一般，卻說得很痛快。表的題目是《擬天魔殄滅，賜群臣龍馬天衣有差》，再就是《瑤台應制詩》、《西池桃花賦》這三種，我自認為考場中沒有人能和我比。」說完後高興得直鼓掌。方子晉笑著說：「現在你開心得很，過幾個時辰不哭才是男子漢呢。」

天亮後，方子晉要告辭離開，陶聖俞留他同住，他不答應，只約定晚上再來。但過了三天，方子晉都沒有來。陶聖俞讓于去惡尋找方子晉，于去惡卻說：「不用，子晉很誠懇，不是沒有信譽的人。」

太陽落山後，方子晉果然來了。他拿出一本冊子給陶聖俞，說道：「我失約三天，是因為我認真地抄錄了以前的一百多篇習作，希望你能一一評點。」陶聖俞粗略看過一兩首之後，就把這本冊子收到了竹箱裡。兩人相談甚歡，方子晉就留宿下來。

一天晚上，方子晉慌慌張張地走來，向陶聖俞說：「陰間已經放榜了，于兄沒有考中啊！」于去惡本來躺在床上，聽到這話突然坐起來，痛哭不止。兩個人安慰了半天，他才止住淚水。

方子晉說道：「聽說大巡環❺張桓侯要來了，我擔心是沒考中的人亂說的。」于去惡聽到這話才高興一點，說：「桓侯張翼德，三十年巡視一遍陰間，三十五年巡視一遍陽間，陰陽兩界的不平之事都等著他去消除呢。」說完，于去惡起身拉著方子晉走了。

兩天之後，于去惡與方子晉才回來。方子晉高興地對陶聖俞說：「你還不祝賀于兄嗎？前天晚上，桓侯張翼德到了陰間，把陰間的榜都撕了，榜上原來的名字只留了三分之一。他又重新看了一遍剩下的試卷，很欣賞于兄的文章，推薦他當南巡海使，一會兒就會有車馬來接他了。」

陶聖俞聽了十分高興，立刻命人擺下酒席來祝賀。酒過數巡，于去惡問陶聖俞：「你家裡還有沒有空閒的房子？子晉很孤單，又沒有故鄉。我也不忍心突然將他託付給陶兄。我想借一間房子給他住。」陶聖俞高興地說：「這太好了。就算沒有多餘的房子，和我睡一張床也沒事。不過我家中的父親很嚴厲，我要先稟告一聲。」于去惡說：「我一看就知道您父親大人慈祥敦厚，可以依靠。陶兄馬上就要參加考試了，子晉如果不能再等的話，自己先去如何？」陶聖俞讓他在旅店一起住，等考完了再一起回去。

第二天，天剛黑時就有車馬來接于去惡就任。于去惡起身，握著陶聖俞的手說道：「從此之後咱們就要分別了。我本想告訴你一句話，但又怕影響你上進。」陶聖俞問：「你想說什麼？」于去惡說：「你的命運多舛，生不逢時，你得經過三次科考才有考中的可能。」陶

---

❺【大巡環】虛構的官名，取其巡迴視察之意。

聖俞聽了這話，立刻就洩了氣。于去惡又說：「不要沮喪，這都是上天注定的。就算明明知道不可能，也要盡力而為。」他又看著方子晉說：「你不要在此久留，今天是個吉日，現在我就用車送你回去，我自己騎馬去上任。」

方子晉走後，陶聖俞三場考試考完，心中很不滿意，就趕忙回家了。到家之後，陶聖俞向家人問起方子晉，卻沒有人知道這個人。他又向父親說了這件事，父親高興地說：「要是這樣的話，那客人早就到了。」

之前的一天，陶父白天睡覺，夢到有車馬停在了自己家門前，有一位俊美的少年從車裡出來，到堂中拜見陶父。陶父很驚訝，就問少年為何而來。少年說：「我大哥答應借給我一間房子，因為他要考試，不能一塊兒回來，所以我自己先到了。」說完之後，又進去拜見陶母。陶父正打算婉拒，家中的老僕婦報告說：「夫人生了一位公子。」陶父一下子就醒了過來，發覺原來是一場夢，心裡覺得十分奇怪。今天陶聖俞所說與夢境正好相符，這才知道這個孩子是子晉轉世的。陶家父子十分高興，就給他起名為小晉。

小孩出生的當天夜裡一直不停地哭鬧，母親十分苦惱。陶聖俞說：「如果這孩子是子晉的話，看到我肯定就不哭了。」當地的風俗很忌諱小孩看到陌生人，所以母親不讓陶聖俞去見孩子。後來家人實在受不了小孩的哭鬧，就把陶聖俞叫了過去。陶聖俞哄他說：「子晉別哭了，我來了。」當時小孩正哭得很凶，但聽到陶聖俞的話之後，立刻就止住了哭聲，盯著陶聖俞看，就像是認識一樣。陶聖俞摸了摸小孩的頭就離開了。從此以後小孩半夜再也不哭鬧了。

幾個月之後，陶聖俞都不敢見這個小孩了。因為小晉一見陶聖俞就讓他抱著自己。陶聖俞一走他就不停地哭鬧。陶聖俞也十分喜歡小晉。

小晉四歲就離開母親，和哥哥陶聖俞一起睡。哥哥要是外出，他就一直等哥哥回家。哥哥在床上教他讀詩，他也能帶著童聲背下來，一晚上就能背誦四十多行。陶聖俞又教給他以前子晉留下來的文章。小晉十分喜歡讀，念過一遍就能背下來。而其他人的文章他就記不住了。等到小晉八九歲的時候，長得眉清目秀，和當年的子晉簡直一模一樣。

後來陶聖俞參加了兩次科舉考試，但都沒能考中。丁酉年，考場舞弊的事情被查了出來，許多簾官被殺頭或充軍，科舉考試得以整肅，這正是大巡環張翼德的功勞。陶聖俞終於考中了副榜，不久成為貢生。但陶聖俞對功名富貴失去了興趣，便隱居在家裡教弟弟讀書。他曾經對別人說：「能與弟弟相伴，就算讓我當翰林❻我也不去。」

---

❻【翰林】指皇帝的文學侍從官，負責起草詔書等工作。

# 第四十三回　鳳仙

平樂[1]人劉赤水從小就聰明伶俐，十五歲時進入郡學讀書。但由於父母去世早，他沉迷遊蕩，荒廢了學業。雖不富裕，他卻喜歡裝飾，所用的被子和床都十分精美。

有一天晚上，劉赤水被人叫去喝酒，忘記吹蠟燭就走了。喝了一會兒酒之後，他才想起沒有熄滅燭火，趕緊趕回家。還沒進門，劉赤水聽到屋子裡有人悄悄說話，偷偷一看，發現自己床上有一對男女。

他知道兩個人是狐狸精，也不害怕，進屋大喊一聲。那兩個人抱著衣服光著身子慌慌張張地跑了出去，結果落下一條紫色的褲子，腰帶上還繫著針囊。劉赤水把它藏在了被子裡。

過了一會兒，一個頭髮亂糟糟的丫鬟從門縫裡進來，向劉赤水索要褲子。劉赤水笑著向她要報酬。丫鬟說可以給他美酒，劉赤水不要。丫鬟又說給他銀子，劉赤水也不要。最後丫鬟只好走開了。

不一會兒，丫鬟又回來了，說道：「剛才大姑娘說了，只要你把褲子還給我們，就送你

一個好媳婦作為報答。」劉赤水問：「那個大姑娘是誰啊？」丫鬟說：「我們家姓皮，大姑娘的小名叫八仙，她的丈夫是胡公子。二姑娘叫水仙，嫁給了富川的丁大官人。三姑娘叫鳳仙，比前兩個姑娘還漂亮，世上還從沒有不喜歡她的人。」劉赤水擔心對方說話不算數，提出等好事有消息了再還給她。丫鬟回去之後，又回來說道：「大姑娘讓我給您帶話說，好事哪能那麼快就成呢？剛才把這事和她一說，反而被她埋怨。希望你能夠多等幾天，我們可不是說話不算的人。」聽她這樣說，劉赤水就把褲子還給了她。

幾天過去了，都沒有任何消息。一天，天已經有點黑了，劉赤水從外面回到家裡，關上門剛剛坐下，兩扇門忽然自己開了。有兩個人用被子抬著一個女子，用手抓著四個角進來了，說道：「我們把新娘子送到了。」說完把女子放到床上就走了。

劉赤水走近一看，發現那個姑娘還沒有睡醒，身上有酒氣，臉蛋醉得紅撲撲的，漂亮極了。劉赤水十分高興，幫那姑娘脫掉衣服。這時姑娘已經有點醒了，睜開眼睛看到劉赤水，但四肢卻不受控制，無奈地說：「八仙出賣我啊！」

劉赤水親密地抱住姑娘，姑娘說：「那個丫頭真不要臉，自己玷污了別人的床鋪，卻拿我來換褲子。我一定要報復她！」從此之後，鳳仙每天晚上都來，兩個人感情很好。

---

❶【平樂】今廣西壯族自治區桂林市平樂縣。

一天，鳳仙從袖子裡拿出一枚金釧，說：「這是八仙的東西。」又隔了幾天，鳳仙懷裡抱著一雙繡鞋過來，鞋上面嵌著珍珠，繡著金線，做工十分精巧，並叮囑劉赤水一定要使勁宣揚這件事。劉赤水就向他的親朋好友使勁炫耀誇讚這雙鞋，想看這雙鞋得先給酒錢，從此之後劉赤水就把它們當寶貝藏著。

有一天晚上，鳳仙過來向劉赤水告別。她說：「由於繡鞋的事，姐姐十分恨我，想要帶著家人離開這裡去遠方。」劉赤水非常憂慮，就想把鞋還給她。鳳仙卻說：「不用還給她。她正以此要脅我，如果還給她，正中了她的奸計。」劉赤水又問：「你不能自己留下來嗎？」鳳仙說：「我父母離這裡很遠，我家十幾口人，全靠胡公子維持。如果我不去，恐怕會被長舌婦說閒話。」這以後，鳳仙就沒有出現過。

劉赤水很想念鳳仙。一次，他在路上偶然遇到一個女子騎著馬往前走，一個老僕人牽著馬從劉赤水的身邊經過。那個女子回頭掀開面紗偷偷打量他，劉赤水看到她的面容十分美麗。過了一會兒，一個年輕人從後面趕上來，問劉赤水：「那女子是什麼人啊？好像很漂亮。」劉赤水便誇讚那女子的美貌。年輕人拱了拱手，笑著說：「你太過獎了！那是我的妻子。」劉赤水很不好意思，趕緊向他道歉。年輕人說：「這有什麼妨礙？不過南陽的諸葛三兄弟，你已經得到了臥龍，其餘的也沒什麼值得一提。」劉赤水十分不解。年輕人又說：「難道你不認識偷偷在你床上睡覺的人了嗎？」劉赤水這才明白，原來這個年輕人就是胡公子。於是兩個人暢談連襟的情誼，互相開著玩笑。胡公子說：「岳父剛剛回來，我要去拜見一下，你要不要和我一起去？」劉赤水十分高興，就和他一起去了縈（ㄧㄥˊ）山。

山上有之前縣裡人逃避戰亂的宅院，八仙從馬上下來就進去了。過了不一會兒，有幾個人出來迎接，說道：「劉官人也來了啊。」劉赤水與胡公子一起進門拜見岳父岳母。座上有一個早到的年輕人，衣著十分華麗。岳父介紹道：「這是富川的女婿丁公子。」劉赤水與他互相行禮坐下。

大家一起宴飲談笑，十分開心。岳父說：「今天三個女婿齊聚，可說是個不錯的聚會。現在也沒有外人，把姑娘們叫出來，大家團圓一下。」沒過一會兒，三姐妹都出來了。岳父讓僕人給她們安排座位，各自挨著自己的丈夫。八仙看到劉赤水，只是捂著嘴笑。鳳仙則與劉赤水開著玩笑。水仙的容貌比這兩位稍差，卻十分沉穩溫順，大家都暢談歡笑，她卻不過是端著酒杯微微含笑罷了。屋子裡熱熱鬧鬧，香氣撲鼻，大家喝得十分開心。

劉赤水看到床頭上擺著的樂器很齊全，便選了一支玉笛，請求表演一曲為岳父祝壽。岳父很高興，便讓會演奏的人各選樂器一同表演。大家都搶著去拿樂器，丁公子和鳳仙兩人卻沒有去。八仙說：「丁公子不懂聲樂，可以不拿，你怎麼也空著手呢？」說完，把拍板扔給了鳳仙。

各種樂器演奏起來，岳父十分喜悅，說道：「今天我算享受到天倫之樂了！女兒們都能歌善舞，給大家表演一下如何？」八仙起身拉著水仙說：「鳳仙一直特別愛護她的嗓子，我們不敢麻煩她。我們兩個人唱一首《洛妃》❷吧。」

兩個人歌舞完畢，一個丫鬟用金盤端著水果進來，大家都不知道水果的名字。岳父說道：「這是從真臘❸國帶來的，叫做『田婆羅』果。」說完，就拿著幾枚果子送到了丁公子面前。鳳仙不高興地說：「難道因為女婿的貧富而偏心嗎？」岳父冷笑了一下，沒有答話。八仙說：「父親不過是覺得丁公子是外縣的人，所以把他當客人看待。要是論年齡的大小，難道只有鳳仙妹妹有個拳頭大的窮酸女婿嗎？」但鳳仙始終不高興。她脫下精美的服飾，把鼓拍交給丫鬟，唱了一折❹《破窯》，唱得聲淚俱下。唱完之後，鳳仙一甩袖子就走了，一桌子人也因此悶悶不樂。八仙說：「這丫頭還像過去那樣任性。」忙去追她，但鳳仙已經不知道去哪兒了。劉赤水感覺很丟臉，也與大家告別，獨自回家去了。

半路上，劉赤水看到鳳仙正坐在路邊等他。鳳仙對他說：「你是個男子漢大丈夫，怎麼就不能為老婆爭口氣呢？書中自有黃金屋，你好好用功吧。」鳳仙又抬起腳說：「出門的時候太著急了，荊棘把鞋都刺破了。我以前送給你的東西，帶在身上沒有？」劉赤水就把繡鞋拿了出來。鳳仙拿過繡鞋要換上，劉赤水卻要她穿破的那雙。鳳仙笑著說：「你真是不知羞恥！如果你想要一件東西表達愛意，那我倒有一個東西可以送給你。」說完，鳳仙拿出一面鏡子交給劉赤水，說道：「如果你想要見我的話，就去書中尋找。否則的話，咱們就再也不能相見了。」說完之後，鳳仙就不見了。

劉赤水懊惱地回到家中，拿出鏡子一看，發現鳳仙正在鏡子裡背對著他，離他有一百步遠。他想起鳳仙的叮囑，就謝絕賓客，用功讀書。過了幾天，劉赤水發現鏡子裡的鳳仙正面對著他，嬌滴滴地好像在微笑。他十分想念鳳仙，只要一沒人就拿出鏡子看著裡面的鳳仙。一個多月以後，劉赤水努力進取的心逐漸淡了，又開始整日遊玩，連家都不回。這樣一來，鏡子裡的鳳仙變得滿面愁容。第二天再看的時候，鳳仙已經像最開始那樣背對他了。劉赤水這才明白，鳳仙是生氣自己荒廢了學業。於是劉赤水又關上門用功讀書，從早到晚都不停歇。

又過了一個多月，鏡子裡面的鳳仙又重新面對著他。從這以後，劉赤水便把鏡子掛起來，就像對待老師一樣。這樣堅持了兩年，他終於在科考中一舉中第。劉赤水高興地說：「今天我終於有臉面對鳳仙了。」於是劉赤水抱起鏡子，只見鳳仙彎彎的眉毛，微露的牙齒，笑容十分招人喜歡，就像在眼前一般。只聽鏡子裡面的鳳仙笑道：「人們說的『影裡情

---

❷【洛妃】宓妃，傳說中掌管洛水的女神。

❸【眞臘】古國名，位於今柬埔寨境內。

❹【折】戲曲名詞。元、明雜劇劇本中的一個段落。

郎，畫中愛寵』，就是今天這樣吧。」劉赤水驚喜地發現鳳仙已經站在了他的身後。他拉住鳳仙的手，問岳父岳母是否別來無恙。鳳仙說道：「我從那次告別以後就沒有再回過家，而是住在山洞裡，好與你一起分擔痛苦。」

劉赤水到郡中去赴宴，鳳仙請求和他一起去。他們坐著一輛車去，對面的人都看不到鳳仙的身影。回家之後，鳳仙私下和劉赤水商量，假裝她是劉赤水從郡裡娶回的媳婦。這樣鳳仙才開始出來見客人並操持家務。人們只是驚訝於鳳仙的美麗，並不知道她其實是狐狸精。

劉赤水是富川縣令的學生，一次前去拜見縣令，路上遇到了丁公子。丁公子十分熱情地邀請他到家裡作客，告訴他說：「岳父與岳母最近又搬家了，我妻子回娘家，最近要回來了。你應當寄信過去問候一下，也好讓他們祝賀你考中啊。」

起初劉赤水以為丁公子也是狐狸精，但仔細詢問了他的家世之後，才知道丁公子原來是富川富商之子。幾年前一天晚上，丁公子從別墅回家，正遇到水仙一個人在路上走。丁公子看見了水仙的美貌，就忍不住偷看她。水仙便請求坐丁公子的車馬一起走。丁公子十分高興，把她帶回自己的書房。看到水仙可以從窗戶的縫隙進屋，丁公子才知道水仙原來是狐狸精。水仙對他說：「公子不要懷疑，我是認為公子誠實穩重，才願意託付自己的終身的。」丁公子十分喜愛水仙，竟然再也沒有娶妻。

劉赤水回家後，借了富貴家族的大宅，為客人準備休息的地方。整個院子都打掃得十分

劉赤水高興地說：「今天我終於有臉面對鳳仙了。」於是劉赤水抱起鏡子，只見鳳仙彎彎的眉毛，微露的牙齒，笑容十分招人喜歡，就像在眼前一般。

乾淨，卻發愁沒有帳幔。但一天之後再看，發現所有的用具都煥然一新了。過了幾天，果然來了三十多個人。他們帶著錦旗與禮品，車馬絡繹不絕，把道路都擠滿了。劉赤水向岳父、丁、胡兩位公子行禮，帶著他們進了客房。鳳仙則帶著岳母與兩位姐姐進入了內屋。八仙說：「ㄚ頭，你現在富貴了，不再抱怨你的媒人了吧？金釧和繡鞋還在嗎？」鳳仙找了一下，將金釧和繡鞋交給了八仙，說道：「鞋還是那雙鞋，但被幾千個人看破了。」八仙拿著鞋打她後背，說道：「真該好好打你一頓，竟然把鞋子放在劉郎那裡。」說完，就把繡鞋扔在火堆裡燒了，並祝願道：「新時如花開，舊時如花謝；珍重不曾著，姮（ㄏㄥˊ）娥來相借。」

水仙也代為祝願說：「曾經籠玉筍，著出萬人稱；若使姮娥見，應憐太瘦生。」

鳳仙撥了撥火，也說道：「夜夜上青天，一朝去所歡；留得纖纖影，遍與世人看。」

然後，鳳仙就把繡鞋的灰捻在盤子裡，堆成了十幾份，看到劉赤水來了，就把這些灰送給了劉赤水。只見盤子裡已經全都是繡鞋，與過去的款式一模一樣。八仙趕緊走過來，把盤子推到地上。地上還剩下一兩雙鞋，八仙又俯下身子一吹，鞋才不見了。第二天，丁公子說自己路途遙遠，所以他們夫婦就先回去了。八仙喜歡和妹妹一起，岳父與胡公子催促了她幾次之後，她才出來和大家一起走了。

岳父他們剛來的時候，裝飾和隨從都很有氣派，圍觀的人多得就像趕集一樣。其中有兩個強盜看到了美人之後，商量著在半路打劫。看到他們出村以後，就在後面尾隨。但離著不到一尺遠的距離，無論馬跑多快都追不上。到了一個地方之後，兩邊的懸崖夾著一條小道，車馬走得稍微慢了，強盜就追了上去，把人們都嚇跑了。

強盜下馬把車簾打開，發現裡面坐著一個老婦人。正懷疑是不是誤劫了美人的母親，還沒明白怎麼回事就被抓住了。強盜仔細一看，哪裡有什麼懸崖，而是平樂縣城的城門。車子裡坐的是李進士的母親，正從鄉下回縣城。另一個強盜之後也到了，被砍斷馬腿之後也被抓住了。看門的士兵把他倆押送到知府面前，一審訊就認罪了。審問強盜之後，發現他就是當時逃脫的一名大盜。

第二年春天，劉赤水考中進士。鳳仙擔心會招來災禍，推辭了所有親戚朋友的祝賀。劉赤水也沒有再娶妻。直到他當了部郎[5]，才又納了一個妾，生了兩個兒子。

---

❺【部郎】部，指吏、户、禮、兵、刑、工等中央六部；部郎，泛指部裡的官員。

# 第四十四回　小梅

蒙陰[1]人王慕貞是世家子弟。一次他在江浙遊玩時，看到一個老婦人在路上哭，就上前詢問原因。老婦人說：「我丈夫就只留下一個孩子，但現在卻犯了死罪，不知道誰能救他一命啊？」

王慕貞向來十分慷慨，就出錢從中周旋，最後使犯人得以免罪。犯人出來之後，聽說是王慕貞救了自己，他便到王慕貞住的旅店來拜訪他，滿含熱淚對他表示感謝。王慕貞說：「我救你並沒有別的原因，不過是可憐你母親年老罷了。」那人聽了大吃一驚，說道：「我母親很早就去世了啊！」王慕貞聽了也十分驚訝。

到了晚上，那老婦人來找王慕貞道謝，王慕貞怪罪老婦人騙他。老婦人說：「實不相瞞，我其實是東山的狐狸精。二十年前曾與此人的父親有過一段情緣，所以不忍心讓他絕後啊。」王慕貞對老婦人肅然起敬，還想再繼續追問，老婦人卻已不見了蹤影。

王慕貞的妻子十分賢慧，又虔誠信佛，從來不吃葷腥也不飲酒。她收拾了一間乾淨屋子，

裡面掛著觀音的畫像，每天焚香禱告。觀音也特別靈驗，經常在夢裡告訴她如何趨利避害。

後來王妻生了病，病重之後，把床也搬到了那間屋子裡，又新添了錦繡被褥在屋子裡，並將門封上，好像在等誰到來。王慕貞十分疑惑，但妻子病情嚴重，也不忍心打擾，就沒有多問。

王妻臥病在床兩年，很討厭吵鬧，經常摒退下人，自己一個人睡。王慕貞偷偷去聽，好像妻子在和人說話，但打開門一看，卻什麼人都看不到。

王妻生病的時候沒有別的憂慮，當時她有一個十四歲的女兒，就每天催著準備嫁妝讓女兒嫁人。女兒出嫁以後，她將王慕貞叫到床前，拉著他的手說：「現在我要和你告別了！我剛生病的時候，菩薩告訴我，我命中本該很快就死，但由於小女兒還沒有出嫁，我心裡放不下，所以菩薩賜給我一些藥，讓我多活些時日。去年菩薩要回南海，把書案前的侍女小梅留給了我來服侍我。我現在就要死了，又沒有生養兒子。我十分憐愛保兒，擔心你會娶一個凶悍的妻子，讓他們母子無家可歸。小梅溫柔賢淑，你可以娶她當繼室。」

原來王慕貞有一個小妾，生了一個兒子名叫保兒。王慕貞覺得妻子的話太荒唐，就說：「你一向敬仰神仙，現在說出這話來，不是褻瀆了神靈嗎？」妻子回答說：「小梅照顧我一

❶【蒙陰】今山東省臨沂市蒙陰縣。

年多，我們就像一個人一樣，她已經答應了我的請求。」王慕貞問：「小梅在哪裡呢？」妻子說：「不就在屋子裡嗎？」王慕貞還想再詢問妻子，但她已經閉上眼睛，斷氣了。

晚上王慕貞守靈，聽到屋子裡隱約有哭聲，心裡十分害怕，懷疑是鬼魂作怪。於是他把丫鬟們都叫來，用鑰匙打開門，發現裡面是一個十六歲的美麗姑娘，正在屋裡穿著孝服哭泣。原來她正是王妻的侍女小梅。

王慕貞說：「如果我去世的妻子說得沒錯，就請你上堂來接受兒女的拜見。如果你不同意的話，我也不敢多想，以免給自己增添罪過。」於是小梅羞澀地走出來，登上了大堂的北面。王慕貞讓丫鬟們為她擺下朝南的座位，王慕貞先拜，小梅也向他回拜。隨後就按照長幼尊卑的順序，依次叩拜，小梅端莊地坐在那裡接受叩拜。只有當小妾過來的時候，她才拉小妾起來。

自從王妻臥病在床後，家裡的丫鬟和僕人們都越發懶惰，而且經常偷竊家中的財物，家裡的事務很久沒有人打理。眾人參拜完後都恭敬地排隊等著。小梅說：「我感念夫人的盛情，這才在人間停留。夫人又把大事託付給我，你們應該洗心革面為主人效力。之前的過錯我既往不咎，要是以後誰還敢犯的話，可千萬別怪我不留情面。」大家往座位上一看，小梅真如畫像中的觀世音一般，所以僕從們聽到這話都十分害怕，趕緊齊聲答應。小梅開始安排夫人的喪事，一切都處理得井井有條。從此以後，家裡所有的僕人再也不敢偷懶了。

小梅每天忙裡忙外操持家務，王慕貞一旦有事都會與她商量後再行事。但小梅和王慕貞雖然每天見到好幾次，卻從來不說一句悄悄話。等到夫人安葬以後，王慕貞想要履行之前的約定，但又不敢直接和小梅說，就讓丫鬟給小梅帶話。小梅說：「我受到夫人的囑託，當然義不容辭。但娶妻這種大事不能太馬虎。世交的伯父黃先生，身分尊貴，品德高尚，你去請他來主持婚禮，其他的我都依你。」

當時沂水的黃太僕從官位上退休後在家隱居。他與王慕貞的父親是朋友，交往最為親密。王慕貞親自去拜訪他，並把實情都告訴了他。黃太僕也覺得很奇怪，就隨王慕貞一起回去了。小梅聽說之後，趕緊出來參拜黃太僕。黃太僕看到小梅之後，吃驚地以為她是天上的仙女，努力推辭。他送了很豐厚的賀禮，等他們的結婚儀式結束之後，黃太僕才走。小梅經常送給黃太僕一些枕頭鞋子等日常物品，就像侍奉舅舅姑姑一樣侍奉黃太僕。從此以後，兩家的交往更加親密了。

成親之後，王慕貞始終把小梅當神仙看待，還時常問小梅菩薩的生活。小梅笑著說他：「你真是太傻了，怎麼會有神仙下凡成親呢？」王慕貞便追問她的由來。小梅說：「你不用過多追問，既然把我當作神仙，就每天供養我，肯定不會有什麼壞處的。」

小梅對待下人十分寬容，和他們說話總是和顏悅色。但是下人們打鬧時，遠遠地看到小梅，就不敢再說話。下人們每天都在她身邊侍奉，能夠看見她的舉止和平常人一模一樣，所

小梅把孩子抱出來，讓黃太僕起名，然後又問小孩的凶吉。

以流言也逐漸平息了。不管多麼頑劣的下人，王慕貞多次懲戒都不管用的，小梅批評過之後立刻就會改正。他們都說：「自己也不知道為什麼，也不是害怕她。但看到她的樣子，就不忍心違背她的意願。」從此以後，王慕貞家中日益殷實起來。

又過了幾年，王慕貞的小妾又生了一個女兒，小梅也生了一個兒子。兒子生出來之後，左胳膊上有一個紅點，所以就把字起為小紅。小孩滿月的時候，小梅又讓王慕貞擺下盛宴去請黃太僕。黃太僕贈送了豐厚的賀禮，卻推辭自己年邁，不能走遠路。小梅就派了兩個老婦人強行去請黃太僕。

小梅把孩子抱出來，讓黃太僕起名，然後又問小孩的凶吉。黃太僕笑著說：「這個紅點是喜紅，可以再加一個字，就叫喜紅。」小梅十分高興，忙向黃太僕叩謝。當天院子裡全都是打鼓奏樂的聲音，來祝賀的有權勢親屬就像趕集的人一樣多。黃太僕在這裡停留了三天才回家。

有一天，王家大門外忽然來了車馬要接小梅回娘家。過去十幾年，小梅和娘家人沒有聯繫，大家都很奇怪。小梅化好妝，把兒子抱在懷裡，讓王慕貞去送她。

走了二三十里以後，路上已經沒有行人了，小梅讓馬車停下，讓王慕貞下車騎馬。她摒退下人，對王慕貞說：「王郎啊王郎，咱們相會的日子短，離別的日子卻很長，可以算是很傷感了。」王慕貞很吃驚，就問她原因。小梅說：「你以為我是什麼人呢？」王慕貞回答：「不知道。」小梅又說：「你在江南救過一個死刑犯，有沒有這回事？」王慕貞說：「有。」小梅說：「在路上哭的老婦人就是我的母親，她感激你的義氣想報答你。現在我有幸生了這個孩子，這個心願也算得到了滿足。但是你的霉運就要來了，這個孩子要是在家，恐怕不能養大，所以我才帶走他。你一定要記住：如果家中有人去世，就在第二天早晨雞剛叫的時候，到西河的柳堤上等著。看到有個挑著葵花燈的人，你就哀求於他，這樣你的災難便可免除了。」王慕貞記了下來，然後又問小梅什麼時候回來。小梅說：「我沒辦法確定。如果你能牢記我所說的話，咱們再見面的日子不會太久。」要分別的時候，兩個人拉著彼此的手，十分傷心。隨後小梅坐上車子，像風一樣消失了。

過了六七年，王慕貞沒有收到任何有關小梅的消息。不久當地就鬧起了瘟疫，很多人都因此而死。王慕貞家裡的一個丫鬟生病三天後也病死了。王慕貞想著小梅之前的囑咐，對這件事情十分上心。但他當天與客人喝酒，喝多了就睡著了。等到醒的時候正好聽到雞叫，王慕貞趕緊起床跑到柳堤上，看見還有燈火閃爍，那人才剛剛過去。他趕緊去追，兩個人只相隔百步左右，卻越追越遠，慢慢就看不到了。不久後王慕貞也染了瘟疫，沒多久就去世了。

王慕貞的族人裡無賴很多，他們一起欺負王慕貞家裡的孤兒寡母，明目張膽地搶奪他家田地裡的糧食樹木。王慕貞家因此一天天衰敗下去。一年以後，保兒也死了，家裡更沒有作主的人了。族人更加蠻橫，他們瓜分了王慕貞家的地產，還把牛馬等牲畜也都搶走了，甚至還打算瓜分王慕貞的宅院。他們看到小妾還住在院子裡，就派了好幾個人來，想要強行賣掉。小妾可憐自己的小女兒，母女二人抱著哭泣，十分淒慘，見到的人無不痛心。

這時小妾忽然聽到門外有人來了，她過去一看，正是小梅帶著兒子從車裡出來。小梅看著四周紛亂的人群，問道：「這些都是什麼人？」小妾哭著把事情都告訴了她。小梅聽完以後臉色大變，立刻把跟隨的僕從都叫過來，把大門關上並鎖住。族人還想反抗，但不知怎的手腳卻都沒了力氣。小梅讓人把他們都綁了起來，拴在走廊的柱子上，每天只給三碗稀粥喝，同時派一個老僕人跑到黃太僕家裡將此事告訴他。然後小梅一進屋裡就開始傷心地哭起來。

哭完之後，小梅對小妾說：「這些都是上天注定的。我本來打算上個月回來，但正好母親生病耽擱了，所以現在才過來。沒想到轉眼之間就破敗成這樣。」她又問起過去的丫鬟僕人們，才知道都被族人們搶走了，小梅更加難過。第二天，丫鬟僕人們聽說小梅回來了，都偷偷跑了回來，大家見面之後都哭成一團。

被綁住的族人叫嚷這個兒子並不是王慕貞親生的，小梅也沒有和他們爭辯。等到黃太僕到來之後，小梅就帶著兒子出門迎接。黃太僕握住孩子的手臂，看到紅色的胎記依然清晰，就把它指給大家看，證明孩子確實是王慕貞的親生兒子。然後黃太僕又仔細檢查了丟失的財物，並全都登記在冊子上，親自去拜訪縣令。

縣令命人將那些無賴都抓了起來，每人打了四十大板。沒過幾天，那些被搶走的田地和牲畜又都物歸原主。

黃太僕要回去了，小梅帶著兒子哭著給他叩拜致謝，說：「我並不是凡間的人，叔父早就知道。現在我就將他委託給叔父了。」黃太僕說：「只要老夫還有一口氣，肯定會盡力幫他安排。」

黃太僕走後，小梅將家裡都安頓好，就把兒子委託給小妾，然後準備了祭品去給丈夫掃墓，但去了半天都沒有回來。小妾到墓地去找她，墓地上的祭品還擺在那裡，但小梅已經沒了蹤影。

# 第四十五回　績女

紹興有位老寡婦經常在夜裡紡線。一天晚上，一個年輕女子推門進來，笑著說：「老媽媽不累嗎？」老寡婦看這姑娘，十八九歲的年紀，容貌秀麗，衣著華美，驚訝地問：「你從什麼地方來啊？」姑娘回答說：「我覺得您自己一個人住很孤單，所以就過來陪您作伴。」

老寡婦懷疑她是從大戶人家跑出來的，姑娘說：「您不要害怕，我和您一樣也是孤身一人。我喜歡您好乾淨，所以就來找您作伴。兩個人在一起，免得太寂寞，這樣不好嗎？」

老寡婦又懷疑姑娘是狐狸精，就猶豫著不說話。姑娘竟然自己坐到床上替老婦人紡線，並說道：「您不用擔心，我很擅長做這種活計，肯定不會拖累您的。」老婦人看姑娘並無壞心，也就安心了。

夜深了，姑娘對老婦人說：「我帶過來的行李還在門外，您出去上廁所的話，麻煩幫我拿進來。」老婦人出門之後，果然拿回一包衣物。姑娘把包裹放在床上解開，裡面的被子也不知道是什麼錦繡布料做的，又香又滑。老婦人也在姑娘那張床上鋪了被子，打算和她同床睡。

姑娘剛一解開衣服，屋子裡就充滿了奇異的香氣。等到睡下之後，老婦人偷偷地想：我遇到了這種美女，只可惜自己不是男人啊！姑娘在枕頭邊上笑著說：「老媽媽都七十歲了，還胡思亂想啊？」老婦人說：「我沒有。」姑娘又說：「既然沒有，那為什麼想當男人呢？」

老婦人這下更確定她是狐狸精了，心中有些害怕起來。姑娘又笑著說：「想當男人打的什麼主意，現在怎麼又害怕我了呢？」老婦人更加害怕了，兩條腿哆嗦得厲害，連床都跟著晃動起來。姑娘又說：「啊呀！就這麼點膽量，還想當男人呢？實話告訴你吧，我就是狐仙，不過不會給你帶來災禍的。」

第二天老婦人起來就在床下跪拜姑娘。姑娘伸出手臂拉她起來，老婦人感覺那條手臂就像油脂一樣光滑，散發著溫熱的香氣。

從此之後，兩個人感情十分融洽，每天一起幹活紡線。她們所紡出的線勻稱纖細又閃閃發光。這些線織出布以後就像絲綢一樣有光澤，價錢是平常的三倍。

老婦人只要一出門，就把自己的房門鎖上。有客人來探訪，老婦人也都是去別的房間應酬他們。所以姑娘在這兒住了半年，也沒有人知道她的存在。

後來老婦人把這件事情洩露給了自己親近的人，附近的姐妹都託老婦人幫忙，想要見一見狐仙。狐仙得知後便說：「你說話不謹慎，我在這裡住不久了。」老婦人十分後悔。這之後求見狐仙的人越來越多，甚至有人用權勢來威脅老婦人。

老婦人哭著把這些都告訴了狐仙。狐仙說：「如果是女性朋友，我見一見也沒什麼妨害。但我擔心有輕薄的男子，見面之後會侮辱我。」老婦人又一再哀求，狐仙才同意。

第二天，老太婆、大姑娘、小媳婦都拿著香燭前來拜見，一路上絡繹不絕。狐仙很厭煩，就一直沒有說話，只是沉默著正襟危坐，接受她們的參拜而已。附近的年輕人聽說狐仙十分貌美，魂都飛了。

有一個姓費的書生是縣裡的名士。他傾盡家產，用重金賄賂了老婦人。老婦人答應他，為他請狐仙出來相見。但狐仙早就知道了這件事，責備老婦人說：「你這是要賣我嗎？」老婦人趕忙趴在地上請罪。狐仙說：「你貪圖他的賄賂，我感激他的癡情，所以可以見他一面。但是咱們兩個人的緣分算是到頭了。」老婦人又趴在地上磕頭。

狐仙約費生第二天見面。費生聽說之後十分高興，第二天就準備好香燭來到老婦人家中。費生進門之後鞠了一個大躬，狐仙在簾子裡面和他說話。狐仙問：「你傾盡家產來見我，有什麼要向我請教的嗎？」費生說：「我實在不敢有其他要求。只不過聽說您有王昭君和西施的美貌，如果您不嫌棄我的愚昧頑固，讓我開開眼界，我就知足了。至於禍福，上天早就注定了。」

忽然，狐仙的面貌從布簾之中透了過來，不管是翠綠的眉毛，還是鮮紅的嘴唇，全都清清楚楚，就像沒有簾子隔著一樣。看到這一場景，費生激動不已，不覺倒身下拜。費生拜完之後再站起來，簾幕卻變得又厚又重，什麼也看不見了。費生心中正鬱悶自己沒有看到狐仙的下半身，卻忽然發現簾子下面有一對繡鞋翹了起來，鞋子瘦得沒有手指寬。費生又一次跪拜行禮。狐仙在簾子裡說：「您回去休息吧！我累了。」於是老婦人就把費生請到了別的房間上茶款待。費生在房間的牆上題寫了一首《南鄉子》：

隱約畫簾前，三寸凌波玉筍塵。點地分明蓮瓣落，纖纖，再著重台更可憐。
花襯鳳頭彎，入握應知軟似綿。但願化為蝴蝶去，裙邊，一嗅餘香死亦甘。

題完之後，費生就走了。狐仙看到這首詞很不高興，對老婦人說：「我說咱們的緣分到頭了，如今果真沒錯。」老婦人趕緊趴在地上請罪。狐仙說：「並不全是你的過錯。我偶然墜入情網，給人看了我的樣貌，所以才會被這輕薄的詞所玷污。這一切都是我自找的，為何要怪罪你呢？如果我不趕快搬走的話，恐怕會墜入情網之中，就算歷盡劫難也難以逃脫了。」

於是狐仙收拾好行李就出門了。老婦人追出去想挽留她，但轉眼之間，狐仙已經不知去向了。

忽然，狐仙的面貌從布簾之中透了過來，不管是翠綠的眉毛，還是鮮紅的嘴唇，全都清清楚楚，就像沒有簾子隔著一樣。

# 第四十六回　張鴻漸

張鴻漸是永平府❶人，當時永平府盧龍縣縣令趙某貪婪殘暴，百姓深受其害。有一位范生被縣令用棍棒活活打死，他的同學們對范生冤死都憤憤不平，打算到巡撫衙門去鳴冤告狀。同學們求張鴻漸寫訟狀書，並約他一起到巡撫衙門去，張鴻漸答應了他們。

張鴻漸的妻子方氏是一個美麗賢慧的女人，聽說了這件事，勸告張鴻漸說：「大多數人做事，是可以共同取得勝利，卻不可以失敗的。勝了之後，人人都想把別人的功勞當作自己的功勞。假如失敗了，就紛紛散開，再也不能聚在一起。現在是有權力的人掌管世界，是是非非難以用道理來判斷。你又是孤單一人，假如這件事有變化，能替你解決危難的有誰呢？」張鴻漸很佩服妻子的見識，後悔這麼草率地答應了，於是很客氣地向各位書生道了歉，只替他們寫好狀詞就走了。巡撫衙門審過一次，沒做出什麼判斷。趙縣令通過賄賂大官，給各位書生定了個結黨的罪名，把他們抓了起來，並下令捉拿寫狀子的人。

張鴻漸害怕就逃走了。等到了陝西鳳翔縣，他帶的路費用完了。天已經快黑了，他還在

荒郊野外慢慢地走，沒有找到住宿的地方。忽然他看見一個小村子，就趕快走了過去。

有一個老婦正要出來開門，看見張鴻漸，就問他從何而來，張鴻漸據實相告。老婦說：「吃飯睡覺這都是小事，只是家中沒有男子，不方便留客人。」張鴻漸說：「我也不敢有太高要求，只希望容許我寄住在門內，能夠躲避虎狼就足夠了。」於是老婦讓他進了門，給了他一個草墊子，囑咐張鴻漸說：「我是可憐你，私自讓你住下，明天天一亮你就要早早離開。要不然讓我家小姐知道，一定會怪罪於我的。」

老婦走了之後，張鴻漸靠著牆準備睡覺，忽見有燈籠閃爍，張鴻漸看見老婦領著一個女子出來了。張鴻漸急忙躲在暗處，原來是一位二十歲左右的美麗女子。那女子走到門口看見草墊子，老婦只好實話實說。那女子很生氣地說：「我們一家都是老幼婦女，怎麼能讓不認識的人來呢？」隨後又問老婦，「那個人在哪兒？」張鴻漸很害怕，趕快出來。

女子問明瞭張生的來歷，臉色慢慢緩和下來，說：「幸虧是風雅之人，那就留下吧。老僕沒有向我稟告，這樣草草安排，如何是待客之道？」說完就讓老婦領客人進入屋內。

不一會兒，桌上擺滿酒菜，鋪設錦緞被褥。張鴻漸很是感動，便問這家人的姓氏。老婦

---

❶【永平府】古代地名，州府設在今河北省秦皇島市盧龍縣，所轄地區包括今河北省唐山市、秦皇島市大部分地區，及遼寧省西南地區。

張鴻漸急忙躲在暗處，原來是一位二十歲左右的美麗女子。那女子走到門口看見草墊子，老婦只好實話實說。那女子很生氣地說：「我們一家都是老幼婦女，怎麼能讓不認識的人來呢？」隨後又問老婦，「那個人在哪兒？」張鴻漸很害怕，趕快出來。

說：「我家姓施，老爺和夫人都去世了，只留下三個女兒。剛才是大姑娘舜華。」老婦走後，張鴻漸看見桌上放有《南華經注》，於是拿過來靠在枕頭上，躺在床上翻看。

一會兒，舜華推門進來了。張鴻漸放下書，趕快找衣服鞋帽。舜華走近床邊讓他坐下，說：「不必，不必。」說著靠近床前坐下來，很靦腆地說：「我認為你是風流才子，所以打算把終身託付與你，於是不避嫌地與你私下會見。不知道你是否嫌棄？」張漸鴻很惶恐不知道該怎麼回答，只是說：「實不相瞞，我家中已有妻子。」舜華笑著說：「從這也可看出您的誠實可靠，但也沒有什麼妨礙。既然您不嫌棄憎惡我，那明天就請媒人來吧。」說完舜華就要走。張鴻漸起身挽留她，舜華也就留下了。

天還沒亮，舜華就起身了，拿金子給張鴻漸說：「你拿著當盤纏。請您晚點回來，免得被其他人看見。」張鴻漸按舜華說的，每天早出晚歸，半年後也習慣了。

有一天，張鴻漸回來得很早，到了住的地方，村子房屋都沒有了，他感到十分奇怪。正徘徊尋找的時候，忽然聽見老婦對他說：「為什麼今天回來早了？」一轉眼間，那院子還像從前一樣，張鴻漸自己也早已在屋裡了，他感到更加奇怪。舜華從內室出來，對張鴻漸笑著說：「你是在懷疑我嗎？實話說吧，我是狐仙，和你本來就有緣分。如果你不能接受，現在就離開好了。」張生心中歡喜，就安心住下來。

夜裡張鴻漸對舜華說：「既然你是狐仙，千里的路途也能瞬間到達吧。我離家已三年，心中總惦記著妻兒，一直放心不下，你能帶我回家一趟嗎？」舜華似乎有些不高興，說：「你和我在一起還想念她，這樣看來你對我的深厚情誼都是假的。」張鴻漸道歉說：「你何必說出這樣的話。俗話說：『一日夫妻百日恩。』過些日子我回家時，也一定會像現在這樣想念你的啊。有了新人就忘了舊人，難道你願意要這種人嗎？」舜華笑著說：「這只是因為我有私心啊，你既然想回家，這有什麼難的，你的家就在附近啊。」於是她拉著張鴻漸的衣袖出了門。

只見道路昏暗難行，張鴻漸猶猶豫豫不敢往前走，舜華一直拉著他。不一會兒，舜華說：「這就到了，您進去吧，我也走了。」張鴻漸停下來細細辨認，果真是自己的家門。他翻牆進去，看見屋子裡燈光還亮著，便走到跟前用兩個手指敲了敲窗戶。屋裡的人拿著蠟燭開了門，果真是方氏。兩人都十分歡喜。張鴻漸看見自己的兒子躺在床上，感慨地說道：「我走的時候兒子才到我的膝蓋，現今已經長這麼高了。」兩人互相依偎著，感覺像在做夢一樣。張鴻漸從頭到尾說了自己逃走後的遭遇。當問到那件官司時，他才知道書生們有的已經死了，有的被流放到遠方。於是他更加佩服自己妻子的遠見。

方氏說：「您有了美麗的新妻，想來是不會再惦記我這個整日哭泣孤苦伶仃的人了吧！」張鴻漸說：「如果不想念你，我為何還要回來呢？我和她雖然感情很好，但是說到底也不是同類啊，只是她對我的恩情難忘而已。」方氏說：「那您覺得我是誰呢？」張鴻漸細細一看，竟然不是方氏，卻是舜華；用手去摸兒子，原來也只是一個竹筒。張鴻漸慚愧得說不出話來。舜華說：「你的心思我知道了！咱們的緣分算是盡了，幸好你還沒忘記我對你的恩情，勉強還能抵消一些你的罪過。」

過了兩三天，舜華又對張鴻漸說：「我覺得自己整天癡戀著你，終究也沒有什麼意思，你還整天抱怨我不送你回去。正好今天我要去京城一趟，可以順路送你回家。」於是從床頭拿出竹筒，兩人一起跨上去。舜華讓張鴻漸閉上眼睛，張鴻漸感覺離地不遠，風聲呼呼直響。沒有多久就落到了地面。舜華說：「我們就在這裡分開吧。」張鴻漸正要和舜華約定再次見面的時間，舜華卻已經不見了。

張鴻漸聽見附近有狗叫的聲音，模模糊糊地看見了樹木、房屋都和故鄉一樣。他順著路走回家，跳過院牆敲門，還是和上次一樣。方氏驚醒，不相信是丈夫回來了。隔著門問了很久，確定了之後才點上燈哭泣著出來迎接。一見面，方氏更是哭個不停，張鴻漸還是懷疑舜華在戲弄他。他看到床上躺著一個小孩，和那天一模一樣，就笑著說：「你把竹筒又帶來了？」方氏很不理解，生氣地說：「我每天度日如年，盼望你能回來，如今剛剛相見，你竟沒有一點悲傷留戀的樣子，真是沒有良心。」張鴻漸看出她是真的方氏，才拉起方氏的手哽咽起來，詳細地向方氏說明了所有事情。問到那件官司，果真像舜華說的那樣。

兩人正在感慨，忽然聽到門外有腳步聲，問是誰卻沒有人回答。原來是村子裡的惡人甲，甲早就貪圖方氏的美貌。今天夜裡他從別的村子回來，遠遠看見有個人翻牆過來，認為此人是來和方氏偷情的，就尾隨著一起過來了。甲並不認識張鴻漸，只是趴在外面聽。等到方氏連連問屋外是誰，甲才說道：「屋內是誰？」方氏騙他說：「屋裡沒人。」甲說：「我已經偷聽很久了，我是過來捉姦的。」方氏沒有辦法，只好說實話。甲說：「張鴻漸的案子還沒了結，應該把他送到官府去。」

方氏苦苦哀求，甲卻不依不饒。張鴻漸怒不可遏，用刀將甲砍倒在地，又連砍數刀，把甲砍死了。方氏說：「現在事情已經到了這步田地，你的罪行更加嚴重了。你快快逃跑吧，我來承擔這件事。」張鴻漸說：「大丈夫死就死了，哪能連累妻子孩子？你不要管我，只要讓孩子讀書成才，我就安心了。」

天亮後，張鴻漸到官府自首。趙縣令知道他是朝廷正在追查的犯人，只是用了很輕的刑罰。不久張鴻漸就被押送到京城，一路上戴著手銬腳鐐，備受折磨。在路上他遇見一個女子騎著馬，一個老婦牽著繩子，張鴻漸仔細一看，竟是舜華。張鴻漸剛想說話，舜華卻調轉馬頭回來，用手撥開面紗，驚訝地說：「表兄，你怎麼成這樣了？」張鴻漸粗略地講了一下事情的經過，舜華說：「如果按照表兄平時的作為，我不應該管你的。但是我於心不忍。剛好我家也不遠，就請兩位官差和我一起來吧，剛好我還能資助你們一些路費。」

走了兩三里路，看見一個山村，所有的建築都華麗精美。舜華下馬進去，讓老婦開門接客。沒有多久就擺上了豐富的飯菜美酒，好像是提前準備好了一樣。舜華又讓丫鬟們退避，說：「家裡本來就沒有男人，張官人您就陪兩位官差多喝幾杯，路上還要多多依賴人家的照顧。我剛讓人去準備了幾十兩銀子做路費，好酬謝兩位官差，現在還沒有拿回來呢。」兩個官差很高興，開懷暢飲，不再提趕路的事。

天色漸晚，兩個官差也已經醉倒了。舜華打開張鴻漸的枷鎖，拉著他跨上一匹馬像龍一樣飛馳而去。沒過多久，舜華說：「您就留在這裡吧，我和妹妹在青海還有一個約會，因為你耽誤了一會兒，她可能已經等了好久了。」張鴻漸問：「那我們下次什麼時候見面呢？」舜華沒有回答。張鴻漸又問了一次，舜華把他推下馬，揚長而去。

天亮之後，張鴻漸向人打聽，才知道自己在太原。於是他到城裡租了一間屋子開始教書，並改名為宮子遷。他在那裡住了十年，打聽到官府追捕他的事慢慢過去了，才敢一點點往東走。

他到了村口，也不敢進去，而是等到深夜了才回家。到了家門口，他看見院牆高大牢固，無法翻越，只能敲門。過了很久，妻子才問是誰。張鴻漸小聲地告訴妻子，妻子很高興，讓張鴻漸進屋。進屋之後她假裝大聲呵斥說：「少爺在京城錢不夠花，早就應該回來，為什麼派你半夜偷偷跑回來？」

進了屋子，兩個人互相說了分別後的情況，才知道兩個官差到現在都沒回來。正在說話的時候，簾子外一直有一個少婦來回張望，張鴻漸問這是誰，方氏回答說：「這是兒媳婦。」張鴻漸又問：「兒子還好麼？」方氏回答：「去省裡考試還沒回來呢。」張鴻漸邊哭邊說：「我在外面漂泊多年，兒子已經長大成人，能繼承咱們家的香火了，你也為這事用盡了心血啊。」話還沒說完，兒媳婦已經溫好酒做好飯，張羅了滿滿一桌子。張鴻漸感到十分欣喜慰藉。在家裡住了幾天，他每天都藏在屋裡，唯恐別人知道。

一天晚上，張鴻漸剛睡下，忽然聽到外面人聲嘈雜，兩人趕緊起來，又聽見有人問：「有後門麼？」他更加害怕了，方氏急忙用門扇代替梯子，送張鴻漸翻牆逃出去。然後方氏到門口問是什麼人，才知道是兒子中了舉人，來報喜的。方氏特別開心，但又懊悔張鴻漸已經逃走，沒辦法追回來了。

張鴻漸當天夜裡穿過樹林，越過荒野，內心焦急得連路都來不及選擇。等到天亮的時候已經筋疲力盡了。起初他打算往西邊走，問路邊的人才知道已經離去京城的大路不遠了。張鴻漸到附近的一個小村子，想用衣服換些食物。

張鴻漸看見一戶富貴人家有報喜的紙條貼在牆上。他走近一看，知道這家人姓許，剛剛考中舉人。過了一會兒，一個老翁從院子裡走出來，張鴻漸迎上去作揖，對老翁說了自己的情況。老翁看張鴻漸儀態優雅，就請他進屋。老翁問張鴻漸從哪裡來，張鴻漸撒謊說：「我本來是在京城教書的，回家路上遇到了強盜。」老翁於是讓張鴻漸留下教自己的小兒子讀書。張鴻漸大概問了問老翁的情況，才知道他以前在京城做官，新晉舉人是老翁的侄子。

過了一個多月，新晉的舉人帶著一個和他同榜的人一起回家，說那人家住永平，姓張，是一個十八九歲的少年。這個少年和張鴻漸的家鄉、姓氏都一樣，所以張鴻漸暗中懷疑可能是自己的兒子。但是村裡姓張的人很多，怕自己弄錯就沒敢提。

到了晚上，許舉人拿出了一本記載同科舉人的「同年錄」。張鴻漸慌忙借來閱讀，一看果真是自己的兒子，他不知不覺中掉下了眼淚。大家都問他原因，張鴻漸指著書上的名字說：「張鴻漸就是我啊。」然後他詳細地說了自己的經歷。張舉人抱著父親止不住地哭泣，許家叔侄不斷安慰勸告，兩人才轉悲為喜。許翁給幾位大官寫信疏通張鴻漸的官司，張鴻漸與兒子才得以一起回家。自從那日知道自己兒子中了舉人之後，方氏就整天因為張鴻漸的逃亡而悲傷，忽然有人告訴方氏說她兒子回來了，更是覺得悲傷難過。

不多時，張鴻漸和兒子一同回來了，方氏驚駭不已，好像丈夫是從天上掉下來的一樣。得知了事情的經過，她才像大家一樣悲喜交加。甲的父親看見張鴻漸的兒子變得尊貴，也不敢再有害人的心思了。張鴻漸又細細講述了當年的情況，甲的父親覺得很愧疚，於是兩家和解成為朋友。

# 第四十七回　雲蘿公主

安大業是盧龍人。他生下來就能說話，母親認為不祥，就給他喝了狗血，他才停止說話。等他長大以後，變得十分秀美，沒有人能比得上。不但如此，他還聰明好學，世家大族都爭著想把女兒嫁給他。安母做了一個夢，夢中有人告訴她：「你兒子可以娶公主為妻。」安母信以為真。但等到兒子已經十五六歲的時候，這個夢也沒能應驗。安母開始後悔。

有一天，安大業獨自坐在屋內，忽然聞到一股奇異的香味。不一會兒，一個漂亮的丫鬟跑了進來，說：「公主駕到。」說完就把從門外到床前的地上全鋪上了長氈。安大業正驚駭遲疑的時候，一個女子扶著丫鬟的肩膀進入屋內。她穿的衣服光彩奪目，把四周的牆都照亮了。丫鬟又把繡墊鋪在床上，扶著女子坐下。

安大業十分慌張，給女子鞠躬，問道：「不知是哪裡的神仙，不辭辛苦降臨到這裡？」那個女子只是笑，並不答話。丫鬟說道：「這是聖后府中的雲蘿公主。聖后十分喜歡公子，想把公主嫁給公子，所以讓她自己來相親。」安大業又驚又喜，不知道說什麼好。

安大業一直喜歡下棋，棋盤常常放在座位旁邊。一個丫鬟擦去塵土，把它放在案上，說道：「公主每天沉迷於此，不知道是不是比駙馬更擅長？」公主笑笑，就和安大業下起棋來。剛下了三十多個子，丫鬟一下把棋子全弄亂了，說：「駙馬已經輸了。」說完就把棋子收入棋盒裡，又說道：「駙馬是塵世間的高手，公主只能讓他六個子。」於是丫鬟就把六個黑子放到了棋盤裡，公主也不加阻攔。

公主坐著的時候，常常讓一個丫鬟趴在座位下面，把腳放在她的背上。公主的左腳一踩地，就立即更換一名丫鬟在右邊扶著公主。同時，還有兩個小丫鬟在兩邊伺候著公主。每當輪到安大業專心思考的時候，公主就彎著一隻胳膊趴在丫鬟的肩膀上。棋局還沒有下完，小丫鬟就笑著說：「駙馬輸了一個子。」隨後又說道：「公主累了，最好早點回去休息。」公主於是側過身子悄悄和丫鬟說了幾句話。丫鬟出去了，不一會兒又回來，在床上放了一千兩銀子，告訴安大業說：「剛才公主說這房子潮濕又狹窄，麻煩你用這些錢稍微修葺裝飾一下，等到修完的時候再相會。」又一個丫鬟說：「這個月觸犯了上天的刑罰，不適合建造。下個月才吉利。」

公主起身，安大業趕緊攔住她，把門關上。丫鬟拿出一件東西，樣子好像是個皮囊，把它吹起來之後冒出了團團霧氣，不一會四周什麼都看不見了。等霧氣散去，公主和丫鬟也已不見了蹤影。

公主坐著的時候，常常讓一個丫鬟趴在座位下面，把腳放在她的背上。

安母知道此事後，懷疑是妖怪作亂，但安大業心裡卻一直放不下雲蘿公主。他急於修葺房屋，以求早點見到公主，完全沒有考慮忌諱。他嚴格規定了日期，並每天都去監督。沒過多久，房子被修繕得煥然一新。

不久前灤州[1]有位書生叫袁大用僑居在鄰街，給安大業家投遞了名牌想要拜訪。安大業一直很少與人交往，就藉口外出沒有見他，隨後又等袁大用外出時去回訪他。一個多月後，安大業在家門外正好遇到了袁大用。他是一個二十歲左右的年輕人，穿著貴重的絲綢和單衣，黑鞋子上穿著絲質的帶子，十分風雅。

安大業稍微與他聊了幾句，覺得他溫順嚴謹，心中十分欣賞，就請他回家與自己對弈。兩人下了幾盤，互有勝負。下完棋，安大業又設酒菜招待對方，兩人相談甚歡。

第二天，袁大用邀請安大業到他的寓所用餐，宴席上全都是奇珍異寶，招待得十分豐厚。有一位十二三歲的小僕人，打著拍板清唱，還會翻跟頭演戲。安大業喝得酩酊大醉，自己沒辦法回家。袁大用就讓這個小僕人把他背回去。安大業覺得小僕人太瘦弱，擔心他背不動，但袁大用堅持要讓小僕人去送。小僕人背上安大業之後，依然還很有力氣，一直送他回到家裡。安大業覺得小僕人非常奇特。

---

[1]【灤州】位於今河北省唐山市灤縣。

第二天，安大業賞給小僕人銀兩，他推辭了多次，最終才收下。袁大用為人沉默寡言，但十分慷慨，樂善好施。一天，集市上有個人欠了債，在那裡賣女兒。袁大用看到後立刻拿錢幫那人贖回了女兒，安大業也因此更加敬重袁大用了。

幾天之後，袁大用拜訪安大業，臨別時送給他象牙筷子、楠木珠子等十幾件寶物以及五百兩白銀，作為兩人宴席的花費。安大業把銀子退還給袁大用，但把寶物留下了，並回贈給他一些絲綢。

一個多月以後，樂亭[2]有個人做官積攢了豐厚的家財後回到家裡。強盜半夜闖進他家裡，把這家主人抓住，燒紅烙鐵來折磨他，把他家中的財物全都搶走了。這家的一個僕人認出強盜是袁大用，官府就發出通緝令追捕他。

安大業的鄰居屠氏一直與安家的關係不好，看到安家最近大興土木，暗中忌妒安家。正好安家當時有個下人把象牙筷子偷了出去，賣給了屠氏。屠氏知道這是袁大用送給安大業的，就立刻報告給了官府。

縣令立刻派兵包圍了安家。當時正趕上安大業帶著僕人外出，縣令就把安母抓走了。安母年老體弱，再加上擔驚受怕，一下子病倒了，兩三天不吃不喝。縣令就把她放了出來。安大業聽說之後急忙趕回家中，但母親第二天就去世了。他剛把母親收殮就被捕快抓走了。

縣令看到安大業之後，見他談吐不俗、溫文爾雅，心中懷疑他是被冤枉的，就嚇唬他，讓他招供。安大業將情況如實告訴了縣令。縣令問他：「你怎麼突然就有錢了呢？」安大業說：「母親積攢了一些銀兩，由於我打算娶親，就拿出來修繕房子了。」縣令相信了安大業的話，準備了文書把他解往州府。

鄰居屠氏知道安大業肯定會沒事，就重金賄賂了押送的衙役，讓他們在路上除掉安大業。路過深山的時候，衙役將安大業拉到懸崖邊上，想把他推下去。正在這時，一隻老虎從樹叢中竄出，將兩個衙役咬死，把安大業叼走了。

到了一個滿是樓閣的地方之後，老虎將安大業放下，就跑進了樓閣。安大業忽然看到雲蘿公主扶著丫鬟走了出來，傷心地安慰他說：「我本打算留你在這兒，但你母親的喪事還沒有辦完。你可以帶著公文走，到了州府之後去自首，保證不會有災難。」她又把安大業胸前的帶子拿過來，連續打了十幾個結，叮囑他說：「你見到知府之後，摸著這個結並解開它，就可以消除災禍了。」

安大業按照雲蘿公主所說，到了州府之後就去自首。知府對安大業的誠實守信十分欣賞，查了文書之後，知道他是被冤枉的，就從罪犯的名單中刪掉他的名字，讓他回家了。

在回家的路上，安大業遇到了袁大用，就從馬上下來拉住他的手，把事情都講了一遍。

---

❷【樂亭】位於今河北省唐山市樂亭縣。

袁大用聽了，氣得臉色都變了。安大業說：「你如此優秀，怎麼自己玷污自己呢？」袁大用說：「我所殺的全都是不義之人，所搶的也都是不義之財。否則就算是丟在路上的錢，我也不會撿的。你教我的當然是好的，但像你家鄰居那樣的人，怎麼能留他在人世間苟活呢？」說完之後，袁大用就騎馬走了。

安大業回到家中，將母親安葬之後，就關上家門，謝絕賓客。有一天，強盜忽然闖進了安大業的鄰居屠家，將他們全家十幾口人全殺死了，只留下一個丫鬟。強盜把屠家的財物洗劫一空，與小僕人分別攜帶而去。臨走時他打著燈籠對丫鬟說：「你看清楚，是我殺的人，與別人沒有關係。」然後他爬上牆頭跑掉了。

第二天，丫鬟把殺人案報告了官府。官府懷疑安大業知情，就又把他抓去。縣令厲聲審問，安大業握著胸前打結的帶子，一邊分辯一邊解結。縣令沒能問出什麼，便把他放了。

安大業回家之後，一心在家裡讀書，不再出門。家裡也只留下一個跛腳的老婦人做飯而已。服喪期滿以後，他每天都把庭院打掃乾淨，等待著雲蘿公主來完婚。

一天，院子裡忽然充滿了奇異的香氣。安大業登上閣樓一看，院子裡外的東西全都煥然一新了。他悄悄掀開簾子，發現雲蘿公主盛裝坐在屋內。安大業趕緊上前拜見。公主拉著他的手說：「你不信天命，所以讓修繕房屋的事情變成了災禍，再加上母親去世的痛苦，讓我的婚期晚了三年。越是著急的事情反而變得很慢，天底下的事情大多都是如此。」

安大業要出錢置辦結婚宴席。公主說：「不用再置辦了。」丫鬟打開木櫃，立刻就端出了菜肴，而且像剛出鍋一樣熱騰騰的，從櫃中取出的酒也十分芳香醇厚。喝了一會兒之後，天色已晚，丫鬟也都逐漸離開了。公主四肢疲倦，腿腳屈伸的時候，感覺就像沒有放的地方一樣。

安大業親熱地抱住公主。她說：「公子暫時先放手。現在有兩個辦法，請公子選擇一下。」安大業急忙詢問，公主說：「如果我倆只是下棋喝酒的朋友交情，那咱們可以在一起三十年。但如果咱們是夫妻一樣的關係，那就只有六年的快樂時光。你選哪一個呢？」安大業說：「那就等六年之後再說吧。」雲蘿公主說：「我早就知道你也免不了凡人的選擇，這也是上天注定的。」

此後，雲蘿公主就讓安大業買了些丫鬟僕人，將他們安置在南院，做些紡紗織布之類的事情來維持生計。公主住在北院裡，但北院不生煙火，只有棋盤和酒具罷了。北院的門通常也是關著的，安大業一推就開，但別人卻都進不去。不過南院的下人們是不是勤勞做事，公主全都知道，她經常讓安大業去教訓懶惰的下人，沒有一個不服帖的。

公主話不多，也不曾放聲大笑。安大業每次和她交談，她也只是低著頭微笑。每次他們肩並肩坐著，她都喜歡斜靠著安大業。安大業把公主抱起來放在膝蓋上，感覺她輕得像嬰兒一樣。安大業說：「你這麼輕，都可以在手掌上跳舞了！」公主說：「這有什麼難的！只不過這是丫鬟們做的，我不屑於做罷了。趙飛燕[3]原來只是九姐的丫鬟，因為過於輕浮多次獲罪，九姐一生氣就把她貶到了凡間。到凡間之後，她又不守女子的貞潔，現在她已經被關了起來。」

雲蘿公主居住的樓閣四周掛滿了絲綢和布帛，冬天不冷，夏天不熱。即使是寒冬，公主也只是穿著輕紗做的衣服。安大業為公主做了新衣服，堅持讓她穿上。但沒過多久，公主就脫掉了。她說：「你們凡間的髒衣服，都快把我的骨頭壓出病來了。」

一天，安大業又抱著公主放在自己的膝蓋上，卻忽然感覺比過去重了一倍。安大業覺得奇怪，公主笑著指了指肚子，說道：「這裡面有凡人的孩子了。」幾天之後，公主皺著眉頭不吃飯，說：「我最近生病導致厭食，倒是很想吃凡間的東西。」於是安大業為她準備了美食。從此之後，公主的飲食就和常人沒什麼區別了。

有一天，公主對安大業說：「我身體單薄，估計無法順利生下這孩子。丫鬟樊英很健壯，可以讓她代替我。」於是公主就拿自己貼身的衣服讓樊英穿上，把房門關好。沒過一會兒，就聽到了嬰兒的哭聲。公主打開門進去一看，發現生的是個男孩，高興地說：「這個孩子長得一臉福相，將來肯定能成大器。」於是為小孩起名為大器。公主把孩子裹好，送給安大業抱著，然後又將孩子交給奶媽，在南院撫養他。

自從生完孩子以後，雲蘿公主的腰又變得像從前那麼細了，也不再吃凡間的食物。一天，公主忽然向安大業告別，說自己要暫時回娘家。安大業問她什麼時候回來，公主說：「三天就回來了。」安大業就答應了她。公主把皮囊吹成之前的形狀，轉眼就消失了。

三天過後，公主並沒有回來。一年多過去了，公主還是一點兒音信都沒有，安大業已經不抱希望了。他閉門讀書，最終在鄉試中考中舉人。但安大業始終不肯再娶妻，經常自己住在北院，只為能聞一聞公主留下來的香氣。

一天晚上，安大業在床上輾轉反側，忽然看到外面有燈光照在窗戶上，門自動打開了。在許多丫鬟的簇擁下，雲蘿公主走了進來。安大業十分高興，起身責問公主為什麼不守約定。公主說：「我並沒有不守時間，天上才過去兩天半而已。」安大業得意地向公主自誇，說自己考中了舉人。但公主卻傷心地說：「這些偶然得到的東西有什麼用呢？它無關榮辱，只不過會令人折壽罷了。沒想到三天沒有看到你，你就陷入塵世的孽障又深了一層。」從此之後，安大業再也不追求功名了。

幾個月之後，雲蘿公主又打算回娘家。安大業萬般挽留。公主說：「這次回去肯定會早點兒回來，不會讓你等太久。況且人世間的聚散離合都是上天注定的，你若珍惜，相聚就會

---

❸【趙飛燕】西漢漢成帝皇后，以身輕體瘦聞名，同時也是古代淫惑皇帝的典型。相傳由於趙飛燕體重過輕且舞技高超，可以在盤子上跳舞。

變長，若不珍惜，相聚就會變短。」說完之後，公主就走了。但過了一個多月，公主就又回來了。從此以後，每過一年半載，公主就會回娘家一次，經常好幾個月才回來。但安大業也已經習慣了，不再覺得奇怪。

後來雲蘿公主又生了一個兒子。公主看著孩子說：「這孩子是個豺狼啊！」說完就立即讓下人把這孩子丟掉。安大業不忍心，沒有丟棄孩子，給他起名叫可棄。可棄剛滿周歲的時候，公主就急著為他占卜婚事。前來提親的媒人非常多，公主一一問了對方的生辰，卻都與可棄不合。公主說：「我本來想替這個小豺狼設一深圈，竟然找不到。看來上天是注定讓這家衰敗了。」於是公主叮囑安大業說：「記得四年之後，侯家會生一個女兒，她左邊的肋骨上有一個小肉瘤，這就是可棄的媳婦。你應當把她娶進家門，而不要計較她的家世。」說完還讓安大業寫下來牢記。後來公主又回了娘家，這次走後就再也沒回來。

安大業經常把公主的囑咐告訴親戚朋友，後來侯家果然生下一個有肉瘤的女兒。侯家地位低下又品行不正，沒有人看得上。但安大業仍然按照公主所託與他家定了親。

安大器十七歲就考中了舉人，娶了雲氏為妻。夫妻倆都孝順友善，安大業十分歡喜。安可棄也逐漸長大，但他不喜歡讀書，經常與市井無賴們賭博，還總是偷家裡的東西來償還賭債。安大業鞭打他，也沒能使他改邪歸正。家裡人對他保持警戒，提防著他，不讓他偷東西。他就自己半夜出去偷別人家的東西，結果被別人抓住，押到了縣衙。

縣令審問出安可棄的姓氏，把他送回家裡。父親和哥哥一起把可棄綁住，狠狠地打了一頓，幾乎把他打死。後來哥哥替他求情，父親才放了他。但安大業也因此氣出了病。

於是安大業就立下字據，給兩個兒子分家，把好的宅院和田地都分給了大器。可棄又怨恨又生氣，半夜拿著刀闖進哥哥家中，打算殺死哥哥，卻誤砍中了嫂子。公主之前曾經留下了一條褲子，特別輕軟，雲氏就一直拿來當作睡衣穿在身上。當可棄砍到這睡衣上時，火花四濺。可棄見狀害怕得逃走了。

安大業知道此事之後，病得更加嚴重，幾個月之後就去世了。可棄聽說父親死了才敢回到家中。

哥哥依然善待可棄，但可棄卻越來越放肆。一年多以後，他所分到的田產幾乎都被他敗光了，他就跑到州府去狀告哥哥安大器。知府審問後知道他的為人，將他罵走了。但兄弟的交情也從此斷絕了。

又過了一年，可棄已經二十三歲了，侯家的女兒也已經十五歲了。哥哥安大器想起母親的話，趕忙幫可棄完婚。他把可棄叫回家裡，給他好房子讓他住，然後把新娘子迎進家門，把父親留下來的好田地都登記在冊，然後交給了新娘子。安大器對弟媳說：「這幾頃薄田是我拼命保護下來的，現在全都交給你了。我弟弟品行不端，就算給他根草他也會敗掉。從今往後，家裡的成敗就全靠你了。如果你能讓他改過自新，肯定不愁吃穿，否則的話，大哥我也填不了無底洞啊。」

侯氏雖然是小戶人家的閨女，但聰明美麗。可棄對她是又怕又愛，只要她說的話，可棄都不敢違抗。每次可棄出門，侯氏都會限定時間讓他回家。一旦時間過了，侯氏就會狠狠訓他，不給他飯吃。從此之後，可棄也稍微收斂了一些。

一年多以後，侯氏生了一個兒子。她說：「以後我沒什麼需要求別人的了。有這幾頃田地，我們母子何愁不能溫飽呢？就算沒有丈夫，也沒什麼。」當時可棄正好偷了糧食賣掉賭博去了，侯氏知道後，就在門口彎弓搭箭不讓可棄進家門。可棄嚇得逃走了。等他看到媳婦回屋了，才悄悄地進去。侯氏看到他之後，就拿著刀來砍，把他的腿和屁股都砍傷了，鞋子和襪子上沾滿了鮮血。可棄氣急敗壞地告訴了哥哥。但哥哥對他十分冷淡，他也只好灰溜溜地離開了。

第二天，可棄又來到了哥哥家。他跪在大嫂面前哭訴，讓她去侯氏面前說情，讓他回家。但侯氏堅決不同意。可棄氣急了，口口聲聲說回家殺死侯氏，哥哥也沒有出言阻止。可棄生氣地起身，拿著長矛直接出門了。嫂子大吃一驚，打算攔住他。哥哥卻給雲氏使了個眼色，讓她不要阻攔。

等到可棄出門之後，哥哥才說：「他只是故意裝成這樣的，他根本就不敢回去。」說完，派人偷偷監視他，發現他已經進了家門。哥哥的臉色也變了，準備去看弟弟，這時可棄郤垂頭喪氣地回來了。

原來可棄進了家門，妻子正在逗兒子玩。妻子看到可棄之後，把兒子扔在床上，拎了一把菜刀就出來了。可棄害怕了，拿著長矛就往回跑。侯氏把他趕出家門才回去。

哥哥知道了事情經過，可棄跪著認錯，眼睛都哭腫了。哥哥可憐他，就親自帶著他回家去，侯氏這才接納他。等到哥哥出門之後，侯氏罰他長跪，並讓他立下重誓，這才給他飯吃。

從此以後，可棄的品行開始好轉。侯氏每天料理家務，家裡越來越富裕，可棄只是坐享其成。後來可棄到了七十歲子孫滿堂，侯氏還偶爾拽著他的白鬍子，讓他跪著走呢。

# 第四十八回 劉夫人

廉生是彰德[1]人，從小就勤奮讀書，在他很小的時候父親就去世了，家裡一直很貧窮。有一天廉生外出，天黑回家時迷了路。他走進一個村子，有一個老婦人對他說：「已經這麼晚了，廉公子要去哪兒呢？」廉生正倉皇害怕，也沒有細問老婦是誰，就請求借宿一晚。

老婦人帶廉生來到一個大戶人家的門口，有兩個小丫鬟提著燈籠引著一個婦人出來，大約四十歲左右，舉止很有大家風度。老婦人迎上去說：「廉公子來了。」廉生連忙上前叩拜。婦人很高興地說：「公子氣宇軒昂，注定不是俗人。」

隨後婦人設下宴席陪廉生喝酒，但她自己卻並不舉杯，也不吃飯。廉生覺得奇怪，問婦人的來歷。婦人笑著對廉生說：「你再喝三杯我就告訴你。」廉生遵命喝了三杯。

婦人說：「我丈夫姓劉，在江西遭遇意外變故突然去世。我獨自居住在這荒郊野嶺，家境一天不如一天。雖然有兩個孫子，但不是頑劣就是愚笨。公子您雖是異姓人，但也算是隔代的至親骨肉，而且您生性誠實純正，所以我才冒昧見您。沒有別的事情麻煩您，只是我積

攢了一些金子，想請您拿去做些生意，分點餘利，總比你案頭苦讀，一世清貧強。」廉生推脫說自己只會讀書，害怕辜負了劉夫人的期望。

劉夫人說：「雖然您的志向在讀書，但也要能養活自己啊。公子您這麼聰明，怎麼不能做生意呢？」於是劉夫人讓侍女拿出金子，交給廉生八百多兩。廉生更是惶恐不安，連連推辭。劉夫人說：「我也知道公子不習慣做生意，但是您可以試試啊。」

廉生覺得自己一個人無法勝任，就想找個人搭夥。劉夫人說：「不用了，找一個樸實忠厚又熟悉生意的人幫您跑腿兒就行了。」劉夫人說完掐指一算，說：「姓伍的人就很好。」老婦隨後命令僕人備馬送廉生出去，又說：「年終時會為公子準備酒席，為您接風洗塵。」那僕人又告訴僕人：「這匹馬很馴良，就送給公子了。」廉生回到家時，夜才過了四更，那僕人繫好馬就回去了。

第二天，廉生果然就找到了一個姓伍的人，於是高價聘請了他。伍某常常在外經商，為人樸實耿直，且十分心細。廉生把所有的錢都交給了伍某管理。兩人來往於湖北荊襄一帶做生意，到了年末才回來。廉生一計算，獲得了三倍的利潤。廉生覺得伍某出力很多，就在本來的傭金之外又多給了他一些，而且還把這錢分攤在其他帳目裡，不讓劉夫人知道。

❶【彰德】位於今河南省安陽市。

兩人剛到家，劉夫人就派人來請他們，兩人就和那人一起來到劉夫人家。只見屋子裡已經備好豐盛的酒席，劉夫人出來誇獎了兩人能幹。廉生把錢和帳簿交給劉夫人，劉夫人只隨便放在一邊。

過了一會兒，大家入席，歌舞齊作，鼓樂合鳴。在外屋也給伍某準備了宴席，他喝到大醉才回家。因為廉生沒有娶妻，劉夫人就讓他留下來守歲。第二天，廉生又請求檢查帳目清點財務。劉夫人笑著說：「不用了，我早就核算清楚了。」於是拿出帳本給廉生看，帳本上的記錄特別詳細，連廉生給伍某的錢都記在上面。廉生很驚奇地說：「夫人您真是神人啊！」廉生住了幾天，劉夫人招待得十分周到，如對待自己的子侄一樣親切。

有一天，劉夫人又擺了酒席，一桌朝東，一桌朝南，又在堂下擺了一桌面向西邊。劉夫人對廉生說：「明天財星高照，適合到遠處經商。今天為你們主僕二人設下簡單的酒席送行，來鼓舞你們的志氣。」不一會兒，把伍某也叫進來，讓他在堂前坐下。

一位女戲子呈上曲目名單，廉生點了一首《陶朱》❷。劉夫人笑著說：「這是一個好兆頭，你會得到一個西施一樣的女子為妻。」宴會之後，劉夫人又把全部的錢都給了廉生，說：「這次出門不用受時間限制了，沒有掙到數萬的利潤就不要回來。我和公子所憑藉的是福氣和命運，所信任的則在內心。公子不用在計算盈虧上浪費心思，我自然會知道的。」廉生連連答應，辭別了劉夫人。

兩人到淮河沿岸做起了鹽商，一年之後，所獲的利潤已經翻倍。廉生做生意時也不忘看書，平日也都是與文人雅士交往。他覺得做買賣掙了不少錢，內心也慢慢覺得知足，漸漸把生意全權交給了伍某。

桃源的薛生和廉生的關係最好，這天廉生剛好從薛生門口路過，就去拜訪。不巧薛生一家都去了別的地方，到了傍晚廉生沒有地方可去，看門人就請廉生進門休息，回頭打掃屋子生火做飯。廉生問起薛生的情況，才知道原來是最近有謠言，說朝廷要選良家女子犒勞邊境的將士，民間為此惶恐不安。大家只要聽說哪個少年沒有妻子，連媒人都不用，就直接把女兒送到少年家，以至於有的少年一個晚上就能得到兩個妻子。

薛生也是最近剛娶了一個大戶人家的女兒，害怕車馬喧鬧的聲音被知縣聽見，所以暫且到鄉間居住。一更剛過，廉生正要鋪床睡覺，忽然聽到很多人推門進來了，只聽一個人說：「薛官人既然不在，那麼點燈看書的又是誰呢？」看門的人回答說：「是廉公子，一位遠方來的客人。」

正說著，問話的人已經進了屋子，只見來者衣物鞋帽華美整潔，拱手給廉生行完禮，就

---

❷【陶朱】指春秋末期幫助越王勾踐打敗吳國的謀臣范蠡。勾踐復國後，范蠡就辭官經商去了，他是中國古代商人的聖祖，人稱陶朱公。

開始詢問廉生的家世。廉生說完之後，此人欣喜地說：「是我的同鄉啊。您岳父家姓什麼呢？」廉生回答說：「小生尚未娶妻。」此人聽了更是喜悅，急忙叫另一個少年進來，恭敬地向廉生行禮，又突然說：「實話告訴公子，我姓慕。今天晚上過來是想把自己的妹妹送給薛生做妻子，到這兒才知道薛生不在。剛好遇到公子您，這難道不是上天注定的嗎？」廉生猶豫著不敢答應。慕生也不聽廉生解釋，就急急忙忙叫人送妹妹過來。

一會兒，兩個婦人扶著一個女子慢慢地進來，坐在了廉生的床上。廉生偷偷看這個女子，正是十五六歲的年紀，容顏美麗無雙。廉生十分高興，於是整理頭巾向慕生道謝。慕生說：「家父也是彰德人，母親家裡也是大戶人家，現如今破落了。聽說祖母家還有兩個孫子，不知道他們家裡的情況怎麼樣。」廉生問：「他們姓什麼呢？」慕生說：「我外祖父姓劉，字暉若，聽說在彰德郡北邊三十里。」廉生說：「我在彰德郡東南，離城北很遠，年紀又小，沒有多少朋友。彰德郡姓劉的人有很多，只知道郡北有一位劉荊卿，也是一個好學的文人，不知道您說的是不是他？他確實很貧窮。」慕生說：「我家的祖墳還在彰德郡，常常想把父母雙親的棺木歸葬家鄉，但是因為路費不夠，所以一直拖延到現在都還沒有辦成。如今妹妹嫁給了您，回家的計畫就好辦多了。」廉生聽到這話，主動承擔了這個任務。慕生和他兄弟都十分高興。幾巡酒之後，慕生二人就走了。廉生讓僕人下去，自己把燈拿來，與新娘完成婚禮。

第二天，薛生知道這件事後，趕緊進城，修繕了別的院子讓廉生夫妻二人居住。廉生到了淮河，移交盤點了錢財貨物，讓伍某待在店裡，自己帶了銀兩回桃源，和慕家兄弟一起將他岳父岳母的棺材運往家鄉。

回家安置好之後，廉生就帶著錢財去拜見劉夫人。劉夫人的僕人已經在半路等候了。廉生跟隨僕人到了門口，劉夫人出來迎接廉生，說：「陶朱公帶著西施回來啦！以前是我的客人，現在可是我的外孫女婿了。」於是置辦酒席替他們接風洗塵，對廉生更加親近關愛。廉生很是佩服劉夫人的先見之明，就問：「夫人您和我岳母是什麼關係呢？」劉夫人說：「不用問，到時候你自然就知道了。」隨後劉夫人把金子堆在桌子上，分成了五份，自己拿了兩份，說：「我要錢沒有什麼別的用處，只是打算留給我的大孫子。」廉生覺得劉夫人留給他的太多了，堅決不肯接受。劉夫人傷心地說：「我家慢慢敗落，宅院裡的樹木都被人砍走做了柴火。孫子離這裡又很遠，家中很是蕭條，麻煩廉公子您親自操辦。」廉生連忙答應了，但只收了一半的金子。劉夫人堅持把剩下的錢也給了他。

劉夫人把廉生送出門，流著眼淚回去了。廉生正在疑惑，回頭一看那所大宅子，原來是一座破敗的墳墓。這時他才知道劉夫人原來是妻子的外祖母。回到家後，廉生購買了一頃墓地，封土植樹，使墳墓看上去十分雄偉壯觀。

劉夫人有兩個孫子，老大就是劉荊卿，老二是劉玉卿，兩人都很貧窮。兄弟二人拜見了廉生，廉生送給他們很多財物，從此之後往來很密切。廉生還向他們講述了經商的原因。玉卿暗想，墳墓中一定還有不少的金子，於是夜裡就和一幫平日一起賭博的人挖開墳墓尋找財寶。但是打開棺木之後，除了腐爛的屍體外什麼都沒找到。

廉生知道劉夫人的墓被盜，就告訴了荊卿。荊卿和廉生一起到墓地檢查，進到墓坑，看見供案上有許多金子，正是以前劉夫人和廉生分的那兩份。荊卿想要和廉生對半分，廉生說：「劉夫人留下這些就是給兄弟你預備的。」

於是荊卿就把這些金子裝好送到家中，並把盜墓的事告訴了官府。後來有一個人賣墳中的玉簪被抓住了，官府追查審問他的同黨，才知道玉卿就是首領。縣令要將玉卿處以極刑。荊卿為玉卿苦苦哀求，終於用錢贖回了玉卿，免去了死刑。廉生與荊卿兩家共同修繕，劉夫人的墓比以前更加堅固美觀了。從此之後，廉生、荊卿都有錢了，只有玉卿還和以前一樣貧

原來一開始強盜們抓住了廉生的妻子，覺得她美貌無比，想要欺侮她。

窮。廉生和荊卿常常資助玉卿，但很快就被他賭錢輸得一乾二淨。

一天晚上，強盜來到廉生家裡搶劫財物。廉生所藏的金銀都是一千兩或者五百兩鑄成的，廉生打開倉庫讓強盜看，強盜取走了兩錠。他們正好看到馬廄裡有馬，就用馬馱著金子運出去，並且讓廉生把他們送到野外才放了廉生。村裡的人看見強盜舉著火把走得還不遠，就都大聲吵鬧著去追趕，把強盜嚇跑了。大家到了跟前時，只看到金子被扔在路邊，馬已經倒在地下變為灰燼。大家這才知道劉夫人送的這匹馬原來也是鬼馬。這一晚只是丟失了一枚金釧而已。

原來一開始強盜們抓住了廉生的妻子，覺得她美貌無比，想要欺侮她。其中有一個強盜戴著面具，大聲呵斥，強盜們才放了廉生的妻子，但是取走了她的金釧。廉生懷疑這人就是玉卿。

後來有一個強盜用金釧當賭注被官兵抓獲，追問他的同黨，果真有玉卿。縣令大怒，要對玉卿用大刑。荊卿與廉生商量，打算以重金賄賂官府使他免於刑罰，但他們還沒去送錢，玉卿就已經死了。玉卿死後，廉生還經常幫助他的妻子兒女。後來廉生考中了舉人，幾代後人雖然沒有官爵，但有封地，就和有官爵的人一樣富有。

# 第四十九回　神女

米生是福建人，但講這個故事的人忘記他的名字和居住的州縣了。有一次，他到州府去辦事，喝醉了之後正在街市上走，忽然聽到一座深宅大院中傳出熱鬧的樂聲，原來這家人正在辦壽宴。米生趁著醉意，就直接在街上買了些賀禮，遞了晚輩的名帖上去。

有人看到米生衣著簡陋，問他：「你是這家老翁的什麼親戚啊？」米生回答說：「我們不是什麼親戚。」那個人又說：「這家人是從外地遷居到這裡的，不知道是什麼大官，十分顯赫。你既然不是親屬，為什麼要見他呢？」正在這時，兩個年輕人出來迎接客人。他們身著華服，氣質風雅，給米生行禮之後就帶著他進門了。進屋之後，米生看到一個老者向南而坐，東西兩邊擺著幾桌宴席，有六七個客人坐在桌邊，看樣子都像是富貴人家。看到米生進來之後，大家都站起身行禮，老者也拄著拐杖站起來致謝。

僕人又增加了一張桌子，擺在與老者相鄰的地方。不一會兒，舞女和樂手們在南面進行表演。客人的座位後面設置了琉璃屏風，用來遮擋女眷。樂器演奏的聲音很大，賓客之間幾

乎都沒辦法交談了。

宴會快要散場的時候，兩個年輕人起身，用很大的杯子來勸酒，那一杯足以盛三斗酒。米生面露難色，但看見別的客人都接受，自己也不好推辭。片刻之後，米生往四周一看，發現主人客人都已經乾杯了，沒辦法，他只能把酒勉強喝掉。那個年輕人又給米生倒滿了。米生覺得難以支持，就起身告退。年輕人卻強拉著米生的衣襟不讓他走。米生醉得太厲害，以至於倒在了地上，但忽然有冷水灑在自己臉上，這才驚醒。米生起身一看，發現客人都已經走了，只有一個年輕人拉著自己的胳膊送自己回家。於是他向年輕人告別，自己回家了。後來米生再路過這家門前時，發現他們已經搬走了。

有一次米生到集市上去，碰到一個人招呼他去喝酒。米生看看那個人，覺得並不認識，但還是跟著他進了酒館，進去後發現同鄉鮑莊坐在那裡。米生詢問那個人的情況，那人說自己姓諸，是集市上打磨鏡子的人。米生又問：「你怎麼認識我的呢？」諸生說：「前些日子，你去祝壽的那家人，你認識嗎？」米生說：「不認識。」諸生說：「我經常去他家。那家老翁姓傅，不過不知道是哪個省的，也不知當什麼官。那天你過去祝壽的時候，我正好在臺階下面，所以記得你。」天黑之後，三個人喝完了酒就各自回家了。

當天晚上，鮑莊死在了路上。鮑莊的父親並不認識諸生，一口咬定是米生殺了自己的兒子。官府檢查出鮑莊身受重傷，米生也因此以謀殺罪被判死刑，承受了諸多刑罰。由於諸生一直沒有被抓到，無法定罪，只好把米生關在大牢裡。一年後，直到朝廷派人巡視地方，查出米生是被冤枉的，這才把他放了出來。

這時候米生家裡的財產已經用盡，他的功名也被除去。米生希望官府可以恢復他的身分，就帶上行李趕往州府。

天快黑時，米生疲憊不堪，就坐在路邊休息。遠遠地他看到一輛小車駛來，兩個青衣女子在兩邊跟著。等到車走過來的時候，車中之人忽然讓人將車馬停下。車中人不知道說了些什麼，但一會兒就過來一名青衣女子問米生：「公子是不是姓米？」米生十分吃驚地說：「是。」青衣女子又問：「公子怎麼淪落至此了呢？」米生講了自己的遭遇。青衣女子又問：「現在安定下來沒有？」米生又告訴了她自己的想法。青衣女子就請米生走到車子前面。

車中之人用纖纖玉手拉住簾子，原來是一位絕世美女。美女對米生說：「公子十分不幸，遭受了無端災禍，我聽了也很難過。現在學使的官府裡可不是能空著手隨便進出的。在路上我也沒什麼好送給你的。」說著，美女就從頭髮上摘下了一朵珠花，遞給米生說：「這東西能賣一百兩銀子，請你把它收好。」米生下拜，正想問清姑娘的家世，那車子已絕塵而去。

米生拿著珠花仔細端詳，發現果然不是一般的珠寶。到了州府之後，米生投遞了訴狀，但大小的官員竭力向米生索取賄賂。米生拿出珠花看了看，實在不忍心把它賣掉，就回去了。由於已經無家可歸，他只能去投靠哥哥與嫂子。幸好哥哥比較賢能，為他打點生計，雖然自己並不富裕，也沒有讓他荒廢學業。

一年之後，米生到州府中參加童子考試，結果迷了路，誤入了深山之中。當時正好是清明時節，路上有許多遊客。有幾位女子騎馬走來，其中一個正是去年他遇到的美女。她看到米生之後就停下馬問米生要去哪裡。米生據實以告。美女驚訝地說：「公子的功名還沒有恢復嗎？」米生淒涼地從衣服裡拿出那朵珠花，說道：「我不忍心賣掉它，現在依然還是童生。」女子一下就臉紅了，讓米生在路邊等著，自己騎馬緩緩離去。

過了很長時間，一個丫鬟騎著馬過來，送給米生一個包裹，說道：「我家小姐說了，學使的官府就像集市一樣，現在送你二百兩銀子，作為你獲取功名之用。」米生推辭說：「小姐太照顧我了！我自認為考中秀才並不難，實在不敢接受如此多的銀兩。只是我希望你能告訴我小姐的姓名，畫一幅小像給我，讓我能夠焚香供奉，這樣我就知足了。」丫鬟並不理會米生，把包裹放在地上就走了。

從此以後，米生的生活變得充裕起來，但他始終不屑於為了功名去巴結權貴。後來他終於考取了縣裡第一名，把銀兩交給了哥哥。米生的哥哥十分善於理財，三年之後就幫米生恢復了過去的家業。

正好當時的福建巡撫是米生祖輩的學生，對米生十分照顧，米生兄弟也因此成為當地的大戶人家。但米生一向清正，雖然與高官有交情，卻沒有過去拜見過。

一天，有位客人在門前停馬拜見，卻沒有人認識他。米生出去一看，發現是傅公子。米生向傅公子行禮並將他請進家門，兩個人互相寒暄了一陣。米生吩咐下人準備酒菜來款待傅公子。

酒菜都擺好後，傅公子起身請米生換個房間說話。兩個人來到內室，傅公子忽然跪在地上給米生行禮。米生大吃一驚，連忙問他怎麼回事。傅公子難過地說：「家父正遭受大難，有事求助於巡撫大人，只有米兄你才能幫這個忙啊。」米生推辭說：「我雖然和巡撫是世交，但我平生從不為私事而求人。」傅公子聽了，就趴在地上哭著求他。米生板著臉說道：「我和公子不過是一杯酒的交情，為什麼一定要勉強別人喪失氣節呢？」傅公子聽了十分羞愧，於是起身告辭了。

隔了一天，米生正在家中獨坐，一個青衣女子走了進來。米生過去一看，發現正是在山裡送給他金子的丫鬟。米生吃驚地站起來，青衣女子說道：「公子忘記珠花了嗎？」米生說：「不敢忘記。」青衣女子又說：「昨天過來的傅公子是小姐的親哥哥。」米生聽到這話，說：「這話我很難相信，如果能讓小姐親自跟我說，那我就是下油鍋也願意幫忙，否則的話我可不會聽從。」青衣女子聽完之後，出門騎馬走了。

到了半夜，青衣女子又回來了。她敲了敲門，說：「小姐到了。」還沒說完，小姐就面帶淒慘地進來了。進來之後，小姐只是對著牆哭泣，不說一句話。米生給小姐行禮之後，說：「要是沒有小姐，就不會有今天的我，如果小姐有事讓我去做，我怎敢不從呢？」小姐說：「接受別人請求的人常常很驕橫地對待他人，而請求別人的人常常很畏懼他人。我這一生還是頭一次在半夜裡奔波，以前何曾受過這種痛苦。這都是因為要求人而畏懼呀，你還用多說什麼呢？」米生安慰她說：「我之所以沒有立即答應這件事，只是想見小姐一面，讓小姐夜裡奔波，我已知罪了。」說完，米生就過去拉小姐的袖子。

小姐生氣地說：「你真是個無情之人！不感激我過去對你的恩情，反而打算乘人之危。我真是看錯了你啊！」說完小姐憤憤而出，登上車就要走。

米生趕緊追出去謝罪。他跪在路上，攔住小姐。青衣女子也為米生說情，小姐的怒氣才稍微消了一點。她在車子裡對米生說：「實話告訴你，我並不是凡人，而是仙女。我父親是南嶽都理司，因為偶然對地官失禮，被告到天帝那裡。沒有本地長官的官印就沒辦法破解。如果你沒有忘記過去的情義，就用一張黃紙為我求巡撫大人蓋上印信。」說完之後，小姐的車忽然不見了。

米生回屋之後依然十分擔心。他去求見巡撫，以家裡驅除鬼怪為藉口，向巡撫借用印信。巡撫認為這種事情近似巫蠱之術，沒有答應他。米生用重金賄賂了巡撫的心腹，他們雖然答應了米生，卻一直沒能辦到。等到米生回家之後，發現青衣女子等在門口。米生把事情都告訴了她，她什麼都沒說就走了，看樣子像是抱怨米生不夠盡心。米生追出去送她，說道：「你回去對小姐說，要是事情沒辦成，我就以死謝罪。」

回到房間，米生徹夜輾轉，不知道怎麼辦才好。正好巡撫衙有一位受寵的小妾出來買珠子，米生就把珠花送給了她。女子十分開心，偷了官印為他蓋章作為回報。青衣女子再來時，米生就笑著說：「幸好我沒有辱沒使命。不過這麼多年來，我就算窮到要飯也不忍心賣掉的珠花，如今為了它的主人還是捨棄了。」接著他就把事情的經過告訴了青衣女子，並對她說：「就算把黃金扔了，我一點也不覺得可惜，你幫我帶句話給小姐，讓她把珠花補償給我。」

過了幾天，傅公子來到米家道謝，送給米生黃金百兩。但米生臉色一變，說道：「我之所以這樣是因為令妹對我的無私恩惠。要不然的話，即使是一萬兩黃金，我也不會改變名節。」傅公子再次強求米生收下，米生更加嚴辭拒絕。傅公子只得羞愧地走了。

第二天，青衣女子奉小姐的要求，獻給米生一百顆明珠，說：「這些能夠償還珠花了嗎？」米生說：「我之所以看重珠花，並不是認為珠子珍貴。假如當天送給我價值萬兩白銀的寶物，我只要把它賣了就可以當富翁了。但我一直保存著這朵珠花，甘願承受貧苦，這是為什麼呢？小姐是神仙，我還有什麼奢求的，只要能幸運地報答她恩德的萬分之一，就已死而無憾了。」青衣女子把明珠放在了桌案上，米生對明珠行了禮之後，還是推辭掉了。

過了幾天，傅公子又來了。米生命令下人趕緊準備酒菜，傅公子讓自己的隨從也跟著下廚，並自行烹製菜肴。酒菜備好後，米生與傅公子縱情歡飲，就像是一家人一樣。曾有朋友送給米生苦糯酒，傅公子喝了之後覺得十分好喝，就連喝了一百來盞，臉也開始泛紅了。傅公子對米生說：「您是正直耿介之人，我們兄弟愚鈍，見識和我妹妹相差甚遠。家父感念您的大恩大德，也沒什麼可以報答的，打算將妹妹嫁給你為妻，但又擔心你會嫌棄妹妹不是凡間之人啊。」

米生聽了這話，又驚又喜，不知道說什麼才好。傅公子告辭之前對米生說：「明天晚上是七月初九，新月剛剛出現在天空上的時候，神仙就會下嫁仙女，正是好日子。你可以準備好迎娶新娘。」

第二天晚上，傅公子果然把妹妹送了過來。三天之後，從哥哥嫂子到丫鬟下人們，傅小姐都已經饋贈過禮物了。傅小姐十分賢慧，對待嫂子有如侍奉婆婆。

傅小姐結婚多年也沒有生育孩子，她勸米生納妾，米生始終不肯。正好當時米生的哥哥去江淮地區做生意，為弟弟買了一個年輕姑娘回來。那個姑娘姓顧，小名博士，長得也很清秀，米生夫妻二人都很喜歡她。

米生夫妻看到博士的頭上插著一朵珠花，特別像當年的那朵珠花，摘下來細看，果然不錯。米生十分好奇，追問博士。博士回答說：「以前有個巡撫的愛妾死了，她的丫鬟把這珠花偷出來賣，先父覺得便宜，就把它買了回來。我也十分喜歡它。先父沒有兒子，只有我一個女兒，所以只要我想要的東西就沒有得不到的。後來先父去世，家道中落，我被寄養在顧婆婆家。顧婆婆看見我的珠花總想把它賣掉。我尋死覓活的才將它保存到了現在。」

米生夫妻感慨道：「丟了十年的東西能夠物歸原主，難道不是上天注定的嗎？」於是傅小姐又拿出另一朵珠花，說：「這東西很久都沒伴兒了。」然後她就將兩朵珠花全都送給了博士，並親自為她戴在頭上。

博士從房間出去，向家裡的下人們詳細打聽傅小姐的家世，但家裡人都不肯說明。博士偷偷地對米生說：「臣妾看傅小姐不像是人間的凡人，她的眉眼之間有一股神氣。昨天她給我插珠花的時候我仔細看了看，發現她的美麗是從皮膚裡散發出來的，不像普通人。」米生只是哈哈大笑。博士又說：「你別把這事說出去，我要試一試傅小姐。如果她真是神仙的話，我需要什麼，在沒人的地方燒香求她，她肯定就能知道。」

傅小姐繡的襪子十分精美，博士很喜歡，但沒有直說。於是她就在閨房中燒香許願。第二天早晨，傅小姐起床後忽然從竹筐裡翻了翻，找到一雙襪子，讓丫鬟送給了博士。米生看到之後哈哈大笑，並將事情告訴了她。傅小姐說：「這丫頭真是太狡猾了。」見博士如此聰明，傅小姐就更喜歡她了。博士對傅小姐也越發恭敬，每天早晨向她請安都要先焚香沐浴。

後來博士一下生了兩個男孩。傅小姐和博士就分別養育一個。等到米生八十歲的時候，傅小姐的容顏還是和年輕時一模一樣。後來米生忽然生病臥床，傅小姐就召集工匠製做棺材，讓他們做得比平常的大一倍。等到米生死的時候，傅小姐也沒有哭。人們走後，傅小姐就跳進棺材死了。於是家人把他們二人合葬了。當地至今還流傳著「大棺材墓」的傳說。

米生夫妻感慨道：「丟了十年的東西能夠物歸原主，難道不是上天注定的嗎？」於是傅小姐又拿出另一朵珠花，說：「這東西很久都沒伴兒了。」然後她就將兩朵珠花全都送給了博士，並親自為她戴在頭上。

# 第五十回　素秋

俞慎，字謹庵，出身於順天府一個官宦世家。他進京考試時暫住在郊外。他經常會見到一個住在對面的少年，英俊瀟灑，器宇不凡。俞慎對他很有好感，就有意接近少年與他交談，一起飲酒吃飯。少年自稱是金陵人，姓俞名士忱，字恂九。聽到和自己同姓，俞慎更是覺得親切，二人便結為兄弟。那少年為了讓自己的名字能夠和兄長相配，就改名為俞忱。

一天，俞慎到俞忱家拜訪，看見俞忱的書房居所乾淨整潔，但是庭院卻很清冷，也沒有什麼僕人。俞忱把俞慎請到屋裡，招呼妹妹出來見客。只見一個年紀大概十三四歲的少女，皮膚光滑細嫩，就連美玉都沒有她白嫩。不一會兒，少女端著茶出來，送到俞慎面前，好像家中並無丫鬟婢女。俞慎覺得有些奇怪，但又不好意思直問。

從此之後，兩個人就像親生兄弟一樣，俞忱每天都要來俞慎的家裡。有時候俞慎留他過夜，他總是以妹妹年紀還小，沒有人照顧為由推脫。俞慎說：「你住在離家千里的地方，家裡連個看門的僕人都沒有，你兄妹二人的身子都這麼纖弱，以什麼為生呢？不如和我一起

回家，至少還有幾間房子能讓你們住下。你覺得如何？」俞忱聽了之後很高興，就和俞慎約好，等考完試後隨他回家。

俞慎考完試後，俞忱邀請他來到自己家中，說：「今天是中秋，月色皎潔。我妹妹素秋準備了酒菜，您可不能辜負了她的一番心意。」說完就拉著俞慎的手走進屋內。素秋出來和俞慎寒暄了幾句，就又回到裡屋，放下簾子準備做飯。不一會兒，素秋端著菜出來，俞慎站起來說：「妹妹這樣忙碌，我實在過意不去啊。」素秋沒有回答，笑了笑就又進裡屋了。

過了一會兒，門簾被打開，有一個穿著青色衣服的婢女端著酒壺出來，還有一個老婦端著做好的魚。俞慎很驚訝地說：「這些人是從哪裡來的？不早早出來幫忙，卻讓妹妹一個人忙碌？」俞忱略帶責備地說：「這是素秋又在搗鬼作亂呢。」俞慎只聽見素秋在簾子後面「吃吃」地笑，卻不明白是怎麼回事。

到了散席的時候，婢女和老婦在收拾碗碟。俞慎剛好要咳嗽，唾沫不小心吐在了婢女的衣服上，婢女隨即倒在地上，碗也摔碎了，菜湯灑了一地。再看那婢女，竟然變成了絹布剪成的小人，只有四寸大小。俞忱看了大笑不止，素秋也笑著出來，撿起小人走了。不一會兒，那個婢女又出現了，行走幹活還是像原來的樣子。俞慎覺得十分不解。俞忱說：「這只不過是我妹妹年幼時學的剪布人的小把戲而已。」俞慎問道：「你和妹妹都已經是大人了，為什麼都沒有成親呢？」俞忱回答說：「父母去世之後，我們是留是走都還沒打定主意，婚姻之事也就都耽誤了。」接著兩人商量了回去的時間，俞忱賣掉了所住的宅院，帶著妹妹和俞慎一起西行來到順天府。

回到家中，俞慎叫人騰出一個院子，打掃乾淨後安排俞忱兄妹居住，還安排了一名婢女去伺候他們。俞慎的妻子是韓侍郎的女兒，特別疼愛素秋，常和素秋一起吃飯。俞慎和俞忱也是一樣。俞忱格外聰明，讀書一目十行，看了一眼就不會再忘記，試著寫過一篇文章，連成名已久的名士都比不上他。

俞慎勸俞忱去考秀才，俞忱說：「我陪你讀書作文只是為了幫你分擔一些辛苦。我自知福淺命薄，做不了官，而且一旦做了官，就不得不為名利得失而費盡心思，所以我不願意考取功名。」

過了三年，俞慎上京考試，但是再次落榜。俞忱感慨萬分，憤憤不平地說：「榜上留名真有這麼困難麼？現在我倒想試試了。」

俞慎很高興，考試的時候親自把他送進考場，結果他在邑、郡、道都考取了第一，於是他們一起日夜苦讀。第二年二人一同參加科試，並列郡、邑第一。俞忱因此名聲大噪，四里八鄉的人都爭著來向他提親，但都遭到俞忱的拒絕。

俞慎極力勸告，俞忱卻總是說要全部考完後再考慮。不久考試結束了，仰慕俞忱的人紛紛爭著抄錄他的文章，互相傳看。俞忱自己也覺得沒有第二個人能和他相比了。可放榜之

到了散席的時候，婢女和老婦在收拾碗碟。俞慎剛好要咳嗽，唾沫不小心吐在了婢女的衣服上，婢女隨即倒在地上，碗也摔碎了，菜湯灑了一地。再看那婢女，竟然變成了絹布剪成的小人，只有四寸大小。俞忱看了大笑不止，素秋也笑著出來，撿起小人走了。不一會兒，那個婢女又出現了，行走幹活還是像原來的樣子。

後，兄弟二人卻都榜上無名。

當時兩個人正在喝酒，聽到這個消息，俞慎還能勉強鎮定，但是俞忱卻臉色大變，酒杯一下子掉在了地上，自己也栽倒在桌下。俞慎急忙把俞忱扶到床上。他叫素秋過來，俞忱睜大眼睛，斷斷續續地對俞慎說：「咱倆雖然感情像親兄弟一樣，但是終究不是一家人。我將不久於人世，你的恩德我無法報答。素秋已經長大成人了。平時嫂子也喜歡她，哥哥您不如納她為妾吧。」俞慎聽了，有些責怪地說：「弟弟你是在說什麼胡話！如果我這樣做了，人家會罵我是衣冠禽獸的。」俞忱聽了，哭得不能自已。

俞慎為俞忱買了一副很好的棺材。俞忱讓人把棺材抬到屋子裡，自己努力躺了進去，告訴素秋：「我死之後，務必立刻蓋上棺材，別讓任何人打開。」俞慎還有話想對俞忱說，但是俞忱的眼睛已經閉上了。

俞慎非常難過，像是親兄弟去世了一樣。但是俞慎對俞忱最後說的話有些懷疑，就趁著素秋外出的時候悄悄打開了棺材，只見俞忱的袍服就像蛇蛻的皮一樣。俞慎揭開衣服一看，卻是一條一尺多長的書蟲僵臥在那裡。

正在俞慎驚魂未定之時，素秋突然進來了，淒慘地說：「兄弟之間還有什麼隔閡呢。哥哥不讓人看，不是害怕您知道，而是害怕流傳出去，讓我難以在此安身。」俞慎說：「禮法是以人情來判定的，只要感情深厚，就算不是同類又有什麼關係呢？妹妹你難道不知道我是什麼樣的人麼？就算是對你嫂子，我也不會多說半句的，你不用想得太多。」於是俞慎趕緊挑選了一個吉利的日子安葬了俞忱。

當初，俞慎曾想把素秋嫁給一個世家子弟，俞忱不願意。現在既然俞忱已經去世了，俞慎就和素秋商量，素秋還是不答應。俞慎說：「妹妹你已經二十歲了，還不嫁人，別人會怎麼議論我呢？」素秋回答說：「既然如此，我就聽從哥哥的安排吧。我知道自己命薄，所以不願意嫁給有錢有勢的人。哥哥您給我找一個清貧的讀書人就好了。」俞慎答應了。消息傳出不久，就有很多媒人來提親，但始終沒有合適的。

當初俞慎的妻弟韓荃（ㄑㄩㄢˊ）來弔唁俞忱，曾見到過素秋，並喜歡上了她，想買她做小妾。他去找姐姐商量，姐姐急忙警告他不要再提此事，害怕俞慎知道。韓荃當時雖然走了，但心裡卻一直放不下。於是他找了個媒人暗示俞慎，承諾說如果把素秋嫁給他，他就在鄉試中替俞慎打通人脈，讓俞慎高中。俞慎聽了之後十分生氣，大罵韓荃，還將說情的人攆了出去。從此之後，他和韓荃斷絕了關係。

這時恰好有位已故尚書的孫子某甲，將要結婚的時候，未婚妻突然死了，聽說素秋要出嫁，也派媒人來提親。他家門第高貴，俞慎早就知道，但是還想親自見見他，看看他的人品。於是他和媒人約定了日期，讓某甲自己來一趟。到了見面的日子，俞慎在屋內掛了門簾，讓素秋躲在門簾後面。

某甲來時騎著高頭大馬，身後還跟著許多隨從，在鄉里炫耀著自己家的富貴。某甲長得清秀溫雅像個姑娘。俞慎很是高興，別人見到也讚不絕口，只是素秋一直不滿意。俞慎沒有顧及素秋的想法就把素秋許給了他，並準備了豐厚的嫁妝。素秋不要嫁妝，只是向俞慎要一個老婦供自己使喚就行。但是俞慎不聽，最後還是給素秋送了一份豐厚的嫁妝。

素秋剛成家的時候，夫妻生活還算和諧。可是哥哥嫂子還經常想念她，幾乎每個月都要把素秋接回家來住幾天。素秋回來的時候，總是要把出嫁時帶走的嫁妝拿回來一些，交給嫂子好好收藏。嫂子雖然不知道素秋為何如此，但還是按照素秋的意思做了。某甲很小的時候父親就去世了，母親又很溺愛他，他又和一些沒有教養的人來往，漸漸地染上了吃喝嫖賭的惡習，許多家中祖傳的詩書字畫和古玩文物都被他拿去賣掉還債了。

韓荃平時和某甲有些聯繫，因為素秋的事就悄悄叫某甲出去喝酒。韓荃想用兩個女子和五百兩黃金來換素秋。某甲最開始的時候不願意，可韓荃一再懇求，某甲的心意終於有些動搖了，但是怕俞慎不答應。韓荃說：「俞慎是我的親人，素秋可不是他的親妹妹，等到事成之後他也沒什麼好說的了。萬一有什麼差錯，我自己承擔就好了。有我父親在，難道還怕他麼！」韓荃讓兩個打扮得很漂亮的女子出來敬酒，對某甲說：「如果您能遵守約定，這兩個女子就是您的了。」某甲被說得暈暈乎乎，就答應了下來。

到了約定的那天，某甲怕韓荃騙他，半夜就在路上等候，過了一會兒果真有馬車過來。

他打開簾子一看，裡面的人果然不假，就帶著馬車來到自己家中，暫且把兩位女子安排到書齋裡休息。韓荃的僕人又把五百兩黃金交給某甲。之後某甲慌慌張張地跑進臥室，騙素秋說：「俞慎得了重病，讓你趕快回去。」素秋聽了之後心急如焚，來不及梳妝打扮，就匆忙上了馬車。

因為在夜裡趕路，馬車迷失了方向。趕車人正著急，忽然看見前面有兩個火燭，就想跑過去問路，走到跟前才發現竟是一隻巨蟒，眼睛如同火燭一般。大家都十分驚恐慌張，人和馬都紛紛逃跑，只把馬車丟在了路旁。天快亮的時候大家才又回到那裡，這時只剩下空馬車了。大家都認為素秋被蟒蛇吃了，只好回去報告主人。而韓荃也只能鬱悶罷了。

過了幾天，俞慎派人來看素秋，才知道素秋被壞人騙走的事。一開始俞慎並沒有懷疑是某甲幹的，等到把素秋的婢女叫過來問話才知道了事情的經過。俞慎非常氣憤，就向官府告了狀。

某甲很害怕，去找韓荃求救。韓荃因為人財兩空正在懊惱，把某甲罵了一頓並趕了出去。衙門的差役過來抓人，某甲只好通過行賄來免除刑罰。不到一個月，家裡的金銀珠寶、衣物首飾全部被他賣光了。俞慎又去衙門要求討還公道，官員接到命令要求嚴查，某甲知道再也躲不了了，只好在公堂上說出實情。

衙門派人拿著傳票要韓荃到衙門對質，韓荃害怕，就把真相告訴了父親。當時韓荃的父親已經不再做官，對韓荃的所作所為很是生氣，讓家人把兒子捆起來送到衙門去。等到了衙門，韓荃說那夜遇到了巨蟒，但所有的人都不相信。那天晚上派去接親的人，都被打得渾身是傷，某甲也遭受了杖責的刑罰。幸虧韓荃的母親變賣了家中的田產，上下疏通才使韓荃免除了死刑，但是韓家的僕人都死在了獄中。

韓荃願意出一千兩黃金送給俞慎，求俞慎罷訴，俞慎不肯答應。某甲的母親又請求把那兩個女子送給俞慎，只求不要逼得那麼緊，先把這個案子列為疑案，派人慢慢查找素秋的下落。俞慎的妻子又承叔母的情，日日夜夜在俞慎跟前說情，俞慎這才勉強答應。某甲家平日裡本來就揮霍無度，加上打官司的花銷，早就沒有錢了。他準備把最後一所宅子賣了作為給俞慎的償金，但是因為時間緊迫，一時間也沒有人願意買，只好把韓荃送來的兩個女子送過來，求俞慎延緩交款的時間。

又過了幾天，俞慎夜裡在書齋坐著，素秋和一個老婦突然進來了。俞慎很驚訝地問：「妹妹，你沒事吧？」素秋笑著說：「那條巨蟒不過是我的一點小把戲。當天夜裡，我躲進了一個秀才家裡，和他的母親住在一起。這位秀才說認識哥哥，現在就在門外，請讓他進來吧。」俞慎過去一看，原來是宛平的有名文士周生。兩人是情投意合的好朋友。

俞慎拉著周生的胳膊進屋，盛情款待這位老朋友。聊了很久才知道事情的首尾。原來那天天剛剛亮，素秋就出現在周生家門口，周母請素秋進門，問了後才知道她是俞慎的妹妹。

當時周生就想來報告俞慎，但是素秋把他攔下，暫時和周生的母親住了下來。

素秋聰明伶俐又善解人意，周母很喜歡她。周母覺得兒子到現在都沒有成家，打算讓素秋嫁到自己家中，就很委婉地把這個想法跟素秋說了。素秋以哥哥沒有允許為理由推脫。周生也因為和俞慎關係很好，不願意在沒有媒人的情況下偷偷成婚，就不斷派人來打聽俞慎家裡的消息。

後來他打聽到這場官司已經有人說情，惡人也受到了懲罰，素秋這才告訴周母她要回家一趟。周生派了一個老婦送她，還囑咐老婦向俞慎提親。俞慎覺得素秋在周生家住了很久，也有這個想法。俞慎聽到老婦的話，很是高興，就和周生當面定下了這門婚事。

之前素秋半夜回來，是想讓俞慎得到那一千兩黃金之後，再說出這件事。俞慎沒有答應，說：「我當時告狀是因為自己心中的怨氣，現在妹妹你平安無事，這是萬兩黃金都不能換來的啊！」於是立即派人告訴那兩家人，馬上撤訴了。

俞慎又覺得周生家裡不是很富裕，而且路途遙遠，每次見到妹妹也很困難。於是派人接來了周生的母親，讓他們住在原先俞忱住過的那處院子。周生也盡了他最大的努力，準備了聘禮和迎親隊伍，辦好了婚事。

第二年科舉考試的時候，周生想和俞慎一起去。素秋說：「你沒必要去的。」但是俞慎強行把周生拉去了。放榜的時候，果然俞慎高中，周生落榜了。周生暗暗有了退隱的想法。

又過了一年，周生的母親去世了，他再也沒提過要去考取功名的事。

一天，素秋突然對嫂子說：「你曾經讓我把我的小把戲教給你，我本來是不打算拿這些小花招去嚇人的，所以沒有答應。如今就要分離了，也不知道何時才能再見。現在我就教給你一個把戲，讓你們躲過一次災禍。」

嫂子吃驚地問怎麼回事，素秋回答說：「三年之後，這個地方就該沒有人煙了。我準備去海邊隱居。哥哥是個富貴之人，我不能帶他一起去，現在只能向你們告別了。」於是素秋就把秘術教給了嫂子。過了幾天，她又告訴俞慎自己要走的事，俞慎哭著問：「你到底要去哪裡？」素秋始終不肯回答。

這天雞剛叫，素秋就起來了，帶著一個白鬍子的老者，騎著兩頭毛驢就走了。俞慎暗中偷偷派人跟隨，到了膠州蓬萊交界的地方，忽然一片煙霧瀰漫，什麼都看不見了。等到天晴了，早已不知道素秋他們朝哪個方向走了。

過了三年，李闖王造反，兵馬進了順天府，許多村鎮都成了廢墟。俞慎的妻子韓夫人剪了一個布人貼在門裡面，闖王來的時候看見院子上面霧氣騰騰，有一個身高一丈多的天神站在雲端，官兵嚇得四散而逃。就這樣，俞慎家中沒有受到一點破壞。

後來村子裡有一個做生意的人到海邊去，遇見一個老人，很像和素秋一起走的那個老者，但是頭髮和眉毛都是黑色的，商人幾乎沒有認出來。那個老者停下腳步問商人說：「我家公子的身體還好麼？麻煩您給他捎句話，素秋在這裡過得十分安定快樂。」商人問他們到底住在哪裡，老者說：「我們住在很遠很遠的地方。」俞慎聽說了這個消息之後，又派人到這一帶來尋找，但始終一無所獲。

# 大地叢書介紹

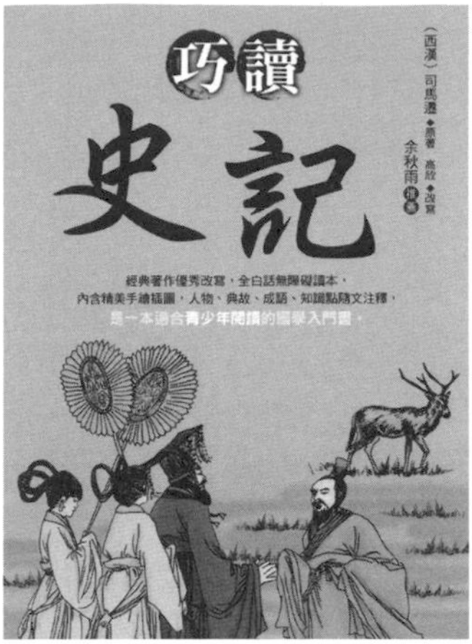

巧讀
史記
（西漢）司馬遷◆原著 高啟◆改寫
余秋雨推薦
經典著作優秀改寫，全白話無障礙讀本，
內含精美手繪插圖，人物、典故、成語、知識點隨文注釋，
是一本適合青少年閱讀的國學入門書。


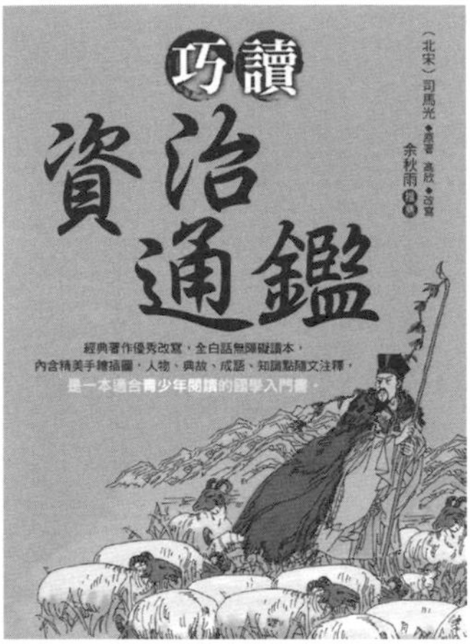

巧讀
資治通鑑
（北宋）司馬光◆原著 高啟◆改寫
余秋雨推薦
經典著作優秀改寫，全白話無障礙讀本，
內含精美手繪插圖，人物、典故、成語、知識點隨文注釋，
是一本適合青少年閱讀的國學入門書。

巧讀
孫子兵法與三十六計
（春秋）孫武◆原著 高啟◆改寫
余秋雨推薦
經典著作優秀改寫，全白話無障礙讀本，
內含精美手繪插圖，人物、典故、成語、知識點隨文注釋，
是一本適合青少年閱讀的國學入門書。

巧讀
三國演義
（明）羅貫中◆原著 高啟◆改寫
余秋雨推薦
經典著作優秀改寫，全白話無障礙讀本，
內含精美手繪插圖，人物、典故、成語、知識點隨文注釋，
是一本適合青少年閱讀的國學入門書。

# 大地叢書介紹

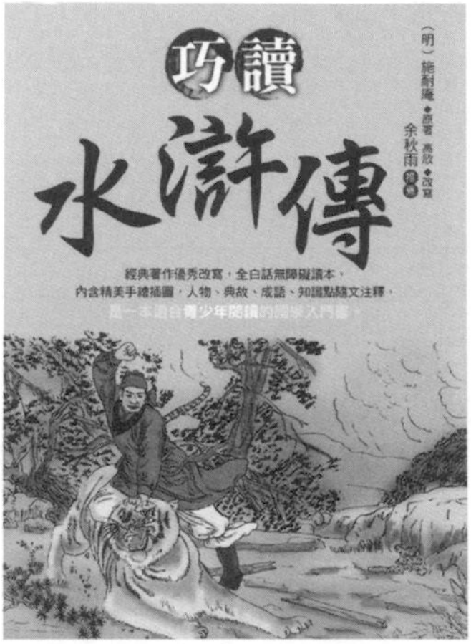
巧讀
水滸傳
（明）施耐庵◆原著 高啟◆改寫
余秋雨
經典著作優秀改寫，全白話無障礙讀本，
內含精美手繪插圖，人物、典故、成語、知識點隨文注釋，
是一本適合青少年閱讀的國學入門書。

巧讀
西遊記
（明）吳承恩◆原著 高啟◆改寫
余秋雨
經典著作優秀改寫，全白話無障礙讀本，
內含精美手繪插圖，人物、典故、成語、知識點隨文注釋，
是一本適合青少年閱讀的國學入門書。

巧讀
紅樓夢
（清）曹雪芹◆原著 高啟◆改寫
余秋雨
經典著作優秀改寫，全白話無障礙讀本，
內含精美手繪插圖，人物、典故、成語、知識點隨文注釋，
是一本適合青少年閱讀的國學入門書。

巧讀
封神演義
（明）許仲琳、陸西星◆原著 高啟◆改寫
余秋雨
經典著作優秀改寫，全白話無障礙讀本，
內含精美手繪插圖，人物、典故、成語、知識點隨文注釋，
是一本適合青少年閱讀的國學入門書。

巧讀聊齋志異 /（清）蒲松齡原著；高欣改寫. --
一版.-- 臺北市：大地, 2020.06
面：　公分. --（巧讀經典：9）

ISBN 978-986-402-338-7（平裝）

857.27　　109006771

# 巧讀聊齋志異


| | |
|---|---|
| 作　　者 | （清）蒲松齡原著、高欣改寫 |
| 發 行 人 | 吳錫清 |
| 主　　編 | 陳玟玟 |
| 出 版 者 | 大地出版社 |
| 社　　址 | 114台北市內湖區瑞光路358巷38弄36號4樓之2 |
| 劃撥帳號 | 50031946（戶名：大地出版社有限公司） |
| 電　　話 | 02-26277749 |
| 傳　　眞 | 02-26270895 |
| E - mail | support@vastplain.com.tw |
| 網　　址 | www.vastplain.com.tw |
| 美術設計 | 成樺廣告印刷有限公司 |
| 印 刷 者 | 博客斯彩藝有限公司 |
| 一版一刷 | 2020年06月 |

巧讀經典 009

大地

定　　價：280元